DON'T GO

Du même auteur dans la collection &moi

Dangerous Perfection, 2015.
Simple Perfection, 2015.
Take a Chance, 2015.
One More Chance, 2015.
Forever Mine, 2016.

www.collection-emoi.fr

Abbi Glines

DON'T GO

Traduit de l'anglais (États-Unis)
par Fabienne Gondrand

Roman

&moi

Titre de l'édition originale :
WHEN I'M GONE
Publiée par Atria, un département de Simon & Schuster

Ouvrage publié sous la direction éditoriale
de Marie Chivot-Buhler

Maquette de couverture : Evelaine Guilbert
Photo : © gmast3r/Thinkstock

ISBN : 978-2-7096-5732-7

Première édition janvier 2017.

À mon fils Austin. Puisses-tu devenir un homme prévenant, aimable, bienveillant, généreux, qui sait véritablement aimer. De tels hommes sont rares. J'espère en élever un.

Prologue

Reese

— Viens ici, gamine !

Le rugissement de mon beau-père résonna à travers la maison. Je sentis aussitôt mon ventre se tordre. Le nœud répugnant qui accompagnait sa présence et la certitude de ce qu'il allait me faire ne me quittaient jamais.

Je me levai lentement de mon lit et reposai avec précaution le livre que je lisais – ou plutôt que j'essayais de lire. Ma mère allait bientôt être de retour du travail. Je n'aurais pas dû rentrer si tôt de la bibliothèque. Un homme et sa fillette m'avaient abordée tandis que je feuilletais les livres d'images pour enfants. Il avait engagé la conversation et m'avait demandé mon nom. Il voulait savoir si j'empruntais un livre pour ma petite sœur.

Comme toujours, la gêne qui suivait invariablement ce genre de questions m'avait rappelé à quel point j'étais bête.

— Gamine ! cria mon beau-père.

Il était en colère à présent. Je sentis les larmes me monter aux yeux. Si seulement il se contentait de me frapper comme il le faisait avant, quand j'étais plus jeune et que je ramenais des mauvaises notes à la maison. Si seulement il se contentait de me traiter de tous les noms et de me répéter que j'étais une bonne à rien... Mais non. Avant, je voulais plus que tout qu'il arrête de me frapper. Je détestais la ceinture et les marques qu'il laissait sur mes jambes et mes fesses m'empêchaient de m'asseoir.

Puis, un jour, il avait arrêté. J'avais immédiatement prié pour qu'il se remette à me cogner. Je préférais encore la morsure de la ceinture à ça. N'importe quoi d'autre mais pas ça. Plutôt la mort.

J'ouvris la porte de ma chambre et pris une profonde inspiration en me répétant que je pouvais survivre à tout ce qu'il pourrait bien me faire. J'économisais l'argent des ménages et j'allais bientôt partir. Ma mère serait contente de me voir débarrasser le plancher. Elle me haïssait depuis des années.

J'étais un fardeau pour elle.

Je rentrai mon T-shirt dans mon short. Puis je tirai sur mon short pour qu'il couvre mes jambes davantage. Mais cela ne servait à rien. J'avais des jambes interminables et aucun des shorts de la friperie n'était jamais suffisamment long pour les masquer.

Ma mère n'arriverait que dans une heure. Il ne tenterait jamais rien qu'elle risquait de surprendre. Et si c'était le cas, je me demandais si elle ne rejetterait pas la faute sur moi. Quatre ans plus tôt, elle m'avait déjà reproché la manière dont mon corps avait changé. Mes seins étaient devenus trop gros et elle m'avait dit d'arrêter de manger parce que j'avais de grosses fesses. J'avais essayé, mais ça n'avait rien changé à mon postérieur.

En revanche, mon ventre était devenu plat, donnant l'impression que ma poitrine était encore plus imposante. Elle détestait ça. Alors je m'étais remise à manger, mais mon ventre rondelet n'était pas revenu. Une nuit, j'avais traversé le salon en T-shirt et pantalon de jogging découpé pour me servir un verre de lait avant d'aller me coucher ; elle m'avait giflée en me traitant de putain. À plusieurs reprises elle m'avait traitée de connasse qui n'avait rien pour elle dans la vie à part son physique.

En arrivant dans le salon, j'aperçus mon beau-père Marco assis dans son fauteuil inclinable, les yeux rivés sur la télé, une bière à la main. Il était rentré tôt du travail.

Son regard pivota sur moi et me détailla lentement. J'en frissonnai de dégoût. J'aurais donné n'importe quoi pour avoir une poitrine plate, pour être intelligente. Avec des jambes courtes et grasses, ma vie serait parfaite. Ce n'était pas mon visage, plutôt banal, qui attirait Marco. Mais mon corps, je haïssais tellement mon corps.

Je sentis la nausée monter en moi et mon cœur s'emballa tandis que je ravalais mes larmes. Il adorait me voir pleurer. Ça le rendait encore pire. Je n'allais pas pleurer. Pas devant lui.

— Viens t'asseoir sur mes genoux, ordonna-t-il.

C'était au-dessus de mes forces. J'avais réussi à l'éviter pendant des semaines en restant éloignée de la maison le plus possible. Ses mains glissant sous mon T-shirt et dans mon pantalon me faisaient horreur. Je préférais qu'il me tue. Tout sauf ça.

Comme je restais immobile, son visage se renfrogna en un rictus mauvais.

— Amène tes fesses de salope jusqu'ici, et assieds-toi sur mes genoux, bordel !

Je fermai les yeux en sentant venir les larmes. Il fallait les arrêter. S'il me frappait de nouveau, je pourrais encaisser. Mais je ne pourrais pas supporter qu'il me touche. Je détestais les bruits qu'il faisait et les mots qui sortaient de sa bouche. C'était un cauchemar sans fin.

Chaque seconde restée en retrait me rapprochait de l'heure de retour de ma mère. Quand elle était à la maison, il m'insultait, mais il ne me touchait pas. Elle avait beau me détester, elle était mon seul rempart face à ça.

— Vas-y, chiale, ça me plaît, lâcha-t-il avec un ricanement.

Sa chaise émit un craquement puis j'entendis le repose-pied claquer contre le sol. Je rouvris les yeux à temps pour le voir se relever. Mauvais signe. Si je choisissais la fuite, je n'arriverais pas à l'esquiver. La seule autre option était le jardin, où m'attendait son pitbull. Il m'avait mordue trois ans plus tôt, au point qu'il m'avait fallu des points de suture, pourtant il ne m'avait pas laissée consulter le docteur. Il m'avait dit de mettre un bandage ; il n'allait pas piquer son chien à cause d'une conne dans mon genre.

Les crocs du chien m'avaient laissé une vilaine balafre sur la hanche.

Je n'avais jamais remis les pieds dans le jardin.

Mais, en le voyant s'avancer vers moi, je me demandais s'il ne valait pas mieux me faire dévorer par son chien. C'était le moyen d'en finir : la mort. Ce qui comparativement n'avait pas l'air si terrible.

Juste avant qu'il ne m'atteigne, je décidai que tout ce que son chien pouvait me faire serait toujours mieux que ça. Alors je m'élançai.

Je l'entendis glousser dans mon sillage. Mais je ne laissai pas son rire me décourager. Il ne me croyait pas capable de sortir par la porte arrière ? Comme il se trompait. Pour lui échapper j'étais prête à affronter les molosses de l'enfer.

Mais la porte était verrouillée. Il me fallait la clé. *Non. Non.*

Ses mains s'agrippèrent à ma taille et m'attirèrent tout contre son érection. Je sentis le goût acide du vomi me brûler le fond de la gorge tandis que je me débattais en hurlant.

— Non !

Ses mains m'encerclèrent pour se refermer sur mes seins qu'il pressa douloureusement.

— Putain d'imbécile. T'es bonne qu'à ça. T'as même pas eu ton bac tellement t'étais débile. Tu as un corps fait pour plaire aux hommes. Tu ferais mieux de l'accepter, salope.

Les larmes roulaient sur mon visage. Je n'avais pas pu les retenir. Il savait quelles paroles prononcer pour me blesser.

— Non ! hurlai-je une nouvelle fois mais, avec la douleur, ma voix se brisa.

— Débats-toi, Reese. J'aime bien quand tu me résistes, me siffla-t-il à l'oreille.

Comment ma mère pouvait-elle rester mariée à cet individu ? Mon père était-il pire que cet homme ? Elle ne l'avait jamais épousé. Elle ne m'avait jamais parlé de lui. Je ne connaissais même pas son nom. Mais personne ne pouvait être pire que cette abomination.

C'était trop. J'en avais assez d'avoir peur. Il pouvait me frapper jusqu'à ce que mort s'ensuive ou alors me flanquer dehors. J'avais craint les deux pendant si longtemps.

Un jour, ma mère m'avait dit que les hommes n'auraient qu'une seule chose à l'esprit en me regardant : le sexe. Les hommes m'utiliseraient toute ma vie. Elle me disait constamment de partir.

Aujourd'hui j'étais prête. J'avais mis de côté huit cent cinquante-cinq dollars, de quoi partir en car à l'autre bout du pays et me trouver un boulot. C'était mon objectif, si j'arrivais à sortir vivante de cette maison.

Les mains de Marco glissèrent sur le devant de mon short et je me cambrai contre lui en hurlant. Je ne voulais pas de sa main à cet endroit.

— Lâche-moi ! hurlai-je, si fort que les voisins durent entendre.

Il retira sa main et me retourna si brutalement que mon bras émit un claquement sec. Puis il me plaqua contre la porte. Sa main s'écrasa sur mon visage dans un craquement sonore. Ma vision se brouilla et je sentis mes jambes se dérober.

— Ta gueule, salope. Bronche pas.

Il souleva mon T-shirt et arracha mon soutien-gorge. Je sanglotai, incapable de stopper l'horreur en marche.

— Écarte-toi de mon mari, espèce de pute, et sors de chez moi ! Je ne veux plus jamais voir ta gueule !

La voix de ma mère interrompit Marco, qui retira les mains de ma poitrine. J'abaissai aussitôt mon T-shirt.

Mon visage brûlait encore du coup de poing, j'avais le goût du sang sur ma lèvre et une coupure cinglante enflait sous ma langue.

— Casse-toi, espèce de bonne à rien, de putain, d'imbécile ! hurla ma mère.

C'est à cet instant que tout bascula.

Mase

Deux ans plus tard

Nom de Dieu. Quel boucan ! J'ouvris les yeux, le sommeil refluant lentement de mon cerveau, et percutai sur ce qui m'avait réveillé.

Un aspirateur ? Et… quelqu'un qui chantait ? C'était quoi, ce bordel ?

Je me frottai les yeux en grognant d'irritation. Le bruit était de plus en plus fort. Pas de doute, il s'agissait d'un aspirateur. Et de ce qui ressemblait à une version vraiment atroce de *Gunpowder & Lead* de Miranda Lambert.

Mon téléphone affichait 8 heures à peine. J'avais dormi deux heures. Après trente heures sans fermer l'œil, j'étais réveillé par une voix de casserole et un putain d'aspirateur ?

Je tressaillis en l'entendant entamer le refrain. Elle chantait de plus en plus fort. Et sacrément faux. En plus elle massacrait une super chanson. Cette meuf ne savait pas qu'on ne se pointait pas chez les gens à 8 heures du mat' en chantant à tue-tête ?

Je n'allais jamais trouver le sommeil avec ce raffut.

Nannette avait dû engager une demeurée pour faire le ménage dans sa foutue baraque. La connaissant, elle était furax parce que j'étais là et qu'elle n'y pouvait rien. À tous les coups elle avait soudoyé la nana pour hurler devant ma chambre. La maison n'appartenait pas à Nannette, mais à notre père, Kiro. Pendant que Nannette était à Paris, nous avait-il dit, je pouvais crécher ici et passer du temps avec notre autre sœur, Harlow, qui vivait à Rosemary Beach avec son mari, Grant, et leur bébé.

Cette conne n'avait pas trouvé de meilleur moyen de me faire payer mon séjour sous son toit.

Pendant ce temps, l'autre chantait son refrain en boucle à pleins poumons. Nom de Dieu, je m'étais réveillé en plein cauchemar. Il fallait absolument qu'elle se taise si je voulais réussir à rendre visite à Harlow et sa famille. Elle était tellement contente que j'aie fait tout le trajet depuis le Texas. Mais cette imbécile bousillait mon sommeil avec une efficacité redoutable.

Je dégageai la couverture et fonçai vers la porte avant de me rendre compte que j'étais à poil. Le manque de sommeil pilonnait ma tête et je sentis la colère monter en moi tandis que je fouillais la pièce à la recherche de mon jean. Je voyais trouble et les rideaux épais étaient tirés. Et puis merde. J'attrapai le drap et l'enroulai autour de ma taille.

J'ouvris la porte au moment où la nana se lançait dans une nouvelle chanson. Nom d'un chien. Pas une autre. Cette fois-ci, voilà qu'elle massacrait *Cruise* des Florida Georgia Line.

La lumière me fit cligner des yeux. Je les frottai, ma vision toujours embrouillée. Merde, elle ne me voyait donc pas ?

Au bout de quelques secondes, je réussis enfin à plisser les yeux et tombai sur un petit cul tout rond qui se tortillait devant moi. Elle était penchée en avant. Lentement, mes yeux s'ouvrirent en grand et j'admirai la plus longue paire de jambes que j'aie jamais vue. Et bon sang, ce cul. C'était un grain de beauté sous sa fesse gauche ?

Elle se releva : sa taille de guêpe donnait une forme encore plus délicieuse à son postérieur, qu'elle continuait à trémousser en chantant faux. Elle atteignit une note aiguë qui me fit grimacer. Sérieusement, cette fille ne savait pas chanter pour un sou.

Elle se retourna soudain et j'eus à peine le temps d'apprécier la vue de devant ; elle poussa un cri, lâcha l'aspirateur et retira les écouteurs de ses oreilles. Ses grands yeux bleu clair se posèrent sur moi avec horreur et elle ouvrit et referma la bouche plusieurs fois de suite comme si elle essayait de parler.

Je profitai de cet instant de silence pour mater le rose de ses lèvres pleines et la forme parfaite de son visage. Ses cheveux, couleur de nuit, étaient relevés en chignon. Je me demandais jusqu'où ils descendaient.

— Je suis désolée, parvint-elle à piailler.

Elle n'était vraiment pas commune, et dégageait une sorte de caractère exotique, comme si le bon Dieu avait rassemblé tous les meilleurs morceaux pour la créer.

— Pas moi, répliquai-je.

Plus maintenant. Dormir ? Pour quoi faire ? Euh… si quand même.

— Je ne savais pas… je croyais que la maison était encore vide. Je veux dire, je ne savais pas que quelqu'un logeait ici. Il n'y avait aucune voiture dehors et, quand j'ai sonné à l'entrée, personne n'a répondu, alors j'ai tapé le digicode.

Elle n'était pas du Sud. Peut-être du Midwest. En tout cas pas du coin. Elle n'avait pas le ton nasillard de l'accent local. Sa voix était douce.

— Je suis arrivé en avion. On m'a déposé en voiture, répondis-je.

Elle hocha la tête puis planta de nouveau le regard sur ses pieds.

— Je vais faire attention au bruit. Je peux remonter m'occuper de cette partie plus tard. Je vais commencer par le rez-de-chaussée pour aujourd'hui.

— Merci.

Ses joues s'empourprèrent tandis que ses yeux se posaient sur ma poitrine nue. Puis elle tourna les talons et s'éloigna précipitamment, abandonnant l'aspirateur dans sa fuite. Je contemplai avec délectation le tressautement de son postérieur. Nom d'un chien, j'espérais bien qu'elle passait faire le ménage plusieurs fois par semaine. La prochaine fois, je serais moins claqué : je lui demanderais son nom.

Elle sortit de mon champ de vision. Je regagnai ma chambre et fermai la porte. Un large sourire s'attarda sur mes lèvres au souvenir de l'expression qu'elle avait eue en découvrant que j'étais vêtu d'un simple drap. Comment se faisait-il que Nan ait une femme de ménage comme ça? Cette fille était sublime.

Je me rallongeai et fermai les yeux. L'image de son grain de beauté lové sous sa rondeur me revint à l'esprit. Ça me donnait envie de la lécher. Je n'avais jamais vu de grain de beauté aussi craquant.

Reese

— Oh là là, oh là là, oh là là, répétai-je en boucle en me laissant tomber dans le canapé le plus proche avant d'enfouir mon visage dans mes mains.

Je ne m'étais pas rendu compte que quelqu'un logeait ici. Je l'avais réveillé. Il avait eu l'air agacé. Oh Seigneur, je ne savais pas trop quoi en penser. J'avais eu tellement peur qu'il me vire. C'était mon job le mieux payé, mais je n'avais jamais rencontré le propriétaire. Je travaillais pour un service de nettoyage à domicile, qui me trouvait des ménages. C'était la plus grosse maison sur mon emploi du temps, où le ménage hebdomadaire payait le loyer de mon appartement, toutes mes charges et la nourriture. Les autres maisons étaient plus petites, donc si je perdais ce contrat, il me faudrait additionner tous les autres pour payer mes factures. Je ne pourrais plus rien mettre de côté. Plus aucun filet de sécurité.

L'image de son torse nu me titillait et je fermai les yeux pour la chasser de mon esprit. Je me méfiais des hommes. Enfin, exception faite de mon voisin Jimmy. C'est lui qui m'avait mise en contact avec l'entreprise de nettoyage. Il aimait les hommes, pas les femmes, donc je me sentais en sécurité avec lui.

Habituellement je n'appréciais pas la vision de la poitrine nue d'un homme. Mais cette poitrine-là... disons qu'elle était vraiment belle. Et ces bras aux muscles saillants. Qu'est-ce qui m'arrivait ? Oui, son corps était magnifique, mais les hommes comme lui qui vivaient dans des maisons comme celle-ci ne voulaient pas de quelqu'un comme moi, à part pour un plan cul.

Cet homme était riche et beau et il devait avoir dans son lit une femme tout aussi riche et belle. J'en étais même sûre. À l'étage, la plus grande des chambres avait un dressing plein des plus beaux vêtements que j'aie jamais vus. J'imagine qu'une femme habitait ici, et que ce type devait être son petit ami. Je ne voyais pas trop pourquoi il dormait dans une autre chambre. Mais ça n'était pas mes oignons. Alors aussi beaux que soient ses bras et sa poitrine, aussi fins que soient les traits de son visage, même avec une barbe de plusieurs jours, il valait mieux arrêter tout de suite de penser à lui.

Je devais faire le nécessaire pour ne pas perdre ce contrat. En règle générale, la maison était plutôt propre, vu que personne n'y avait vécu au fil des mois où j'avais travaillé, mais je la récurais chaque semaine comme si c'était une porcherie. Il n'y avait pas une once de poussière et j'étais même allée jusqu'à ranger le garde-manger et l'armoire de ménage, à briquer les étagères et jeter toute la nourriture périmée.

Je me relevai pour me débarrasser de l'humiliation d'avoir réveillé un client en passant l'aspirateur tout en chantant à tue-tête pile devant sa porte. Quand il verrait à quel point tout était propre, il fermerait peut-être les yeux sur ma boulette.

Trois heures plus tard, le rez-de-chaussée était impeccable. J'avais même relavé le frigo et le congélateur de fond en comble histoire de laisser amplement le temps au client de dormir. Je montai au premier et nettoyai minutieusement chaque chambre jusqu'à ce qu'il n'y ait plus rien à récurer. Puis j'arrivai enfin au pied de l'escalier qui menait au deuxième étage. Il était 13 heures, et il était encore au lit. Il me restait à nettoyer trois chambres et trois salles de bains complètes, sans oublier une salle de cinéma et une salle de jeux dotée d'un service de bar. Si j'étais discrète, la salle de jeux était suffisamment éloignée de sa chambre pour que je puisse la nettoyer sans le réveiller.

Je grimpai l'escalier et dépassai sa chambre sur la pointe des pieds. Une fois à l'abri dans la salle de jeux, je poussai un soupir de soulagement. Je refermai la porte derrière moi et me retournai pour faire face à la grande salle, à laquelle personne n'avait touché. Le bar était garni de tous les alcools possibles et imaginables et une telle variété de verres que je n'osais même pas essayer de comprendre lesquels allaient avec quoi. Je traversai la pièce et posai mon panier de produits ménagers par terre. Pour aujourd'hui, je décidai de passer un peu plus de temps sur les fenêtres. J'attrapai une chaise que je recouvris d'un chiffon propre avant de monter dessus. Il y avait au moins trois mètres cinquante sous plafond, ce qui ne facilitait pas l'accès aux carreaux. Parfois je me munissais d'une échelle pour cette pièce, mais ça risquait de faire trop de raffut.

La main tendue vers le haut, je passais un chiffon sur toute la surface de la fenêtre lorsque mon téléphone portable se mit à sonner. Merde ! Je réglais toujours le volume de la sonnerie à fond quand je travaillais pour pouvoir l'entendre à travers toute la maison. Je me dépêchai de descendre de l'échelle, mais mon pied glissa. J'eus à peine le temps de grimacer de douleur que la chaise se retourna. Je battis des bras et tentai de m'agripper à la première chose qui me tombait sous la main. Un immense miroir ouvragé.

Le fracas du verre brisé retentit juste avant que mes fesses ne touchent le sol avec un bruit sourd.

Pendant que la sonnerie de mon fichu téléphone continuait à brailler.

Je me tournai pour l'attraper, en vain. La sonnerie tonitruante persista tandis que je me tortillais par terre pour m'en rapprocher malgré mes jambes toutes emmêlées.

La porte s'ouvrit en grand. Je me figeai sur place.

J'étais donc par terre, entourée d'éclats de verre et d'une chaise renversée. Le seul point positif était que mon téléphone avait enfin cessé de sonner.

— Qu'est-ce qui se passe ? Tout va bien ?

Il s'avança à grands pas vers moi. Il était vêtu d'un caleçon blanc – au moins il n'était pas nu comme un ver. Je détournai mon regard de son corps dénudé en retenant mon souffle. Non seulement j'avais cassé son miroir, mais je l'avais réveillé pour la seconde fois.

— Je suis sincèrement désolée. Je vous rembourserai le miroir. Il doit sans doute coûter cher, mais vous n'aurez qu'à ne pas me payer jusqu'à ce que ça couvre le prix. Je peux même venir plus d'une fois par semaine gratuitement.

Il fronça les sourcils et mon estomac se noua. Il n'avait pas l'air content.

— Vous saignez ? Merde, donnez-moi la main.

Il se laissa tomber à genoux et prit ma main gauche dans la sienne. Bien évidemment, un morceau de verre s'était fiché dedans et le sang gouttait lentement autour du tesson.

— Il va vous falloir des points de suture. Laissez-moi m'habiller. Je vous emmène à l'hôpital, dit-il en se relevant pour regagner la porte.

Je fixai le morceau de verre puis levai les yeux sur la porte. Il allait m'emmener pour des points de suture. Pour ça ? Si l'entreprise qui m'embauchait l'apprenait, c'est elle qui allait me virer. Je ne pouvais pas me permettre qu'il en fasse tout un plat. J'avais besoin d'un peu de désinfectant et d'un pansement. Après quoi je nettoierais le bazar que j'avais laissé.

Je me relevai en grimaçant de douleur : à coup sûr j'allais avoir un bleu sur les fesses. J'époussetai les éclats de verre qui étaient restés accrochés à mes vêtements, ce qui me valut de minuscules coupures aux doigts. Le sang qui s'étalait sur mes cuisses rendait le tableau bien pire qu'il n'était en réalité.

Je m'extirpai des débris de verre. Une fois sûre et certaine de ne pas entraîner de morceaux dans mon sillage, je pris un chiffon propre dans mon panier, puis me dirigeai vers la salle de bains la plus proche à droite de la salle de jeux, mouillai le tissu et me nettoyai les jambes.

— Mais qu'est-ce que vous fabriquez ? s'exclama-t-il d'une voix en colère.

Je relevai la tête d'un coup et reculai en apercevant sa silhouette dans l'encadrement de la porte. J'avais posé mon pied sur le siège refermé des toilettes. Je le reposai immédiatement par terre.

— Je suis désolée. J'avais l'intention de nettoyer le siège des toilettes une fois que j'aurais terminé.

Son froncement de sourcils s'accentua. Merde. Je n'arrêtais pas de m'enfoncer.

— Je me contrefiche des toilettes. Pourquoi n'avez-vous pas attendu que je revienne vous aider à vous relever ? Vous auriez pu marcher sur du verre.

Quoi ? Cette fois-ci, c'est moi qui fronçais les sourcils. Je ne comprenais rien.

— J'ai fait attention, répliquai-je sans trop savoir ce qui le mettait dans cet état.

— Venez. Je vais retirer le tesson, nettoyer la plaie et la panser avant de partir. Ça risque de s'infecter si on laisse comme ça.

— O.K., fis-je.

Je ne voulais pas le contrarier. À l'évidence, il était déterminé à me donner un coup de main.

Il tourna les talons pour regagner la porte. Je lui emboîtai donc le pas. Je ne posai les yeux qu'une fois sur son postérieur, et seulement parce que j'étais curieuse de savoir à quoi il ressemblait dans le jean qu'il avait enfilé. Le résultat était aussi impressionnant derrière que devant. Ce jean lui allait à la perfection.

En laissant mon regard glisser le long de son dos je remarquai pour la première fois qu'il avait une queue-de-cheval. Ses cheveux n'étaient pas particulièrement longs, ils devaient lui tomber aux épaules. Je ne m'étais pas autorisée à le regarder suffisamment longtemps pour m'en rendre compte. Ses yeux et sa mâchoire puissante avaient retenu toute mon attention jusqu'à cet instant.

Nous atteignîmes la porte de sa chambre. Il me fit signe de le rejoindre à l'intérieur.

— Je n'ai aucune idée de l'endroit où Nan range sa trousse de premiers soins, mais j'en ai une dans mon sac. Je m'occupe de soigner un cheval qui a fait une chute pendant que je le dressais, donc j'ai ce qu'il faut.

Nan ? Qui était Nan ?

— Vous ne vivez pas ici ? l'interrogeai-je.

Il sortit une pochette bleue de son sac marin puis tourna les yeux vers moi d'un air amusé, un sourire au coin des lèvres.

— Jamais de la vie, lâcha-t-il avec un rire. Vous avez rencontré Nannette ? Personne ne décide de son plein gré de vivre avec elle. Mais comme la maison appartient à notre père, je peux crécher ici quand je veux. De préférence quand Nan n'est pas dans les parages.

— Ah. Jusqu'à aujourd'hui je n'ai vu personne ici.

— Ça explique beaucoup de choses, marmonna-t-il avant de lâcher un petit rire comme s'il plaisantait. (Puis me tendant la main :) Faites voir. Je vais faire attention, mais ça risque de piquer.

Jamais je ne laissais un homme me toucher. Mais quelque chose dans sa manière d'ausculter la paume de ma main m'incitait à lui faire confiance. Il était gentil, ou en tout cas il en avait l'air. Il ne me jetait pas des regards qui me mettaient mal à l'aise.

Je posai le dos de ma main dans la sienne, et il me regarda d'un air désolé, comme si c'était sa faute. Il retira délicatement le morceau de verre de ma paume puis entreprit de la tamponner à l'aide d'une boule de coton imbibée de désinfectant. Oui, ça piquait, mais j'avais connu bien pire.

Il inclina la tête et se mit à souffler doucement sur la plaie tandis qu'il la nettoyait. Son souffle frais sur ma peau atténua la douleur, et je restais subjuguée par le mouvement de ses lèvres. Est-ce qu'il existait en vrai ? N'étais-je pas plutôt tombée sur la tête ? Dans un drôle de rêve ?

Il pressa la boule de coton fermement contre la plaie à l'aide de son pouce tout en sortant un nouveau morceau de coton et du sparadrap.

— J'aurais bien aimé appliquer un peu de pommade, mais comme je l'utilise rarement, je ne l'ai pas emportée. J'ai du Tylenol contre la douleur, histoire de tenir jusqu'à l'hôpital.

Ne sachant trop comment réagir, je me contentai de hocher la tête. Personne ne s'était jamais préoccupé de moi après une blessure. Et j'en avais eu beaucoup.

— Au fait, je m'appelle Mase, annonça-t-il en relevant les yeux de mon bandage.

— C'est joli comme prénom. C'est la première fois que je l'entends.

Il émit un petit rire.

— Merci. Et toi, tu as un nom ?

Oh. Il voulait connaître mon prénom. Aucune des personnes pour qui j'avais pu travailler ne m'avait demandé mon nom, à part une. Mais elle était différente des clients que j'avais sur mes autres sites de travail.

— Oui. Je m'appelle Reese.

Mase

Bon sang, elle sentait le petit pain à la cannelle. Un parfum sucré de cannelle et de glaçage à la crème qui vous mettait l'eau à la bouche. J'avais du mal à ne pas humer son odeur qui flottait vers moi. J'évitais malgré tout de me comporter comme un psychopathe en l'attirant contre moi pour enfouir mon visage dans son cou et respirer son parfum à plein nez. Je n'avais jamais rencontré de femme qui sentait le petit pain à la cannelle… Eh bien nom d'un chien c'était carrément excitant.

J'enroulai sa main dans un bandage puis la ramenai en bas de l'escalier. Elle avait l'air perplexe, pourtant elle ne disait pas grand-chose. Je lui demandai si elle avait un sac à main, elle hocha la tête et partit le récupérer à côté de la porte. Enfin ce n'était pas ce que la plupart des femmes appelleraient un sac à main : plutôt un sac à dos bleu délavé. Elle l'arrima à son épaule et se retourna pour jeter un œil à la maison d'un air inquiet.

— Je n'ai pas fini le ménage, dit-elle avant de me regarder.

— Tu ne peux pas le faire avec une plaie à la main, soulignai-je en souriant malgré moi.

Elle fronça les sourcils.

— Ce n'est pas si grave que ça, je peux quand même travailler, insista-t-elle en soulevant sa main bandée.

— Non, tranchai-je en ouvrant la porte.

Une fois dehors, je constatai que mon pick-up était arrivé. J'attendais en effet qu'on me le livre. Bien, j'allais pouvoir le prendre au lieu de conduire sa voiture.

— Tu es garée où ? demandai-je.

— Je n'ai pas de voiture.

— Quelqu'un t'a déposée ? m'enquis-je, sachant déjà que la réponse était que son jules l'avait accompagnée – eh merde.

— J'ai un voisin qui travaille au Kerrington Country Club. Je fais le trajet avec lui et après je finis à pied jusqu'ici.

Un voisin ?

— Il ne t'accompagne pas ici ?

Elle secoua la tête en me regardant comme si j'étais fou.

— Non. C'est presque à deux kilomètres. J'aime bien marcher.

— C'est qui ce voisin ?

— Il s'appelle Jimmy.

J'allais avoir une petite discussion avec Jimmy. C'était dangereux qu'une fille comme elle se promène dans les parages toute seule. Rosemary Beach avait beau être un endroit sûr, c'était aussi un lieu de transit.

— Et Jimmy te ramène chez toi ?

Elle me scruta d'un air incertain. Comme si elle redoutait de me répondre.

— Parfois, oui, la plupart du temps.

Pourquoi n'avait-elle pas de voiture ? Elle devait avoir au moins vingt et un ou vingt-deux ans. Ce n'était plus une gamine. Elle avait un boulot et sans doute un appartement.

— Comment tu fais pour rentrer quand Jimmy n'est pas là ? demandai-je en lui tenant la porte du pick-up ouverte.

Je lui tendis la main pour qu'elle s'aide de sa main valide à grimper dans la cabine.

— Je marche, répondit-elle sans me regarder.

Bon sang.

En baissant les yeux sur ses sandales bon marché, je remarquai ses parfaits petits orteils peints en rose. Nom d'un chien, même ses doigts de pied étaient sexy…

Elle replia ses pieds, et je m'aperçus qu'elle m'avait surpris en train de les regarder. Je refermai la portière passager et pris mon temps pour faire le tour jusqu'au siège conducteur. Cette fille avait besoin d'aide, mais je ne pouvais pas me charger de la sauver. J'étais ici pour une semaine seulement, éventuellement deux, avant de retourner au Texas. Ce n'était pas le moment de me mettre la rate au court-bouillon à cause des problèmes de cette nana.

Mon portable se mit à sonner dans ma poche avant que je ne démarre le moteur. Je savais déjà que c'était Harlow. Elle m'attendait aux alentours de 14 heures. Je jetai un œil à l'horloge. L'heure approchait.

— Salut, répondis-je tout en démarrant pour regagner la route principale.

— Tu as réussi à dormir ? demanda Harlow.

J'entendais Lila Kate, son petit bébé, qui s'agitait en fond sonore.

— Euh, ouais, répliquai-je.

Je ne pouvais pas trop lui expliquer pourquoi je manquais de sommeil, étant donné que la raison était assise à côté de moi.

— Tu viens toujours à 14 heures ? Grant nous laisse une heure. Il rentrera vers 15 heures.

Je jetai un œil à la blessure de Reese. Le passage aux urgences allait prendre un bon bout de temps.

— Il y a eu un accident ce matin. La fille qui fait le ménage chez Nan est tombée et s'est tailladé la main. Je l'emmène à l'hôpital pour des points de suture. Ça risque de durer un moment.

— Oh non, s'exclama Harlow d'un voix inquiète (une des nombreuses raisons qui faisaient que je préférais Harlow à Nan). Est-ce qu'elle va bien ?

Quand j'avais désinfecté la plaie, elle était restée de marbre. Même moi je faisais la grimace quand j'avais une blessure de cet acabit.

— Ça a l'air. C'est juste une vilaine coupure. Elle n'a pas de voiture, alors je vais devoir la conduire chez elle après l'hôpital. Je risque d'arriver chez toi plus tard dans la soirée. Mais tu m'as pour le reste de la semaine. D'ici à dimanche tu ne pourras plus me voir en peinture, la rassurai-je.

Harlow éclata de rire.

— J'en doute, mais ce n'est pas grave. Prends ton temps. Occupe-toi bien d'elle et raccompagne-la. Je vais faire une sieste avec Lila Kate. Elle n'a pas beaucoup dormi la nuit dernière. Elle fait ses dents.

— Alors va te reposer, ma chérie. Je te vois ce soir, répliquai-je avant de raccrocher.

— Tu n'es pas obligé de rester avec moi. Je prendrai un taxi pour rentrer, objecta Reese.

Je n'allais pas la laisser rentrer en taxi après des points de suture. Est-ce que j'avais la tête d'un type à faire ce genre de choses ?

— Je reste avec toi, répondis-je d'un ton ferme.

— C'est vraiment très gentil de ta part. Mais j'ai déjà eu des blessures pires que celle-ci. Je n'ai même pas besoin de points de suture. Je peux terminer le ménage et rentrer chez moi.

Quoi ? Elle était sérieuse ?

— On va te recoudre et après je te ramènerai chez toi.

J'étais agacé et je commençais à me mettre en rogne. Pas contre elle. Bon sang, qui pourrait bien se mettre en rogne contre une si belle fille ? J'étais furax qu'elle trouve ça normal de partir sans soins.

Cette fois-ci, elle ne me contredit pas. Je lui coulai un regard en biais : elle était assise toute raide, et son corps penchait vers la portière comme si elle essayait de se tenir éloignée de moi. Je lui avais fait peur ?

— Écoute, Reese, tu faisais le ménage chez ma sœur et tu t'es blessée. Nous avons la responsabilité de veiller à ce que tu sois correctement prise en charge. Je ne vais pas te laisser finir le ménage aujourd'hui, ni même demain. Tu pourras revenir une fois que ta main ira mieux et que tu auras moins mal. Je serai ici toute la semaine et, contrairement à ma sœur, je suis propre. Je n'ai pas besoin de femme de ménage.

Elle hocha la tête sans me regarder.

C'était visiblement la seule réponse que j'allais avoir. Très bien. Elle pouvait bouder, mais sérieusement je n'avais rien fait, si ce n'est exiger de m'occuper d'elle. C'était quoi son problème ?

Reese

Cette journée allait d'humiliation en humiliation. Mase avait allumé la radio pendant tout le reste du trajet. Il n'avait pas dit un mot jusqu'à l'hôpital. Il était en colère, ou alors agacé. Je l'empêchais de passer la soirée avec une femme, pourtant j'avais essayé de le laisser partir. Mais il ne voulait rien savoir.

Une fois aux urgences, il m'avait acheté un soda dans la salle d'attente, alors que je lui avais dit que je ne voulais rien. Quand on était venu me chercher pour mes points de suture, nous avions échangé cinq mots en tout et pour tout. J'avais envie de lui redire de partir, que je prendrais un taxi, mais j'avais peur qu'il me réponde sèchement. Je ne connaissais pas cet homme. Je n'avais aucune idée de ce dont il était capable.

Pendant qu'on me faisait une piqûre, Mase m'avait tenu la main, en me disant que je pouvais la serrer si besoin. Qu'est-ce que ça voulait dire ? Il essayait de me faire oublier la douleur ? C'était une banale piqûre. Et puis quand on m'avait recousu l'entaille, qui nécessitait cinq points de suture, il avait continué à me tenir la main.

Pendant ce temps, il m'avait raconté des blagues. Elles étaient nulles, mais ça m'avait fait rire. Jusqu'à cet instant, je crois que personne n'avait jamais essayé de me faire rire. En tout cas, c'était la première fois qu'on me racontait une blague qui n'était pas sur moi. À l'école, j'en avais entendu des tas, mais à chaque fois j'en étais la cible.

Mase arrêta sa voiture devant mon appartement. Il ne m'avait pas parlé de tout le trajet. Plus d'une fois, il m'avait donné l'impression qu'il allait dire quelque chose, mais s'était ravisé. Il avait fini par rallumer la radio, signe qu'il n'avait plus l'intention d'engager la conversation.

Je ne pouvais pas laisser son silence me blesser. Il avait remis à plus tard une soirée, sans doute avec sa copine, pour m'emmener à l'hôpital. Tout au long de l'intervention, il avait été incroyablement gentil, plus encore : attentionné. Mais à présent, son esprit se tournait vers sa chérie, la fille qui l'attendait.

Par le passé on m'avait déjà traitée de « poupée », de « meuf canon », de « bombasse », ce qui me faisait grimacer rien que d'y penser. On m'avait aussi donné des surnoms bien moins agréables, mais jamais « ma chérie ». Je me demandais quel effet ça pouvait faire. Quelqu'un qui vous parle comme ça de manière sincère. Quelqu'un qui n'avait pas l'intention de vous faire du mal.

Mase garait son pick-up. Le moment était venu de le remercier une nouvelle fois et de le laisser repartir.

— Encore merci de m'avoir accompagnée, pour le soda, et pour… euh… de m'avoir tenu la main. Ça me touche vraiment. Je suis désolée d'avoir gâché ta journée. Et je reviendrai dimanche pour tout nettoyer. Je n'ai pas d'autre ménage prévu ce jour-là. C'est le jour où tu t'en vas… c'est ça ?

Mase poussa un soupir et tourna les yeux vers moi.

— Ouais, je rentre chez moi dimanche. En tout cas c'est le programme pour le moment. Mais ne t'inquiète pas pour la maison tant que ta main n'est pas guérie. Nan ne rentre pas avant un mois. Elle est à Paris.

Paris. Ouah. Je ne pouvais même pas imaginer de mettre les pieds dans un endroit comme Paris. Je me demandais à quoi ressemblait cette fameuse Nan. Si c'était sa sœur, elle devait être magnifique.

— O.K., merci, répétai-je une fois encore.

J'attrapai mon sac à dos avant d'ouvrir la portière.

— Attends. Je vais t'aider, m'interrompit Mase.

Il avait fait ça chaque fois que j'étais montée dans son pick-up ou que j'en étais sortie. Comme s'il pensait que je ne pouvais pas me débrouiller sans me faire mal. Cela dit, après ce dont il avait été témoin aujourd'hui, il devait se dire que j'étais une vraie empotée.

Il me tendit de nouveau la main pour m'aider à descendre. Je le laissai faire, car j'étais sûre et certaine de le voir pour la dernière fois. Il n'en avait pas conscience, mais il m'avait redonné espoir. Et il m'avait montré que tous les hommes n'étaient pas mauvais.

Au lieu de le remercier une énième fois, je me contentai d'un hochement de tête et me dirigeai vers l'appartement 1C.

— Reese, m'interpella Mase en me coupant dans mon élan.

Je fis volte-face. Derrière lui, le soleil se couchait, et j'étais persuadée de n'avoir jamais rien vu d'aussi parfait de toute ma vie.

— Tu n'as pas gâché ma journée, dit-il avant d'ouvrir sa portière et de grimper derrière le volant.

J'avais envie de le regarder partir. Mais je me ravisai.

Le lendemain matin, ma main palpitait. J'avalai l'antibiotique et le comprimé antidouleur que le médecin m'avait prescrits et me préparai malgré tout pour le travail. J'avais un ménage qui m'attendait à Rosemary Beach. Jimmy, qui était un ami des propriétaires, m'avait décroché ce nouveau contrat. Il était hors de question que je lui fasse faux bond.

Jimmy m'attendait devant ma porte avec deux tasses de cappuccino à emporter, le sourire aux lèvres. Jimmy n'était pas mignon : il était sublime. Et il le savait. Mais, bizarrement, je ne pensais pas à lui comme à un gars ordinaire. Pour moi, Jimmy était plutôt la toute première copine que je me faisais. Le jour où je lui avais dit ça, il avait gloussé de rire.

Et Jimmy avait une machine à cappuccino dont j'étais en train de tomber amoureuse.

— Salut, beauté. Voici ton petit jus du matin, claironna-t-il en me tendant une tasse.

Je m'apprêtais à lever ma main blessée et me ravisai, mais trop tard : Jimmy avait déjà les yeux rivés sur mon bandage.

— Mais qu'est-ce qui t'est arrivé, ma puce ?

Je soupirai en me remémorant le souk que j'avais laissé la veille.

— Je suis tombée pendant que je lavais des vitres, j'ai cassé un miroir dans ma chute et je me suis ouvert la main. (Je préférais lui épargner les détails et me contentai de soulever la main.) Cinq points de suture. Le frère de la propriétaire m'a conduite à l'hôpital.

Jimmy fit la grimace.

— Aïe. Tu es sûre que tu peux faire le ménage aujourd'hui ? Ça doit faire mal.

— Ça va. J'irai un peu moins vite, mais on ne me reprendra plus à escalader des chaises pour faire les vitres, plaisantai-je.

Jimmy ne sourit pas. Il secoua la tête.

— Tu es vraiment un cas, Reese Ellis. Allez, viens, qu'on dépose tes jolies petites fesses chez les Carter. Et puis j'ai un nouveau contact pour toi. Blaire Finlay est une amie proche, et elle veut embaucher une nouvelle femme de ménage. La sienne prend sa retraite, et elle cherche une jeune. Elle a un petit môme que la femme de ménage avait du mal à gérer. Même si le gamin est chou comme tout. (Il me tendit un numéro de téléphone.) Appelle-la. C'est un amour. Tu vas l'adorer.

Un nouveau boulot que je décrochais sans passer par l'agence. C'était parfait. Ça me permettait d'empocher le revenu net des clients que je trouvais par moi-même.

— Merci Jimmy, dis-je en glissant le numéro dans ma poche. Je l'appellerai dès que ma main ira mieux. Je ne veux pas me pointer chez elle avec mon pansement.

Jimmy sourit, et son visage d'ange s'illumina encore plus.

— À toutes fins utiles, Blaire est la belle-sœur de Harlow Carter.

Je ne voyais pas où il voulait en venir. Comment ça, « à toutes fins utiles » ? Ça ne devait pas être important. En plus, j'appréciais véritablement Mme Carter. Comme elle avait un bébé, elle était souvent là quand je faisais le ménage et elle m'avait souvent parlé. Elle essayait toujours de m'inciter à déjeuner avec elle.

J'étais très heureuse à l'idée de travailler pour sa belle-sœur.

— Je bosse à la collecte de fonds qui a lieu ce soir au country-club. Je n'aurai pas fini avant 1 heure du matin. J'aimerais que tu rentres en taxi. Surtout avec ta main éclopée. Après avoir fait le ménage chez les Carter, tu seras crevée. Et tu auras mal.

Nous avions cette discussion chaque fois qu'il finissait tard. Il insistait toujours pour que je rentre en taxi, alors qu'on habitait à douze kilomètres à peine du country-club, juste à l'extérieur de Rosemary Beach après quelques routes à l'intérieur des terres. J'avais passé ma vie à marcher, pour aller à l'école, à la bibliothèque, au supermarché. J'avais l'habitude de me déplacer à pied. Si je voulais me rendre quelque part, je n'avais pas le choix.

J'avais sans doute assez d'argent pour m'acheter une voiture, mais je ne pouvais pas passer l'épreuve écrite du permis. Un jour, j'avais demandé à ma mère de m'aider : grave erreur. Elle avait fait tout son possible pour que je comprenne clairement que les paresseux et les imbéciles ne conduisaient pas. C'était trop dangereux pour les autres. J'avais essayé par deux fois de décrypter le guide du conducteur pour passer le code, en vain. Les mots n'avaient aucun sens.

C'est comme ça que je savais que ma mère, mon beau-père et tous les gamins de l'école avaient vu juste : j'étais bête. C'était évident. Mon cerveau ne fonctionnait pas normalement. À vingt-deux ans, j'essayais encore de déchiffrer les albums illustrés de la bibliothèque.

— Je suis sûr que Harlow voudra bien te déposer chez toi après le boulot. Tu devrais le lui demander. Et puis merde, je le lui demanderai, moi. Il n'y a pas plus gentil que Harlow Carter.

Il était hors de question que je lui demande de me raccompagner.

— Ça va aller. Je vais réfléchir pour le taxi. Promis, affirmai-je tout en sachant pertinemment que je n'en ferais rien.

Mase

Je n'étais pas allé chez Harlow la veille. J'étais rentré à la maison où j'avais nettoyé les éclats de verre avant de l'appeler pour expliquer que j'étais épuisé. J'avais du sommeil en retard. Les quelques heures que j'avais grappillées dans la matinée n'avaient pas suffi.

Ce matin, en me réveillant dans la maison plongée dans le silence, j'avais ressenti un étrange sentiment de perte. Ce qui était étrange, étant donné que Reese chantait vraiment comme une brêle. Je n'avais pas l'intention de la revoir. Et même si je ne repartais pas dimanche, je ne serais pas là quand elle passerait. Je ressentais le besoin de résoudre tous ses problèmes. Ce qui était idiot car elle s'en sortait très bien sans moi. Mais il y avait quelque chose dans ces grands yeux… et puis merde, fallait pas se leurrer. Il n'y avait pas une seule once de son corps qui n'attirait pas l'attention. Une attention que je mourais d'envie de lui vouer.

Une femme comme elle aurait dû avoir un homme. Je ne comprenais vraiment pas pourquoi ce n'était pas le cas.

Je me garai devant chez Harlow et chassai toutes les pensées concernant Reese, sans quoi je ne pourrais jamais aller de l'avant. Eh oui, je méritais un putain de trophée pour avoir réussi à ne pas embrasser ses lèvres charnues, mais c'était de l'histoire ancienne.

La porte d'entrée s'ouvrit en grand et Harlow sortit au pas de course en souriant comme une gamine. Dans mon esprit, elle serait toujours ma petite sœur. Je la voyais encore avec ses nattes et ses dents du bonheur quand elle me souriait. À l'époque, elle avait des taches de rousseur sur le nez. Pendant longtemps elle avait eu besoin de moi, et j'avais pris soin d'elle. À présent, c'est Grant Carter qui s'en chargeait.

— Te voilà ! s'écria-t-elle en se jetant dans mes bras.

Je gloussai de rire devant tant d'enthousiasme et la serrai contre moi tandis qu'elle m'embrassait sur la joue.

— Désolé pour hier. La journée a été longue, m'excusai-je, pris d'un accès de culpabilité.

— Ce n'est pas grave. Je nous ai fait un programme pour toute la journée. Lila Kate dort à l'intérieur et Grant a insisté pour que nous ayons une femme de ménage, qui est à l'étage. N'essaie même pas de me lancer sur le sujet. Il n'aimait pas que je fasse le ménage pendant que Lila Kate dormait ; il pense que je devrais faire la sieste avec elle pour me reposer. Il ne veut pas que je m'occupe de la maison, souligna-t-elle en levant les yeux au ciel comme si l'idée était ridicule.

Mais j'étais d'accord avec Grant. Harlow souffrait d'une maladie cardiaque qui avait failli l'emporter. Le souvenir de son accouchement, quand elle avait frôlé la mort, était encore vif. Lila Kate avait déjà plusieurs jours quand Harlow avait rouvert les yeux.

— Il a raison, répliquai-je.

— Viens, coupa Harlow en riant. J'ai préparé un brunch. J'ai pris l'habitude de regarder la chaîne Food Network quand je donne le biberon à Lila Kate au milieu de la nuit et je me suis mise à la cuisine. Une vraie mordue.

Tout en bavardant je suivis Harlow à l'intérieur. La gaieté dans sa voix et l'amour qui brillait dans son regard me faisaient vraiment apprécier Grant Carter. Au début j'avais des réserves, mais le gars avait réussi à me convaincre. Il rendait ma petite sœur heureuse. Son adoration était exactement ce dont elle avait besoin.

— Je suis de nouveau à l'intérieur, Reese. Ce n'est pas la peine de surveiller Lila Kate. J'ai le babyphone avec moi. Merci ! lança Harlow dans l'escalier.

Le temps que le nom « Reese » fasse son chemin, je tombai sur ses grands yeux bleu clair qui me scrutaient d'un air éberlué du haut de l'escalier. Merde alors. Moi qui pensais ne plus la revoir.

— Reese, voici Mase, mon frère. Mase, je te présente Reese. C'est la meilleure femme de ménage au monde. Je dois une fière chandelle à Jimmy qui me l'a conseillée.

Reese recouvrit sa main bandée de sa main valide et s'efforça de sourire malgré sa nervosité. Elle travaillait avec sa main dans cet état. Nom de Dieu. Elle n'avait donc rien écouté de ce que je lui avais dit ? Mais quelle tête de mule. Sa blessure devait lui faire un mal de chien.

— Et sacrément dévouée, étant donné qu'elle fait le ménage avec cinq points de suture à la main. Ta tolérance à la douleur est vraiment impressionnante, Reese, observai-je.

— Quoi ? s'exclama Harlow. Oh ! Reese fait aussi le ménage chez Nan ? (Puis, se tournant vers Reese :) Tu travailles alors que tu t'es coupé la main hier ? Pourquoi tu ne m'as rien dit ? Je n'aurais jamais exigé que tu viennes aujourd'hui. Il te faut du repos. Tu risques de déchirer les points.

Reese redressa ses épaules et glissa sa main bandée dans son dos comme si ça pouvait la faire disparaître.

— Tout va bien. Vraiment. Quand je me suis réveillée ce matin je n'avais pas mal du tout. Enfin, un peu, mais j'ai pris des médicaments et ça allait mieux. J'ai presque terminé à l'étage. Dans trois petites heures j'aurai fini.

— Hors de question, rétorqua Harlow en secouant la tête. Tu descends manger un brunch avec nous, puis Mase te raccompagnera chez toi. Je ne veux pas te revoir ici avant au moins la semaine prochaine. Tu ne peux pas travailler dans ces conditions.

L'agacement se lisait sur le visage de Reese, mais elle n'insista pas face à Harlow :

— O.K. Je vais ranger les serviettes dans la salle de bains et je descends.

Mais c'est pas vrai !

— Les serviettes sont très bien là où elles sont. Harlow pourra les ranger. Descends, décrétai-je.

On aurait dit un ordre. Mais ma patience avait des limites.

Elle hocha la tête avec raideur et descendit lentement les marches. Aujourd'hui elle ne portait pas de short, mais un legging qui s'arrêtait juste sous le genou. Ça lui allait comme un gant. Si seulement sa foutue chemise était moins grande j'aurais pu voir comment ça épousait la forme de son cul.

— Je suis désolée qu'il soit si autoritaire. Il a toujours été comme ça. C'est son côté mâle dominant, s'excusa Harlow tandis que Reese s'arrêtait à notre hauteur. Viens, passons à table. C'est la première fois que je tente cette recette. J'ai hâte d'avoir votre avis.

J'attendis que Harlow se soit suffisamment éloignée en direction de la cuisine pour jeter un œil à Reese.

— Fais voir ta main, dis-je d'une voix douce pour dissiper sa tension.

À l'évidence je la mettais mal à l'aise quand je m'impatientais. Elle fit mine de s'y opposer, je le voyais bien dans son regard. Puis elle se radoucit et me tendit la main. J'enlevai délicatement le bandage pour étudier la peau rose et toute plissée. Le ménage ne l'avait pas infectée, plutôt esquintée. Il fallait qu'elle applique de la glace et de la pommade.

— Je vais te chercher de la glace. Viens, l'invitai-je en la tenant par le poignet pour qu'elle ouvre la voie.

— Je préférerais éviter. Harlow risque de culpabiliser de m'avoir fait travailler chez elle aujourd'hui.

Elle s'inquiétait pour Harlow. Pourquoi ça ne m'étonnait pas ?

— Tout va bien. Harlow aura à cœur que tu prennes soin de toi.

Elle gagna la table de la cuisine et Harlow lui fit signe de s'asseoir.

Ma visite bien tranquille chez Harlow était en train de prendre une tout autre tournure. Je sortis une poche de glace du congélateur. Harlow avait pris place à table en face de Reese, mais je sentais son regard peser sur moi. Ma sœur était en train de tirer des conclusions bien hâtives.

Reese

Je me sentais si gênée.

Harlow était la « chérie » à qui il avait parlé la veille. Ça au moins, c'était clair. Elle avait mentionné le fait qu'il n'avait pas réussi à la voir la veille au soir. Ce qui me mettait horriblement mal à l'aise. Et voilà qu'une fois encore j'interrompais leurs retrouvailles. À l'évidence, Mase adorait sa sœur, et elle le lui rendait bien. N'ayant pas de frères et sœurs, je n'avais aucune idée de ce que cela pouvait faire.

— Kiro t'a appelée ? interrogea Mase avant de prendre une bouchée de son sandwich.

Harlow eut un fin sourire et hocha la tête.

— Ouais. Il ne vit pas très bien le fait d'être loin.

— Je suis surpris qu'il ait tenu aussi longtemps. Tu vas rendre visite à ta mère ?

Harlow fronça les sourcils et piqua du nez sur son assiette. Quelque chose ne tournait pas rond. Elle aussi avait des problèmes avec sa mère, comme moi ? Et il avait dit « ta mère » : ils n'avaient pas la même ?

— Si j'y vais toute seule, sans lui, il a peur que ça la bouleverse. Il préfère que j'attende son retour.

Mase poussa un soupir agacé. La réponse de sa sœur n'avait pas l'air de l'enchanter. Il tourna les yeux vers moi.

— Ça va ? Ça fait du bien, la glace ?

Je hochai la tête.

— Arrêtons de parler de papa. Ce n'est pas poli de discuter d'affaires de famille alors que nous avons une invitée, coupa Harlow avec un sourire qui contredisait son regard.

Mase l'avait contrariée.

— Votre père a un super prénom, avançai-je dans l'espoir de faire redescendre la tension dans la pièce. Le seul Kiro que je connaisse de nom est Kiro Manning. Je ne connais personne d'autre qui le porte.

Harlow et Mase échangèrent un regard, puis un vrai sourire éclaira le visage de Harlow et ses yeux pétillèrent de malice.

— Moi non plus je ne connais personne du nom de Kiro. À part, bien sûr, Kiro Manning.

Je fis mine d'acquiescer poliment lorsque ses mots prirent soudain tout leur sens. Non… attends. Non…

— Je n'ai pas dû préciser mon nom de famille quand je me suis présenté, observa Mase en souriant.

Attends, deux secondes. Je me creusai le cerveau. Il avait été question de la femme et de la fille de Kiro Manning aux infos à l'époque où j'avais quitté la maison. Mais je n'avais pas tout le temps accès à la télé.

— Tu ne regardes pas beaucoup la télé, hein ? s'enquit Mase avec un sourire taquin avant d'avaler une gorgée de soda.

Je n'allais pas me lancer dans de grandes explications. Je me contentai de secouer la tête :

— Non, pas des masses.

Harlow poussa un soupir puis émit un petit rire.

— Pour une fois que quelqu'un ignorait qui j'étais, tu as tout gâché, Mase.

Je voyais bien qu'elle plaisantait. Je souris tout en essayant de réaliser que j'étais assise à table avec les enfants de Kiro Manning. On m'avait envoyé sur une autre planète ? Ma sensation de malaise grimpa en flèche. J'avais plus que jamais envie de partir. Je n'étais pas en train d'interrompre une simple réunion de famille : j'interrompais la réunion de famille d'une star du rock. Oh, Seigneur, j'étais mortifiée.

Je les observai tous les deux, l'air si adorable, avec leurs sourires décontractés. Une famille normale, heureuse. Rien à voir avec ce qu'on aurait pu attendre des enfants d'une légende.

— Il faut que j'y aille. Je… Ma main commence à faire des siennes, et j'ai laissé mes médicaments à la maison. Merci mille fois pour le brunch. Je promets de faire des heures supplémentaires la semaine prochaine. Profitez bien du reste du repas, ce n'est pas la peine de me raccompagner, balbutiai-je précipitamment avant qu'ils ne puissent m'interrompre.

Puis je me levai et leur souris une dernière fois avant de quitter la pièce aussi calmement et promptement que possible.

Je venais de poser le pied dehors lorsqu'une main puissante se referma sur mon bras.

— Pas si vite. Si tu veux partir, je t'accompagne. Tu ne pars pas à pinces.

Mase me serrait le bras au point de me faire paniquer, mais avec suffisamment de fermeté pour que mon cœur s'emballe. Je n'aimais pas qu'on m'agrippe. Je réussis à maîtriser ma réaction.

— Je, euh, d'accord. O.K. Merci.

Parlementer avec cet homme était épuisant. Autant céder.

Il eut l'air satisfait que je ne fasse pas d'histoires. Il laissa retomber sa main qu'il posa contre mon dos, comme pour me diriger vers son pick-up. Je le devançai d'un pas rapide pour que sa main ne s'appuie pas contre moi. Je n'aimais pas qu'on me touche. Surtout pas comme ça. Même si le fait de me rappeler à quel point je n'aimais pas qu'on me touche ne faisait absolument pas partir le picotement chaud laissé par l'emplacement de sa main dans le creux de mon dos. Loin d'être désagréable, la sensation était nouvelle, totalement inédite.

Mase ouvrit la portière avant que je n'atteigne la poignée et me prit la main pour m'aider à grimper à bord. Voilà que je me retrouvai à nouveau dans son pick-up, mais, cette fois-ci, j'en savais davantage sur lui. Je savais qu'il était un frère bienveillant et aimé. Qu'il adorait sa sœur. Qu'il était le fils de Kiro Manning, rien que ça !

Mince alors, c'était quand même fou.

Il s'installa au volant et je lui coulai un regard en biais. Son grand corps musclé était vêtu d'une chemise en flanelle et d'un jean usé qui enveloppait ses jambes à la perfection et laissait deviner le contour de ses cuisses.

— Une fois chez toi, tu mettras la pommade qu'on a achetée hier. Ça assouplira la peau et atténuera la douleur.

— D'accord, le rassurai-je.

Il opina du chef et chaussa la paire de lunettes de soleil rangée dans le pare-soleil. On pouvait donc être sexy en mettant une simple paire de lunettes ? Jusqu'à cet instant, je n'aurais pas cru cela possible.

— Tu as besoin de prévenir Jimmy qu'on te raccompagne chez toi ?

Je secouai la tête.

— Non. J'allais rentrer à pied de toute façon. Il travaille ce soir.

Mase se renfrogna.

— Il y a un service de taxi dans le coin, tu sais.

Les yeux plantés sur ma main, je tripotai mon bandage. Je ne voulais pas lui raconter ma vie pour qu'il comprenne qu'un taxi n'y changerait rien. J'aimais bien marcher. J'avais toujours fonctionné comme ça.

Mase poussa un soupir devant mon silence.

— Tu travailles demain ? s'enquit-il.

Je n'avais pas de ménage prévu pour le lendemain. C'était le jour où j'allais emprunter de nouveaux livres à la bibliothèque, me promener sur la plage, ranger mon appartement et faire le plein de courses. Du temps pour moi.

— Non, pas demain.

— Tant mieux.

Mase

Deux jours après avoir raccompagné Reese, je me posais encore des questions sur elle. Je m'inquiétais pour sa main, du fait qu'elle allait partout à pied. Ce n'était pas faute d'essayer de me débarrasser de ce sentiment. Après tout, je n'étais pas responsable d'elle.

Harlow me tendit Lila Kate après l'avoir extirpée du siège bébé. Je serrai le petit bébé miracle dans mes bras. Elle était encore toute minuscule. Grant lui tournait toujours autour comme s'il avait peur qu'elle se brise. C'est l'impression que j'avais moi aussi. Avec elle j'étais le plus délicat possible.

— Prends-la. Je vais chercher le sac de couches, lança Harlow en sortant l'énorme sac qui renfermait les affaires de voyage de Lila Kate et semblait plus gros que la petiote.

— On va juste déjeuner avec les Finlay, elle a vraiment besoin de tout ça pour s'absenter deux petites heures ? m'enquis-je, curieux de savoir comment Lila Kate pouvait nécessiter un tel volume.

Harlow eut un large sourire, arrima le sac à son épaule, et leva les yeux sur le 4 × 4 de luxe que notre père lui avait offert à la naissance de Lila Kate.

— Allons-y.

Je la suivis en direction de l'entrée.

— Pourquoi on n'a pas pris de voiturier ? demandai-je par esprit de commodité.

— Parce que ça prend du temps d'installer Lila Kate et toutes ses affaires. Je déteste faire attendre la file de véhicules.

Je jetai un œil au voiturier : il était seul. Je m'abstins de tout commentaire.

— Bonjour madame Carter, monsieur Manning, nous accueillit le portier en nous ouvrant en grand.

Je n'étais pas membre du Kerrington Club, contrairement à Harlow, Rush, mon père, le père de Rush et, bien entendu, Nan. Mais les gens partaient du principe que si.

— Madame Carter, M. Finlay et son épouse sont déjà installés dans la salle du fond. Vous aurez plus d'intimité, annonça l'hôtesse qui nous attendait.

Nous la suivîmes à travers la salle à manger jusqu'à une pièce entourée de trois parois en verre surplombant le golf et les terrains de tennis.

Blaire se leva aussitôt pour venir à moi. Mais pas pour moi, ça c'était sûr. Elle poussa presque un cri de joie :

— Donne-la-moi, s'exclama-t-elle en tendant les bras vers Lila Kate.

— Salut Mase ! me salua Nate Finlay en se mettant debout sur sa chaise pour me faire un signe de la main.

Le bambin ressemblait de plus en plus à son père.

— Salut, p'tit gars, répondis-je en lui tendant mon poing.

— Check, comme ça ! articula Nate en percutant ma main de son petit poing replié avant de l'ouvrir en imitant le bruit d'une explosion.

— C'est le nouveau truc d'oncle Grant, expliqua Blaire en riant.

Je fis de mon mieux pour copier son geste avant de m'asseoir en face de Nate et Rush.

Rush souriait de toutes ses dents comme si Nate était le meilleur divertissement au monde.

— Assieds-toi sur ta chaise. Ne te mets pas debout. Souviens-toi de ce qu'on a dit, le rappela-t-il à l'ordre.

Nate se laissa tomber sur son siège et Rush lui ébouriffa les cheveux avant de se tourner vers moi.

— Ton séjour se passe bien ?

— Ouais, c'est chouette de voir Harlow en pleine forme. Et heureuse.

— Et Grant, renchérit Rush. Il a tout le temps le sourire aux lèvres, en ce moment.

— Je suis content de ne pas vivre dans les parages. Vous avez tous l'air heureux, mais vous tombez comme des dominos. Toi, Woods, Grant, et maintenant Tripp. (Je m'adossai à ma chaise en souriant.) Il y a un truc dans l'eau par ici, je préfère ne pas m'éterniser. Je ne suis pas encore prêt à faire le grand saut.

Rush gloussa de rire et jeta un œil à Blaire, qui faisait des câlins à Lila Kate. Blaire était sublime, cela ne faisait pas l'ombre d'un doute. Quand Rush avait décidé de se caser, il avait choisi le bon numéro. Mais, malgré tout, je n'avais pas envie de ça. En tout cas pas pour le moment. J'avais vingt-cinq ans à peine. La vie de famille n'était certainement pas une partie de plaisir, contrairement à ce que cette bande-là voulait bien me faire croire.

— Tu ne l'as pas encore rencontrée, observa Rush. Le jour où tu l'auras trouvée, ce que tu penses maintenant n'aura plus aucune importance. Tu ne voudras rien d'autre dans ta vie.

Je ne doutais pas de ses sentiments. Mais, pour ma part, je travaillais dans un ranch en compagnie de chevaux toute la journée, ce qui ne me laissait pas des masses de temps pour côtoyer des femmes. J'étais trop occupé à gagner ma vie et à gérer mes terres. J'avais des besoins, bien évidemment. J'étais un homme. Mais j'avais une amie que se chargeait de les assouvir, sans engagement. Ça nous allait très bien. Cordelia avait habité le ranch voisin la majeure partie de ma vie. On se comprenait, elle et moi.

— Oh, Rush, elle est parfaite. Je crois que je veux une fille. Je ne suis pas sûre de pouvoir attendre encore longtemps, claironna Blaire en embrassant Lila Kate sur le bout du nez.

— Bébé, quand tu seras prête pour un deuxième, j'en ferai ma priorité numéro un, affirma Rush en gratifiant sa femme d'un clin d'œil.

Le joues de Blaire virèrent au rose. Elle essaya de le réprimander d'un froncement de sourcils. En vain.

— Voyez un peu la table qu'on m'a confiée aujourd'hui. Je me doutais bien que c'était des VIP, intervint une voix d'homme. (Je me retournai et le vis sourire à Blaire puis se pencher sur Lila Kate.) Salut ma jolie. Je vois que ton radin de père n'est pas là aujourd'hui, je vais peut-être avoir la chance de te prendre dans mes bras.

— Salut Jimmy, lança Nate en lui faisant un signe de la main avant de tendre son petit poing.

Jimmy, qui connaissait le topo, le gratifia d'un check.

— Tu veux un Coca-Cola vanille, mec ? l'interrogea-t-il. (Nate opina du chef et Jimmy se tourna vers le reste de la tablée :) Et qu'est-ce que ce sera pour vous ?

Ses commandes prises, il s'apprêtait à repartir lorsque Harlow l'interpella :

— Jimmy, tu es un ami de Reese, je me trompe ?

Je tournai mon attention vers ma sœur pour écouter la suite de la conversation. L'air de rien, elle m'avait posé des questions sur Reese et je savais qu'elle cherchait à comprendre pourquoi je lui venais en aide. Mais j'y avais mis un terme. En tout cas c'est ce que je pensais.

Jimmy eut un large sourire.

— C'est ma voisine et ma nouvelle comparse des soirées *Game of Thrones*.

— C'est elle que tu m'as recommandée pour le ménage ? demanda Blaire.

— Ouais, c'est bien elle.

Harlow jeta un œil à Blaire :

— Elle est géniale. Tu en seras très contente. (Puis ma sœur regarda de nouveau Jimmy.) Je me demandais si sa main allait mieux ?

Le sourire de Jimmy s'évapora.

— Ça va. Mais elle est quand même allée travailler aujourd'hui. J'ai failli lui mettre une rouste. Quelle tête de mule. Je ne crois pas qu'elle ait de la famille. Ni même d'amis, d'ailleurs. Il y a deux semaines, elle m'a dit que j'étais la toute première copine qu'elle se faisait. Mais on partageait une bouteille de chardonnay, elle avait peut-être l'alcool bavard. En tout cas, elle est super. Adorable. Je n'arrive pas à comprendre qu'elle soit célibataire. Tous les mecs de l'immeuble lui ont fait des avances. Même les mecs mariés, déplora-t-il en secouant la tête avec dégoût.

— C'est triste, fit Blaire d'un air désolé. Ce n'est pas facile d'être seule. Je suis contente que tu sois là pour elle.

Jimmy fit un clin d'œil à Blaire avant de tourner les talons pour quitter la pièce.

Je ressentis un poids sur ma poitrine, dont j'essayais de me débarrasser en me concentrant sur la conversation. Mais la pensée que Reese était seule, sans famille, me perturbait. Personne à part Jimmy ne prenait de ses nouvelles. Comment était-ce possible ? Cette femme aurait créé un carambolage sans même s'en rendre compte. Merde, même les hommes mariés flashaient sur elle.

Je me demandais si elle ne préférait pas les filles, mais je me souvenais aussi de ses yeux posés sur ma poitrine nue. J'avais bien vu. Elle ne voulait pas regarder, mais elle n'avait pas pu résister.

Quand Jimmy revint plus tard pour débarrasser les assiettes, le cerveau de Harlow tournait à plein régime : elle aussi s'inquiétait pour Reese.

— Tu sais comment elle va rentrer du boulot aujourd'hui ? Tu l'accompagnes ? s'enquit-elle auprès de Jimmy.

Il fronça les sourcils en empilant une nouvelle assiette dans ses mains.

— Non. Elle s'occupait du ménage d'une maison plus petite aujourd'hui. Elle doit avoir fini et être en route.

Harlow se retourna vers moi :

— Tu veux bien aller la chercher et la ramener chez elle ? Je peux rester ici avec Lila Kate et prendre un dessert.

Sa phrase n'était même pas finie que j'étais déjà debout.

— Reese n'est pas très à l'aise avec les hommes. Ils la rendent nerveuse. C'est gentil de ta part d'envoyer Mase, mais elle ne voudra jamais grimper dans sa voiture, intervint Jimmy en me regardant avec circonspection.

— Tout va bien, elle connaît Mase. Il l'a accompagnée pour ses points de suture et il l'a ramenée de chez moi l'autre jour, le rassura Harlow.

Je scrutai les traits de Jimmy, qui pivota la tête vers moi. Ses yeux s'écarquillèrent et son visage s'éclaira d'un immense sourire.

— Eh bien au moins elle a bon goût. Il était temps, marmonna-t-il.

— Ne fais pas attention à Jimmy. C'est un romantique. Il fait tout un foin à partir de rien. Va la chercher en voiture, s'il te plaît, insista Harlow.

Elle avait peur que je n'y aille pas suite au commentaire de Jimmy. Je lançai un regard à ce dernier :

— Parlons de cette histoire de trajets à pied. Il faut que ça cesse. Conduis-la sur ses lieux de travail. Et qu'elle ne rentre pas seule du country-club.

Les yeux de Jimmy s'arrondirent davantage, mais je partis sans demander mon reste. Je savais que tous les autres m'avaient entendu et je me doutais de ce qu'ils pensaient. Mais ça m'était égal. Il allait me falloir plus que ça pour m'empêcher de revoir Reese. Elle avait besoin de moi. Merde, elle avait tout simplement besoin de quelqu'un. Et j'avais vraiment envie d'être là pour elle.

Tout ça c'était la faute de ma mère. Elle m'avait élevé comme ça. Je n'avais pas d'autre excuse.

Reese

Je ne remarquai pas le 4 × 4 de luxe qui s'arrêta à ma hauteur jusqu'à ce qu'une voix grave et familière m'interpelle. Je me retournai : Mase était en train de se garer derrière moi. Je ne m'attendais pas à le revoir.

L'emballement soudain de mon cœur dans ma poitrine me prit au dépourvu. Qu'y avait-il donc chez cet homme qui me faisait ressentir des choses qui me semblaient impossibles ?

— Monte, ordonna-t-il tandis qu'il contournait le véhicule pour m'ouvrir la portière.

À dire vrai, je n'avais pas envie de lui dire non. J'avais l'occasion de passer quelques minutes en sa compagnie. Je n'allais pas m'en priver.

Je posai subrepticement les yeux sur le jean qui moulait ses fesses et le T-shirt bleu marine serré qui ne cachait rien du moindre détail de sa silhouette. Il avait tiré ses cheveux en arrière et les boucles à l'extrémité de ses mèches avaient un petit air ébouriffé qui donnait envie de les toucher.

Lorsqu'il termina de contourner la voiture pour me faire face, je sortis de ma contemplation pour me dépêcher de le rejoindre.

— Merci, fis-je en grimpant dans la voiture.

Cette fois-ci, il ne m'avait pas aidée, mais le véhicule était moins haut que son pick-up. J'avais reconnu la voiture de Harlow, identifiable au siège bébé de Lila Kate à l'arrière.

Mase referma la porte et j'eus le loisir de le contempler dans toute sa beauté masculine lorsqu'il regagna d'un pas nonchalant l'avant du véhicule, glissant une mèche de cheveux rebelles derrière son oreille. Une fine barbe était de retour sur son visage, et je décrétai que je le préférais pas rasé.

— Tu as travaillé aujourd'hui, commença-t-il en jetant un œil à ma main. Tu as moins mal ?

Ça allait beaucoup mieux. Ma main m'avait donné beaucoup moins de souci aujourd'hui. En portant des gants, j'avais réussi à faire le ménage sans perdre trop de temps.

— Oui, répliquai-je. Tu te rendais quelque part ?

Il secoua la tête et démarra le 4 × 4 pour regagner la route.

— Non. Je viens de finir de déjeuner au country-club. Jimmy a dit que tu travaillais aujourd'hui et que tu rentrais à pied.

Et donc Mase était venu me chercher exprès ? S'il s'était effectivement rendu chez les Carter, il aurait tourné quelques pâtés de maisons plus tôt. Je sentis des petites ailes de papillons tourbillonner dans mon ventre.

Avant que je n'aie trouvé quoi répondre, une sonnerie de téléphone retentit. Mase se pencha en arrière et sortit un smartphone de sa poche.

— Salut, tout va bien ? dit-il en décrochant, l'air inquiet. Oui bien sûr, je serai rentré. Je pense que je pourrai caser ça. Ils ont dit combien de temps ils voulaient les laisser en pension ? (J'essayai de ne pas scruter son visage tandis qu'il se concentrait sur la route et sur sa conversation téléphonique.) Ouais, envoie, dit-il en ouvrant la boîte à gants. Regarde voir s'il n'y a pas un stylo là-dedans, Reese.

Je trouvai un stylo noir que je lui tendis aussitôt. Il le repoussa vers moi et ramassa un morceau de papier qui dépassait entre les sièges.

— Tiens, écris ici, dit-il.

Oh non, pas ça.

Il allait voir mon écriture. Alors que j'avais du mal à prendre des notes quand on me dictait quelque chose. Ça me demandait de la concentration. Mes lettres se mettaient à l'envers et je cédai souvent à la panique quand j'étais sous pression. J'avais besoin d'être seule pour m'appliquer.

— Trois cent trente-trois, commença-t-il.

Je me hâtais de noter les chiffres. J'allais y arriver, ce n'était pas si difficile que ça.

— Berkley Road, poursuivit-il.

Mon cœur se mit à battre à tout rompre, au point d'engloutir les bruits alentour.

— Fort Worth, conclut-il.

Je n'avais même pas réussi à écrire le B – ou ce que je pensais être un B. Mes mains tremblaient tellement que je n'étais pas sûre d'être en état de continuer.

Je pris une profonde inspiration dans l'espoir de maîtriser mes émotions. Berkley. J'avais le B. Puis venait un E. Je commençai à l'écrire, mais il ressemblait au 3 que je venais de noter. Je m'arrêtai pour jeter un œil aux 3. Pourquoi se ressemblaient-ils ?

Je sentais son regard peser sur moi. Mon corps se recouvrit d'une pellicule de sueur froide. Je m'efforçai de continuer. Il y avait le R. Je clignai des yeux tandis que les mots que j'avais rédigés se tordaient et que le sang tapait dans mes tempes.

— Envoie-moi l'adresse par SMS, lança Mase et je savais qu'il ne s'adressait pas à moi.

Je serrai les yeux très fort. J'avais envie de sauter du véhicule en marche. C'était un cauchemar. J'avais vécu ici presque une année sans que personne se rende compte que j'étais stupide. J'avais laissé ce stigmate derrière moi. J'avais utilisé le correcteur d'orthographe de l'ordinateur de Jimmy pour remplir ma candidature pour le service de nettoyage à domicile.

À force de serrer le poing autour du stylo mes articulations avaient pris une teinte blâfarde que je distinguai à travers les larmes de frustration qui me montaient aux yeux. À présent Mase savait à quel point j'étais bête. De toutes les personnes susceptibles de s'en apercevoir, il fallait que ça tombe sur lui ? L'univers avait une dent contre moi.

La grande main de Mase retira le stylo de la mienne. Je le laissai faire. Puis il le jeta dans la boîte à gants, qu'il referma. J'étais incapable de le regarder. Il ne disait rien et je refusais d'affronter son regard. Je n'allais y lire que la pitié, ou pire, le dégoût.

La voiture s'immobilisa, je pris une profonde inspi ration et agrippai la poignée. J'allais me précipiter audehors. La probabilité pour que je recroise cet homme était quasi inexistante. Je sortis de la voiture. Il ne dit pas un mot. Son silence me blessait, même si je le préférais à tout. Il n'allait pas ouvrir ma portière ni me dire au revoir. Il me laissait filer comme l'espèce d'idiote que j'étais.

Je m'éloignai sans me retourner, plongeant la main dans mon sac à dos pour repêcher la clé de mon appartement.

Ma main tremblait tellement que je ne parvenais pas à insérer la clé dans la serrure. Les larmes troublaient ma vue et je laissai échapper un sanglot frustré.

Soudain, sa main se posa sur la mienne, et il retira le trousseau de clés de mes doigts tremblants. Je le regardai avec horreur et incompréhension tandis qu'il ouvrait ma porte en grand. Pourquoi était-il sorti de la voiture ?

Je restai immobile. Figée sur place. Puis sa main effleura mon dos et me poussa délicatement. Je m'exécutai, incapable de réfléchir. Sa main resta sur le creux de mes reins jusqu'à ce que nous soyons tous les deux à l'intérieur et que la porte se soit refermée derrière nous sans faire de bruit. Il m'avait suivie dans l'appartement. Il allait me poser des questions. Questions auxquelles il avait déjà la réponse. Pendant le trajet, j'avais démontré que mon cerveau ne fonctionnait pas correctement. Il l'avait vu en direct. À présent, il fallait qu'il s'en aille.

— Que s'est-il passé ? interrogea-t-il d'une voix douce.

Il n'y avait aucune brutalité dans sa question. Sur le coup, je me sentis presque en sécurité. Presque.

Mase

Mes pensées partaient dans tous les sens tandis que j'essayais de piger ce qui s'était passé dans la voiture. Je n'avais encore jamais vu un truc pareil. J'avais eu du mal à me concentrer sur ma conduite en voyant que Reese peinait à rédiger une simple adresse. Je ne m'étais pas rendu compte qu'il y avait un problème, jusqu'à ce qu'un petit son paniqué sorte de sa gorge, comme si elle n'arrivait pas à respirer.

J'avais tourné les yeux vers elle : elle était pâle comme un linge. Puis je les avais baissés sur la feuille de papier : il y avait là trois E à la place des trois 3. Son B à l'envers suffisait amplement à indiquer que quelque chose clochait. Elle avait forcément une explication à tout ça. Histoire de faire la lumière sur cet épisode.

— Je suis stupide… je… Mon cerveau ne fonctionne pas correctement. J'ai été scolarisée pendant douze ans et je n'ai pas réussi à passer au lycée. Je rate tous les examens. Je ne sais pas… je ne sais même pas lire. Pas vraiment.

Nom de Dieu.

Elle leva la main pour essuyer ses larmes. Ses lèvres étaient froncées. Même quand elle pleurait elle était superbe.

— Tu n'es pas stupide, contrai-je avec fermeté.

Je détestais qu'elle se traite de la sorte. Elle souffrait d'un problème, mais elle n'était pas stupide.

Elle émit un petit rire triste tout en continuant à essuyer ses larmes.

— Tu es bien la première personne à être au courant à ne pas penser ça.

Mon corps se crispa et je sentis une vrille de colère s'enrouler dans ma poitrine.

— Quelqu'un t'a dit que tu étais stupide ? demandai-je sans parvenir à cacher l'émotion dans ma voix.

J'étais en rage. Elle se raidit et me jeta un regard circonspect.

— Oui, dit-elle à mi-voix.

— Qui ?

Elle m'examina un moment. Au moins ma réaction avait arrêté ses pleurs.

Ses grands yeux rougis par les larmes me happaient plus implacablement que jamais. J'aurais fait n'importe quoi pour les voir de nouveau pétiller de rire.

— Mes parents, les profs, les autres élèves… tout le monde, répliqua-t-elle. Mais je le suis, c'est juste que tu ne me connais pas…

Sa phrase resta en suspens. Son visage triste, son air brisé, le ton de sa voix, tout m'indiquait qu'elle en souffrait. Je me demandais qui d'autre dans sa vie était au courant.

— Ce sont des imbéciles. Je t'ai suffisamment côtoyée pour savoir que tu es intelligente. Tu te débrouilles seule et tu as un travail. Quelqu'un de stupide ne serait pas capable de faire ça.

Elle fronça de nouveau les sourcils puis croisa les bras sur sa poitrine comme si elle cherchait à se protéger.

Quel genre de parents faisaient ça à leur enfant ? Gamine, elle devait être à couper le souffle. N'importe quelle personne bienveillante devait adorer son sourire. Merde à la fin ! Elle me plaisait même quand elle boudait.

— Ne le raconte à personne, je t'en prie, murmura-t-elle en levant les yeux sur moi.

Elle me croyait capable de faire ça ? Je passai une main rageuse dans mes cheveux.

Il fallait absolument que je lui vienne en aide. Je ne savais pas trop comment j'allais m'y prendre, étant donné que je rentrais au Texas dans deux jours. C'est mon beau-père qui m'avait appelé pendant le trajet. On m'apportait de nouveaux chevaux en pension. L'argent serait le bienvenu. Je ne pouvais pas me permettre de ne pas rentrer sous prétexte de régler la situation.

— Jamais je ne ferais une chose pareille. Je veux t'aider, la rassurai-je, persuadé qu'elle allait refuser et me demander de partir.

Au lieu de quoi elle plissa les lèvres comme si elle était sur le point de pleurer. Merde, qu'est-ce que j'avais fait encore ?

— Tu es tellement… gentil. Pourquoi es-tu si gentil ? Je fais le ménage chez tes sœurs. Tu ne me connais pas vraiment. Mais tu me tiens la portière ouverte, tu ne te comportes pas comme si j'étais une idiote, et tu… tu veux m'aider ? (Elle avait prononcé ces mots dans un sanglot étranglé.) Personne ne peut m'aider. On ne peut pas réparer ce qui ne tourne pas rond. Et mon cerveau ne tourne pas rond.

— Arrête de dire ça.

J'en avais assez de l'entendre se dénigrer. J'avais vu l'intelligence qui brillait dans ses yeux.

— Ton cerveau va très bien.

Une émotion indéfinissable traversa le regard de Reese, et un mince sourire s'attarda sur ses lèvres tandis qu'elle reniflait.

— Tu es vraiment un homme bon, Mase Manning. Habituellement, je n'aime pas les hommes. Ils… ils me mettent mal à l'aise. Mais toi, tu es différent.

Mes propres émotions étaient trop à vif pour encaisser ça. Je ne pouvais pas me permettre de me demander pourquoi elle se méfiait des hommes. Le regard égaré qu'elle avait eu en confessant ça envoyait un signal d'alarme infaillible. Elle avait d'autres secrets – j'en aurais mis ma main à couper.

Les choses étaient simples : les filles comme Reese connaissaient bien les hommes. Elles les manipulaient depuis la puberté. Ils ne leur faisaient pas peur. Elles les dominaient. À moins que… non. Hors de question de laisser mes pensées aller sur ce terrain. Mais, bon sang, pourvu que j'aie tout faux.

— Je dois partir dans deux jours. Je rentre au Texas. J'ai des affaires à gérer. Mais je vais t'aider. Une fois que je serai parti, tu pourras m'appeler, je serai là pour t'écouter. Tu peux compter sur mon amitié. Mais tu dois me promettre que tu suivras ce que je mettrai en place. Que tu me feras confiance pour te mettre entre de bonnes mains. Je ne laisserai personne te faire du mal. Et tu me trouveras toujours au bout du fil.

Je n'avais pas la moindre foutue idée de ce que j'allais pouvoir faire en l'espace de deux jours, mais j'avais des contacts. J'étais le fils de Kiro Manning, et parfois ça avait ses avantages. Je ne m'en servais jamais pour mon propre bénéfice, mais j'en ferais bon usage pour aider Reese. Kiro pouvait exiger le meilleur, et Reese méritait le meilleur.

Reese inclina la tête sur le côté. Je me demandais une fois encore quelle pouvait bien être la longueur de ses cheveux, à quoi ils ressemblaient quand ils retombaient en cascade sur ses épaules, s'ils bouclaient naturellement ou s'ils étaient lisses.

— Pourquoi ? s'enquit-elle.

— Pourquoi quoi ?

— Pourquoi tiens-tu à m'aider ?

Inutile de réfléchir pour répondre à ça :

— Parce que tu en vaux la peine.

Reese

Après le départ de Mase, je restai longuement à fixer la porte d'un air interloqué.

Je ne comprenais pas pourquoi il estimait que je valais la peine qu'il me vienne en aide. Une sensation inconnue de bien-être se répandit dans tout mon corps. Je ne voulais pas bouger, de peur qu'elle ne s'évanouisse. C'était si agréable que je continuais à en profiter dans l'immobilité la plus complète.

Je tenais encore mon téléphone à la main. Mase me l'avait pris pour ajouter son numéro à mes contacts. Il avait même photographié la paire de bottes qu'il portait pour qu'elle apparaisse à l'écran quand il appelait. De la sorte, je n'aurais pas à m'inquiéter de déchiffrer son nom : je saurais immédiatement que c'était lui.

Je repensai en souriant au selfie que Jimmy avait pris pour ajouter son numéro dans mon répertoire. Il avait adoré prendre la pose. Rien à voir avec les bottes de Mase. J'avais du mal à imaginer Mase en train de se prendre en selfie.

J'appréciais Mase Manning. Il me plaisait même beaucoup. Plus que Jimmy. De manière très différente. Et je savais que ce n'était pas une bonne chose. Mase était gentil avec moi, mais il ne m'appréciait pas de la même façon. Je le voyais bien à sa manière de me traiter. Ce qui expliquait peut-être pourquoi je me sentais en sécurité avec lui, parce qu'il me plaisait comme ça. Et je savais que je n'aurais jamais à m'inquiéter de ses sentiments envers moi. Et puis de toute façon il ne vivait même pas ici.

Mon cœur se serra.

Je secouai la tête pour m'éclaircir les idées, posai mon téléphone sur le canapé et gagnai la cuisine. C'était absurde de se mettre dans tous mes états pour ça. Mase allait essayer de m'aider, et même si je pensais que c'était peine perdue, il fallait que je garde espoir. Et si quelqu'un pouvait me venir en aide ? J'avais envie d'y croire. Ça changerait tout, je pourrais faire tellement plus de choses, je pourrais passer mon certificat de fin d'études secondaires, voire m'inscrire à l'université.

Forte de cette nouvelle détermination, je m'emparai du livre d'images que j'avais emprunté à la bibliothèque et me pelotonnai sur le canapé. J'allais le lire en entier. Mase avait confiance en moi. Il fallait simplement que j'aie davantage confiance en moi-même.

Trois heures plus tard, j'avais quasiment terminé mon livre. J'avais mal à la tête et les yeux tout irrités par la concentration. J'entendis alors un coup à ma porte, suivi d'un :

— You-hou ma puce, c'est moi. J'ai de la glace à la pistache et deux cuillers.

Le sourire aux lèvres, je glissai le livre sous le canapé et allai ouvrir la porte d'entrée à Jimmy.

Il souriait presque trop. Armé de ses deux cuillers, il se pavana dans la pièce comme lui seul savait le faire – tout en ayant l'air sublime.

Je refermai la porte et me tournai vers lui.

— O.K., j'avoue, fit-il. C'est une ruse. Je veux tout savoir sur tes interactions avec Mase Colt Manning. Dans le moindre détail le plus délicieux. Fais-moi ce plaisir, je t'en prie. Cet homme tient le rôle-titre dans plusieurs de mes fantasmes.

Je laissai échapper un éclat de rire. Jimmy me gratifia d'un clin d'œil puis se laissa tomber dans le fauteuil.

— Allez, déballe, ordonna-t-il.

— J'ai bien peur que tu cherches des infos croustillantes qui n'existent pas, protestai-je en le rejoignant sur le canapé. Mase s'est montré gentil. Mais pas de quoi alimenter tes fantasmes.

Jimmy haussa un sourcil.

— Vraiment ? Même pas un petit bisou ?

— Euh, non, bafouillai-je, prise au dépourvu par sa question.

— C'est insensé, commenta-t-il en attaquant sa glace. Il est hétéro. Dans le cas contraire, je le saurais. Et tous les hommes hétéros te courent après. (Il s'interrompit pour pousser un soupir.) Merde. Ça doit être ça. Il n'est pas célibataire. Je n'y avais pas pensé. Ben zut alors. J'espérais vraiment que tu allais pouvoir savourer un morceau de choix.

Sa remarque me fit rire et grimacer en même temps. Mais, en mon for intérieur, je me sentais un peu nauséeuse. Ou désemparée. L'idée que Mase ait une petite amie ne passait pas. Ce n'est pas comme si je pensais avoir une chance, ni même le souhaitais ; mais avec lui je me sentais normale et en sécurité.

— Je me disais que tu ne sortais avec personne parce que tu étais difficile et qu'aucun gars n'était potable. Mais Mase est plus que potable, alors j'ai cru que tu avais décroché le gros lot. Dommage que ce ne soit pas le cas. Les candidats se raréfient dans le coin. Les beaux gosses sont rayés de la liste à toute vitesse.

Jimmy avala une énorme bouchée de glace comme si la situation le déprimait au premier chef. Pour ma part, j'avais perdu l'appétit.

— En plus j'étais sûr de mon coup, poursuivit-il. Il s'est relevé d'un bond pour aller te chercher, avant même que Harlow n'ait fini de le lui demander. Il n'a dit au revoir à personne. Il a juste pris la peine de me dire qu'il voulait que je t'accompagne chez tes clients. Il n'avait pas l'air d'apprécier que tu fasses tout à pied. Puis il est parti à toute berzingue. (Jimmy secoua sa cuiller dans les airs.) J'aurais parié ma coucougnette gauche qu'il était à fond sur toi. Et j'aime pas trop l'idée de perdre une coucougnette.

Sur ce, je décidai de prendre une bouchée de glace.

— Voilà. Régale-toi. Parlons plutôt d'un double rencard pour toi et moi. Mon homme a un cousin qui se défend plutôt bien. Il habite à environ une heure d'ici, et c'est pas loin d'être un morceau de choix, lui aussi. (Je m'apprêtai à ouvrir la bouche pour le faire taire, mais il leva la main en me coupant d'un petit « tut tut tut ».) Pas si vite. Laisse-moi finir de refourguer la marchandise. C'est un bon gars. Je le connais, et je serais avec toi. Il ne se passerait absolument rien qui te dérange. Il est raffiné. Je pense qu'il te plairait. Il passe ses exams de médecine et il n'a pas une minute pour lui en dehors de l'hôpital, et, quand il arrive à sortir, il a du mal à rencontrer des nanas. Il préfère séparer le personnel du professionnel. Donc il a besoin d'un rencard.

Un docteur? C'était absolument impensable que je puisse sortir avec un gars aussi brillant. Je n'arriverais même pas à déchiffrer le menu du dîner. J'allais avoir les mains moites et la panique me ferait voir trouble. Non, c'était impossible. Mais Jimmy avait l'air plein d'espoir. Je détestais cette situation. Je détestais ne pas pouvoir dire oui, ne pas pouvoir rencontrer de nouvelles personnes en me disant que, si elles s'en rendaient compte, elles n'allaient pas me juger ni me ridiculiser.

— Il faut que tu fasses ça. Je serai là. Je ne tiens pas à savoir ce que tu ne veux pas partager avec moi, mais je sais qu'il y a du lourd dans ton passé. Ça se voit dans ta manière de vivre. On est suffisamment proches pour que je m'en rende compte. Tous les hétéros de l'immeuble ont essayé d'attirer ton attention. À chaque fois, ça te fait fuir comme une dératée. Tu ne me caches rien, tu sais, je vois tout. Et à mon avis il faut enterrer une bonne fois pour toutes ce qui dans ton passé est en train de foutre en l'air ton présent. Je suis ton ami, Reese. Faisons ça ensemble.

C'en était trop. Deux personnes me proposaient leur aide dans une même journée. Les deux étaient des hommes. Moi qui pensais ne jamais leur faire confiance.

— O.K., répondis-je, consciente que je devais tirer ça au clair.

Aujourd'hui Mase m'avait donné du courage. Il l'ignorait sans doute, mais ses mots avaient été comme un baume sur mon âme meurtrie.

— Mais j'ai besoin de savoir où on va manger avant de partir, insistai-je.

Je n'allais pas expliquer pourquoi. Je n'en étais pas capable pour le moment. Pas encore.

Jimmy me gratifia d'un énorme sourire et hocha la tête.

— C'est tout à fait faisable. Tu n'as qu'à choisir l'endroit, si ça peut aider.

Je pouvais toujours consulter le site Web du restaurant et imprimer le menu. Après quoi je pourrais choisir mes plats. J'étais à l'abri chez moi, seule, je pouvais me concentrer. Avec un peu de chance.

Mase

Un simple coup de fil à Kiro me permit de décrocher un rendez-vous le lendemain avec un professeur en psychologie spécialisé dans les troubles de l'apprentissage à une heure et demie à peine de Rosemary Beach. L'homme repoussa les lunettes qui avaient glissé sur le bout de son nez et se leva pour me serrer la main de derrière son grand bureau jonché de documents. Il n'avait pas l'air très enchanté de cette entrevue. Le froncement agacé de ses sourcils blancs lui donnait un air pincé.

— Vous devez connaître des personnes haut placées, monsieur Manning. Comme vous pouvez l'imaginer, je suis très occupé, d'autant plus qu'on arrive à la fin du semestre de cours.

J'avais vu juste : il n'était pas ravi par la situation. Connaissant Kiro, il avait dû appeler le président de l'université afin qu'il somme le Dr Henry Hornbrecker de me rencontrer aujourd'hui même.

— Je suis désolé de me présenter à un moment inopportun. Je pars demain, et j'aimerais régler une question avant de retourner au Texas.

À l'évidence, le temps de cet homme était précieux et je n'allais pas le gâcher. Je sortis le morceau de papier que Reese avait laissé en boule sur le plancher de la Mercedes de Harlow. Chaque fois que je le regardais et me souvenais de son agitation, mon cœur se serrait.

Je lui tendis la feuille.

— J'ai demandé à la personne qui a écrit ceci de prendre en note l'adresse « 333 Berkley Road ». Cette personne est une adulte d'environ vingt-deux ans qui a eu beaucoup de mal à écrire ceci : qu'en pensez-vous ? Pourquoi a-t-elle écrit comme ça ? Et pourquoi l'exercice a-t-il été si difficile, au point de générer chez elle une crise de panique ?

Le professeur examina le papier en fronçant les sourcils.

— Vingt-deux ans, dites-vous ?

— Oui, monsieur.

— Vous me posez la question pour vous ou pour elle ? Une adulte de vingt-deux ans souffrant de telles difficultés a forcément déjà eu un diagnostic de l'école ou étant enfant et connaît la nature de son problème.

Il avait identifié le problème. Mon cœur s'accéléra.

— Non, elle l'ignore. Ça l'a empêchée de terminer le lycée. Elle rate tous ses examens. On lui a dit qu'elle était… stupide. Mais ce n'est vraiment pas le cas.

Le professeur marmonna un juron et se rassit, les yeux rivés sur la feuille.

— J'aurais pensé qu'à notre époque le système scolaire public identifiait et gérait plus habilement les troubles de l'apprentissage. Surtout ceux aussi répandus que la dyslexie. Dites-moi, elle lit ?

Dyslexie. Nom de Dieu.

J'avais eu un camarade de classe dyslexique. Il avait des cours spéciaux et un professeur particulier qui l'aidait tous les jours. Il avait décroché son bac avec mention. Personne n'avait aidé Reese, c'était aussi simple que cela. Une boule se forma dans ma gorge, et je serrai les poings contre mes cuisses. D'un coup, les sentiments de colère, de soulagement et de frustration me traversèrent.

— Non, elle ne sait pas lire. Elle essaie, mais elle a du mal. Je veux lui trouver de l'aide. Quelqu'un qui lui apprenne à lire et à écrire. Elle bataille tous les jours avec des choses qui sont simples pour tout le monde, et elle pense que son cerveau est défaillant. Je paierai quel que soit le prix.

Merde. J'avais envie de rugir de colère. C'était de l'injustice pure et simple. De la maltraitance.

— Je connais un professeur à Panama City. Il est plus jeune, mais ce genre de trouble lui tient à cœur. Son père en a souffert et n'a appris à lire et à écrire qu'à l'âge de cinquante ans. Astor Munroe a suivi plusieurs adultes avec succès. Il intervient même bénévolement dans une école des quartiers défavorisés pour traiter la dyslexie, plusieurs après-midi par semaine. Je vais l'appeler ; il vous contactera le plus rapidement possible.

Un homme. Reese n'était pas à l'aise en leur présence.

— Y aurait-il une femme à la place ? Les hommes la rendent nerveuse.

Henry fronça les sourcils.

— Au pied levé, je n'ai personne dans ce domaine qui puisse aider une personne qui souffre autant que votre amie depuis si longtemps. Mais je peux vous assurer que le Dr Munroe est un homme bien. Il la mettra à l'aise.

Peut-être que Jimmy pouvait l'accompagner. Elle lui faisait confiance. Merde, il aurait fallu que je reste, mais c'était impossible. Ma vie et mes responsabilités m'attendaient au Texas. J'avais fait mon possible. C'était maintenant à Reese de prendre la suite. Je ne pouvais pas l'obliger.

— O.K. Je vous remercie de m'avoir accordé du temps.

Il hocha la tête, moins agacé qu'au début de notre entretien.

— Des examens viendront confirmer mon diagnostic, mais de ce que vous me dites et d'après ce document (il leva la feuille), elle est dyslexique. (Puis il fit glisser vers moi un bloc et un stylo :) Laissez-moi vos coordonnées et les siennes. Le Dr Munroe vous contactera plus tard aujourd'hui ou demain, selon son emploi du temps.

Reese allait avoir une chance. J'allais faire le nécessaire pour qu'elle se concrétise.

J'attendis avant d'appeler Reese d'avoir eu des nouvelles d'Astor Munroe. Par deux fois j'avais failli lui envoyer un SMS avant de me rendre compte qu'elle ne pourrait pas le lire et encore moins me répondre, et je m'étais ravisé. À la place, je passai le reste de la journée et la soirée à la plage en compagnie de Harlow, Grant et Lila Kate, puis je rentrai chez Nan pour faire mon sac. Il fallait que je mette les bouts dès que j'avais des nouvelles du professeur.

Le lendemain matin, peu avant 10 heures, Astor Munroe m'appela : il était très intéressé par le cas de Reese. Il avait même l'air enthousiasmé et intrigué par sa situation. Ses honoraires n'étaient pas donnés, mais il m'expliqua qu'il la casait dans un emploi du temps très serré. Il me posa des questions dont j'ignorais les réponses. Elle avait partagé très peu d'éléments de son passé avec moi. Je lui donnai ses coordonnées en lui précisant que j'allais lui parler aujourd'hui même. J'espérais qu'elle appellerait le professeur de son propre chef après mon départ, mais il me rassura : s'il n'avait pas de ses nouvelles dans les deux jours, il se chargerait d'établir le contact.

Reese était chez elle quand je l'appelai pour lui demander si je pouvais passer la voir. De retour sur le seuil de son appartement, je me demandai si elle allait se saisir de cette opportunité. Je ne pouvais pas faire plus. Même si j'avais envie de rester pour lui tenir la main, c'était impossible. Mes chevaux et mon ranch m'attendaient.

Reese ouvrit la porte au premier coup et me sourit timidement avant de s'effacer pour me laisser entrer. Elle avait les cheveux détachés. De longues mèches sombres et soyeuses ondulaient en vagues souples jusqu'à la moitié de son dos. Ils étaient donc bouclés. Merde, c'était encore mieux que ce que j'avais imaginé. Je me raclai la gorge pour étouffer une bouffée de désir.

— J'aime bien les cheveux détachés, bafouillai-je malgré moi.

Les joues de Reese virèrent au rose et un sourire ravi éclaira son visage. Ça ne pouvait pas être la première fois qu'on lui faisait ce compliment.

— Merci, souffla-t-elle.

J'entrai dans l'appartement en m'arrachant à la contemplation de ses immenses jambes. Elle était en short et les chaussettes à rayures vives qui lui montaient à mi-mollet ne m'aidaient pas à détacher mon regard.

— Tu veux boire quelque chose ? demanda-t-elle d'une voix chevrotante qui trahissait sa nervosité.

— Hum, ouais, merci.

Je n'avais pas le temps : je devais lui expliquer la situation et filer à l'aéroport.

Elle gagna le petit recoin de la pièce qui faisait office de cuisine.

— J'ai du jus d'orange et je viens de faire de la citronnade. Je suis désolée, je n'ai pas un grand choix, s'excusa-t-elle en me coulant un regard en biais.

— De la limonade, c'est parfait.

Son visage s'illumina comme si elle était ravie que j'aie envie de goûter à sa citronnade. Elle sortit un verre d'une étagère qui lui servait de placard de cuisine. Tout était bien rangé. Même les étagères à provisions étaient bien organisées. Ce ne serait pas du luxe qu'elle mette le nez dans mes placards : chez moi c'était un vrai cauchemar de mettre la main sur quoi que ce soit.

Les glaçons tintèrent dans le verre et je tournai de nouveau les yeux vers elle. Elle me versa de la boisson et rangea le pichet dans l'étroit frigo. Il ne devait pas y avoir des masses de place à l'intérieur.

— Quand tu étais à l'école, est-ce qu'on t'a jamais dit que tu pouvais être dyslexique ? demandai-je alors qu'elle m'apportait mon verre.

Elle resta un moment en suspens avant de me rejoindre.

— Non, mais j'en ai déjà entendu parler. Je ne sais pas exactement ce que c'est.

Je pris place dans le fauteuil en face du canapé.

— Le spécialiste que j'ai consulté hier pense que tu souffres de ça. La dyslexie ne veut en aucun cas dire que tu es moins intelligente. J'ai pris contact avec un professeur en psychologie spécialisé dans les troubles de l'apprentissage, notamment la dyslexie. Je lui ai parlé de tes problèmes, et il est prêt à travailler avec toi gratuitement. Son père à lui n'avait jamais été diagnostiqué et n'a appris à lire et à écrire qu'à cinquante ans. C'est devenu la passion de ce professeur : il aide les autres. Et il veut t'aider.

Reese se laissa tomber sur le canapé, le visage traversé d'une myriade d'émotions. La plus évidente était la peur. Je ne voulais pas l'effrayer. Je voulais lui donner de l'espoir.

— Dis-moi ce que tu penses, l'encourageai-je.

Elle serra les poings sur ses genoux.

— Et… et si on découvre que ce n'est pas ça et que tu t'es donné tout ce mal ? Si ça se trouve, je suis simplement stu…

— Je ne veux plus t'entendre prononcer ce mot. Ça me rend furieux, Reese. Je ne plaisante pas. Tu es tout sauf ça. Je te le promets. Et si ce n'est pas ça, le Dr Munroe trouvera le bon diagnostic. C'est un trouble de l'apprentissage. Tu peux en venir à bout.

Elle ferma les yeux et prit une inspiration profonde. Je voyais bien qu'elle avait envie d'y croire. Il fallait que je la persuade de prendre cette chance à bras-le-corps.

— Si ce n'est pas la dyslexie, il peut quand même trouver ce que c'est ? s'enquit-elle en me scrutant de ces grands yeux bleu clair qui me faisaient des tas de choses à la poitrine.

— Oui, tout à fait.

Elle émit un petit rire, puis se couvrit la bouche pour réprimer un sanglot. Je ne savais pas trop si je devais la réconforter ou attendre que ça passe, quand elle se leva d'un bond pour se jeter dans mes bras. Ses bras encerclèrent mon cou et elle se plaqua contre moi. Un nuage suave au parfum de cannelle engloutit tous mes sens.

— Merci… je ne sais pas comment… ce n'est pas suffisant. Je ne trouve pas les mots. Mais… merci, murmura-t-elle, débordée par un nouveau sanglot en s'accrochant à moi.

J'enroulai délicatement mes bras autour d'elle en essayant de ne pas penser à la sensation incroyable de ses seins contre mon torse. Elle était émue, elle me remerciait : je n'allais pas profiter de la situation.

— Je t'en prie. Je suis content que tu sois prête à le faire. Tu es destinée à de grandes choses, Reese. Tu avais juste besoin d'un coup de pouce.

Elle recula pour me regarder et me gratifier d'un sourire larmoyant avant d'enfouir son front contre ma poitrine.

— Tu es incroyable. Je ne sais pas pourquoi tu veux m'aider ni ce que j'ai fait pour mériter ça. Je t'ai réveillé en chantant, et j'ai conscience de chanter mal, et probablement très fort. J'ai cassé ton miroir et laissé tout un bazar que je n'ai toujours pas nettoyé, et j'ai mis du sang partout sur toi. Je ne vois pas ce qui t'a incité à faire tout ça pour moi. Mais merci.

Elle avait déballé tous ses sentiments dans un souffle, lovée contre ma poitrine.

Le sourire aux lèvres, je posai une main sur ses cheveux. Je réfrénai l'envie de le faire depuis que j'avais constaté qu'ils étaient dénoués. C'est bien ce que je pen sais : ils étaient soyeux.

— Tu as cassé le miroir de ma sœur, et je me moque pas mal de Nan. En plus, elle a les moyens de le remplacer. Tu n'as pas mis de sang sur moi, seulement par terre, et j'ai tout nettoyé. C'est de l'histoire ancienne. À part ça, oui, tu chantes atrocement mal. Mais il y a quelque chose chez toi, Reese, qui me donne envie de dissiper l'air perdu que je lis dans tes yeux.

Je la sentis se raidir dans mes bras, puis elle desserra son étreinte, recula pour me scruter, avant de se détacher de mon cou et de s'écarter de quelques centimètres. Un sourire dansait sur ses lèvres.

— Je chante comme une casserole, hein ? (Elle éclata de rire.) J'étais tellement mal quand je me suis retournée et que je t'ai vu. (Elle secoua la tête.) Je cuisine mieux que je ne chante. Promis. Je peux te faire à dîner ce soir ? J'ai envie de faire quelque chose pour toi.

Jamais je n'avais été aussi énervé d'avoir de nouveaux chevaux en pension. J'aimais bien l'argent, et j'avais besoin de chevaux pour faire tourner le ranch. Mais merde, sur le moment je m'en serais bien passé.

— Il faut que j'y aille, répondis-je.

La lueur dans son regard s'estompa un court instant.

— C'est vrai. Tu dois rentrer au Texas. J'avais oublié.

Je hochai la tête.

— Il faut que je file à l'aéroport.

Je me relevai et elle recula pour mettre de l'espace entre nous. Je ne voulais pas qu'elle s'éloigne et qu'elle emporte avec elle son parfum de cannelle sucrée.

— Le Dr Munroe a ton numéro, mais voici ses coordonnées. Appelle-le. Il attend ton appel. Il t'appellera uniquement si toi tu ne le fais pas.

Elle prit le morceau de papier et acquiesça :

— Je le ferai aujourd'hui.

— Tant mieux.

Il fallait que je parte. Pourtant je restai planté là à la dévorer des yeux.

— Merci encore. Vraiment. Je risque de le répéter un milliard de fois.

Ses yeux brillaient de larmes retenues.

— Ce n'est pas la peine. Mais j'aimerais que tu m'appelles après l'avoir vu. Je suis curieux de savoir comment les choses vont se passer. Tiens-moi au courant.

Elle me sourit.

— Oui, ça je peux le faire.

Je lui lançai un dernier regard puis regagnai la porte. Il fallait que je sorte d'ici avant de serrer de nouveau sa chevelure tout contre moi pour inspirer son parfum de cannelle et me perdre dans ses boucles soyeuses.

— Sois prudent, lança-t-elle dans mon sillage.

J'ouvris la porte, tournai la tête et la gratifiai d'un clin d'œil.

— Toujours.

Reese

Il fallait reporter le double rencard. Nous l'avions programmé pour jeudi, mais c'était ma première soirée libre pour rencontrer le Dr Munroe. J'avais envie d'appeler Mase pour lui confirmer que j'avais contacté le professeur et calé une consultation, mais il m'avait demandé de le prévenir après le premier rendez-vous. Je ne voulais pas l'embêter.

Donc à la place je regardai la photo de ses bottes sur mon téléphone.

J'avais le béguin pour Mase Manning. Je n'en étais pas à mon premier. J'en avais eu deux au lycée, mais j'avais rapidement découvert que les gars en question flirtaient avec moi uniquement quand nous étions seuls. Quand ils me croisaient dans les couloirs, ils m'ignoraient. À moins d'être en tête à tête avec eux, j'étais invisible. Ces béguins-là ont été de courte durée et j'ai arrêté de m'intéresser aux mecs mignons. En terminale, la capitaine de l'équipe des pom-pom girls avait surpris son petit ami en train de me coincer contre un mur. Elle était furieuse et lui ne m'avait plus jamais parlé, à mon grand soulagement, sauf qu'il n'avait pas fallu longtemps pour que toute l'école raconte que j'étais lesbienne.

Je n'avais pas compris que c'était une mauvaise chose. Les filles c'était pas mon truc, surtout pas les vipères qui fréquentaient mon lycée. Pour autant aucun des gars ne me plaisait non plus. Alors je les ai laissés me traiter de tous les noms et je les ai ignorés. Ils ont fini par s'en prendre à quelqu'un d'autre qui réagissait à leur cruauté.

Inutile de dire que cela faisait donc un moment que je n'avais ressenti d'authentique béguin pour un gars. Mon beau-père avait fait le nécessaire pour que je tienne les hommes à une distance respectable. Je tressaillis en repensant à cet homme qui avait volé mon innocence et m'avait souillée à vie.

Je décidai de mettre de côté toutes les pensées qui gravitaient autour de Mase et de prendre une douche. Au seul souvenir de mon beau-père, j'avais envie de m'envoyer sous le jet brûlant de la douche pour me récurer la peau. Mais au moins je ne vomissais plus quand je pensais à lui. Je prenais mes distances avec l'horreur de mon passé. Je faisais des progrès.

Le mercredi soir, mon téléphone sonna au moment où je sortais les lasagnes du four. J'en avais cuisiné tout un plat dans l'espoir que Jimmy viendrait les partager avec moi. Mais il m'avait appelée sur le coup des 15 heures pour me dire qu'il sortait ce soir-là étant donné que je m'étais désistée pour notre double rencard. Il ne me lâchait pas d'une semelle pour que je lui donne une autre date, mais je n'arrivais pas à me motiver. Pour le moment, j'étais concentrée sur mon apprentissage de la lecture.

Alors je lui trouvai toujours des excuses pour ne pas sortir.

Je reposai la manique pour attraper mon téléphone. Mon cœur se mit à battre la chamade en apercevant les bottes de cow-boy sur l'écran. C'était Mase.

— Allô ? fis-je à la troisième sonnerie.

— Salut. Tu ne m'as pas appelé, dit-il de sa voix grave qui me fit replier les orteils sur la moquette.

— Oh, ma première consultation n'est pas avant demain, expliquai-je.

En cet instant, j'étais plutôt contente qu'il ne puisse pas voir le sourire niais sur mon visage.

— Bien. Tu as rendez-vous. Il t'a plu quand tu lui as parlé au téléphone ?

Je m'assis dans le fauteuil où il avait pris place le jour de son départ et repliai les jambes sous moi.

— Oui. Il était très gentil. Il avait l'air impatient de me rencontrer. Il m'a posé plusieurs questions et d'après mes réponses il m'a dit qu'il était sûr et certain que j'étais dyslexique.

À cette affirmation, j'avais eu envie de danser dans la pièce.

— Je serai disponible demain soir. Appelle-moi quand tu auras fini. Je veux tout savoir.

Le fait qu'il s'intéresse à ce point faisait palpiter et grandir mon petit béguin pour lui. C'était ridicule d'avoir le béguin pour quelqu'un comme Mase. Il devait avoir des charrettes entières de femmes qui en pinçaient pour lui. Il me venait en aide, et il avait tout simplement envie de savoir comment je me sentais.

— O.K., je t'appellerai, le rassurai-je.

— Bien. Il faut que j'y aille. Je vais dîner chez mes parents. On se parle demain soir.

— O.K. Salut.

Je laissai tomber mon téléphone sur mes genoux. J'avais envie de faire des bonds partout en poussant des cris de joie. À la place, j'allais déguster mes lasagnes.

Astor Munroe ne ressemblait pas du tout à l'image que je m'étais faite de lui. Quand j'imaginais un professeur, je voyais un homme aux cheveux argentés, de préférence avec des lunettes, voire une petite bedaine sous une chemise amidonnée boutonnée jusqu'au cou.

Je ne m'attendais donc pas à un homme d'environ trente-cinq ans, à la carrure élancée, vêtu d'un jean, d'une paire de Nike et d'un polo à manches courtes. Il n'était pas beau à proprement parler, mais il faut dire que je le comparais à Mase, ce qui n'était pas très loyal. Je n'aimerais pas qu'on me compare à Harlow. Ils faisaient partie du beau monde. Ce n'était pas juste de faire ça au Dr Munroe.

Ses yeux bruns étaient bienveillants. Avec lui, je ne me sentais pas du tout nerveuse. Quand j'avais pénétré dans son bureau, il s'était aussitôt levé et m'avait invitée à m'asseoir avec un sourire décontracté. Il avait pris le soin de m'assurer que toutes ses questions visaient à m'aider à apprendre. De toute évidence, le défi que je représentais l'enthousiasmait beaucoup. Il m'avait parlé des difficultés de son père et j'avais écouté avec admiration comment, à l'âge de vingt et un ans, le Dr Munroe avait appris à son père à venir à bout de quelque chose qui l'avait affecté toute sa vie.

Quand je m'étais levée pour partir, il avait fait un commentaire incompréhensible. J'y repensais encore dans le taxi qui me ramenait chez moi tandis que la conductrice bavassait sur ses petits-enfants et ses prouesses en cuisine.

Quand je l'avais remercié de m'avoir reçue si rapidement, il m'avait répondu qu'il fallait plutôt remercier M. Manning.

Qu'est-ce que ça voulait dire ? Mase avait-il fait quelque chose pour accélérer les choses ?

Mase

La prochaine fois qu'on frappait à ma porte, j'irais jeter un œil par la fenêtre avant d'ouvrir. J'attendais le coup de fil de Reese quand j'avais fait l'erreur de répondre à la porte. Cordelia, mon plan baise, était entrée en se pavanant, vêtue d'un jean moulant et d'un top dos nu. Ses bottes émettaient un claquement sec sur le parquet et elle s'était dirigée vers ma chambre avec un petit air suffisant.

— Tu n'as pas appelé, et j'ai besoin de tirer un coup, brailla-t-elle par-dessus son épaule avant de retirer son haut et de me le lancer en riant.

Ma bite n'avait même pas frémi. Merde.

J'avais espéré que ce que je ressentais pour Reese ne dépassait pas le cadre de l'amitié. Mais à cet instant je n'arrivais à voir que les défauts de Cordelia. Pour commencer, elle avait le nombril percé. Avant je trouvais ça sexy, mais là ça en faisait trop. Et puis elle avait les hanches toutes droites. Quand elle se dandinait, son cul ne dessinait aucune rondeur agréable. C'est à peine si on le voyait.

Ça n'allait pas le faire. J'étais ami avec Cordelia depuis des années. Deux ans plus tôt, on avait couché ensemble après avoir trop bu et, au lieu d'être gênés, on avait décidé que ça n'était pas grave. Quand l'envie nous prenait, on se grattait là où ça nous démangeait. On y avait mis le holà une fois seulement, quand elle avait eu une relation sérieuse quatre mois plus tôt avec un gars qui s'était révélé marié. Elle l'avait largué et on avait repris nos vieilles habitudes.

Je ne sortais pas souvent avec des nanas. Je n'étais pas assez disponible. Elles étaient toujours en manque d'affection et après une ou deux relations ratées, j'avais décrété que le plan cul avec Cordelia était exactement ce qu'il me fallait. Mais là c'était bancal. Quelque chose avait changé.

C'était moi qui avais changé.

Merde. Je n'avais pas le temps de gérer ça.

— Tu aurais dû appeler, répliquai-je en lui rendant son vêtement.

Elle le laissa tomber par terre à ses pieds. Son air perplexe ne présageait rien de bon.

— Je n'appelle jamais. Je me pointe. Pareil pour toi, souligna-t-elle.

— J'attends un coup de fil. C'est important. Ce soir je ne peux pas.

Elle soupesa ses seins et pinça ses tétons roses avant de me lancer :

— Tu es en train de me dire qu'un coup de fil vaut mieux que ça ?

Je connaissais suffisamment les femmes pour ne pas dire la vérité. Je me contentai de hausser les épaules.

— Ça ne va pas le faire ce soir. Je ne sais pas quand je pourrai. J'ai une grosse semaine qui m'attend.

Je ne voulais pas tout arrêter avec Cordelia au cas où mes sentiments pour Reese, qui me faisaient tourner en bourrique, décidaient de disparaître. Après tout, Cordelia était mon amie.

Elle ramassa son haut qu'elle enfila d'un geste brusque.

— Très bien. Joue au connard. Je ne reviendrai pas, donc si tu en as envie, faudra venir me chercher, siffla-t-elle.

Oh bon sang. C'est pas pour ça que je couchais avec elle. Cordelia ne faisait pas dans le drame. Elle était facile à gérer. Là, ça virait au drame, ce dont j'avais horreur.

— Désolé, Cord. Sincèrement. Mais j'ai pas mal de trucs ces derniers temps. Ce n'est vraiment pas le bon moment pour moi. Mentalement je ne suis pas dans le coup.

Elle me fusilla du regard et claqua la porte derrière elle.

Avec un peu de chance, la nuit lui porterait conseil et tout serait oublié demain. J'aimais bien Cordelia. Mais elle n'avait jamais été plus qu'une amie. Le plan cul était plus sympa que se branler tout seul. Il fallait que je lui présente mes excuses mais, pour le moment, j'étais content qu'elle soit partie sans en faire tout un foin.

Mon téléphone sonna. J'en oubliai instantanément Cordelia.

— Salut, fis-je en collant l'appareil à mon oreille, impatient d'entendre Reese me faire le récit de son rendez-vous.

— J'espère qu'il n'est pas trop tard. Il y avait un accident sur la 31 A et la circulation était bloquée.

Je sentis la douceur de sa voix me réconforter.

— Non, il n'est pas trop tard. Qui t'a raccompagnée ?

— J'ai pris un taxi. Jimmy connaît une dame qui habite près de Panama City. Ça fait une vingtaine d'années qu'elle est taxi sur cette portion de la plage. Sans quoi il n'y en a pas beaucoup dans le coin.

Une femme l'avait raccompagnée. Je me sentis rassuré. Se retrouver dans la voiture d'un inconnu l'aurait mise mal à l'aise. Je n'avais pas pensé à ça. J'oubliais toujours qu'elle n'avait pas de voiture. À moins que…

— Reese, tu sais conduire ?

Si elle ne savait pas lire, elle n'avait sans doute jamais réussi le code.

— Non.

Un obstacle supplémentaire dans sa vie.

— La prochaine fois que je passe à Rosemary, je t'emmènerai sur une petite route pour t'apprendre. On potassera le code aussi.

Elle resta silencieuse un moment. Je me demandai si elle avait peur de prendre le volant. Puis j'entendis le bruit de ses pas sur le plancher.

— O.K. J'aimerais bien.

Moi aussi.

— Raconte ton rendez-vous.

— Le Dr Munroe est gentil. Il est très enthousiaste à l'idée de m'aider. J'ai passé des tests, qui ont montré que je suis clairement dyslexique. C'est bien ça mon problème. Il m'a dit que mes parents ou mes enseignants auraient dû s'en rendre compte quand j'étais petite, mais qu'on l'a négligé ou mal diagnostiqué…

Sa voix resta en suspens. Je ne voulais pas que son esprit se laisse emporter dans cette direction. Quelqu'un lui avait asséné qu'elle était stupide et j'étais convaincu que ses parents avaient joué un rôle dans cette affaire.

— Quand est-ce que tu commences à travailler avec lui ?

— Le lundi après-midi il se rend à Grayton Beach, ce n'est pas très loin d'ici. Sa mère vit là-bas et il dîne avec elle. Il m'a proposé de me retrouver à la bibliothèque dans le centre-ville. Puis, le jeudi après-midi, j'irai à son bureau pour prendre des cours. Il pense que j'apprendrai à lire assez rapidement une fois qu'il m'aura aidée à me concentrer sur les mots. Personne n'a encore jamais utilisé la bonne méthode de travail avec moi.

Elle avait l'air enchantée : elle parlait de plus en plus vite et de plus en plus fort. C'était adorable. J'imaginais ses yeux bleus pétiller de joie.

— La prochaine fois que tu viens, je pourrai peut-être te faire la lecture, suggéra-t-elle avec un petit rire nerveux comme si les mots lui avaient échappé.

— Pourquoi attendre ? Tu peux me faire la lecture au téléphone quand tu m'appelles pour me raconter tes leçons.

De nouveau elle se tut et je la laissai réfléchir à cette proposition. Je ne voulais pas l'effrayer. Mais je voulais qu'elle se sente à l'aise avec moi. Même par téléphone.

— Tu veux que je t'appelle après mes consultations ? répéta-t-elle.

— Bien sûr. Si ça te convient. J'aimerais voir comment les choses avancent.

— Oui, ça me va. Je... je t'appellerai. Et quand je m'en sentirai capable, je te ferai la lecture.

Reese

Deux semaines durant, j'appelais Mase après mes leçons. En sortant de la quatrième, je me rendis compte que j'étais plus surexcitée à l'idée d'entendre la voix de Mase qu'à celle d'aller en cours. Et ça en disait long parce que j'adorais apprendre. J'adorais me sentir de plus en plus forte au fur et à mesure que je parvenais à me concentrer sur les mots et à déchiffrer leur sens.

Jamais je ne lirais vite, jamais je ne serais une grande lectrice : le Dr Munroe m'avait prévenue qu'il ne fallait pas me décourager. La lecture ne serait jamais mon point fort, mais je parviendrais à m'en débrouiller. Ça ne m'empêcherait plus de conduire, d'aller à l'université ou de rédiger des lettres de motivation.

Au début de notre troisième semaine, j'étais parée à retrouver le Dr Munroe à la bibliothèque. Il allait me donner un livre à étudier à la maison. Les deux derniers qu'il m'avait confiés étaient très simples, avec un ou deux mots par page, et des illustrations. Je les avais lus en cinq minutes chacun. Mais ce soir il allait me donner quelque chose de plus difficile. J'étais prête. J'allais très bien m'en acquitter.

Après, j'appellerais Mase pour lui faire un compte rendu.

Lila Kate se réveilla de sa sieste en pleurant. Je quittai l'escalier que j'étais occupée à épousseter pour appeler Harlow, mais elle arrivait déjà en courant, le sourire aux lèvres. J'oubliais toujours qu'elle gardait le baby-phone sur elle quand elle n'était pas avec sa fille.

— Elle m'a laissé le temps de finir les cookies pour Grant, commenta Harlow en me dépassant dans l'escalier. Quand ils auront refroidi, tu pourrais faire une pause et prendre un goûter avec moi ?

Harlow me proposait toujours ce genre de choses. Elle ne me snobait pas comme le faisaient mes autres clients, et elle ne me regardait pas de haut quand elle m'adressait la parole. Au contraire, elle me parlait comme si nous étions associées. Elle appréciait mon aide, quand bien même elle me payait.

— Ça me ferait plaisir, merci de proposer, mais j'ai rendez-vous ce soir. Dès que j'ai fini ici, il faut que je passe chez moi pour me changer avant d'y aller.

J'aurais aimé accepter son offre. J'avais sauté le petit déjeuner et j'avais faim.

Harlow me gratifia d'un immense sourire.

— Eh bien je peux arranger ça. Tu prends le goûter avec moi et après je te dépose chez toi. Tu y seras plus vite de cette manière. Et interdiction de dire non. Tu as déjà refusé la semaine dernière et mon frère m'a appelée pour s'assurer que je t'avais bien raccompagnée. Il a fallu que je lui explique que tu ne m'avais pas laissée faire, et il m'a fait porter le chapeau. Alors à partir de maintenant, je te dépose chez toi et c'est non négociable.

Lila Kate hurlait de plus belle depuis qu'elle avait reconnu la voix de sa mère. Harlow tourna les talons pour la rejoindre au pas de course.

Il me fallut un moment pour me calmer. Je posai les mains sur mes joues. Elles étaient en feu et j'aurais donné cher pour ne pas avoir rougi pendant la conversation. Mase avait appelé pour vérifier que sa sœur me raccompagnait chez moi. Il pensait à moi en dehors de nos coups de fil. Le sourire extatique qui éclairait mon visage chaque fois que je pensais à Mase faisait son grand retour.

Harlow réapparut quelques secondes plus tard avec une Lila Kate radieuse dans les bras. Elle était contente d'être avec sa maman. Ce petit bout de chou illuminait littéralement la pièce.

— Lila Kate t'attend pour déguster des cookies et un verre de lait. Tu ne peux pas lui refuser ça. Personne n'a le droit de lui dire non. Demande à son père, tu verras, lança Harlow en descendant les marches. Allez, on y va, c'est la pause !

Je n'allais pas discuter. Ce ne serait pas poli et puis si Mase insistait pour qu'elle me ramène au point de l'enquiquiner au téléphone, je n'allais pas lui dire non. Surtout que je mourais de faim.

La cuisine des Carter me faisait penser à un décor de sitcom. Elle était chaleureuse et vivante, et on n'avait pas regardé à la dépense. Harlow déposa Lila Kate dans sa chaise à bascule installée devant la porte vitrée qui donnait sur le jardin.

— Tu regardes tranquillement les oiseaux pendant que je vais te préparer ton biberon, expliqua Harlow à sa fille comme si le bébé comprenait tout. (Puis se tournant vers moi :) Je peux faire un café, si tu préfères. Moi je ne peux pas en boire, à moins qu'il soit sans caféine, et encore, à petites doses. Mais j'en ai. Grant en boit.

Un verre de lait m'allait très bien.

— Je veux bien du lait, répondis-je. Je peux t'aider ?

— Assieds-toi et repose-toi. Ça fait des heures que tu bosses sans t'arrêter. Tu devrais faire une pause au déjeuner.

L'agence n'autorisait pas de s'arrêter plus de quinze minutes toutes les deux heures. Je m'étais aperçue que la plupart des gens pour qui je travaillais n'appréciaient pas de me voir prendre des pauses. S'ils étaient chez eux, ils voulaient me voir cravacher jusqu'à ce que j'aie fini. Ce que je faisais.

La maison des Carter était différente à bien des égards. Sur ce point particulier, pour commencer. Mais aussi parce qu'elle me donnait l'occasion de voir pour la première fois une famille normale et heureuse. L'adoration que Harlow portait à sa fille me donnait le sourire, tout en me serrant le cœur parce que je n'avais pas connu ça. Ma mère m'avait toujours privée de son amour.

Grant Carter était à couper le souffle quand il était avec sa fille. Même quand il l'apercevait de l'autre bout de la pièce. L'amour et une dévotion inconditionnels se lisaient sur son visage. Personne ne doutait du fait qu'il protégerait sa petite fille quoi qu'il en coûte. Je m'étais surprise plus d'une fois à me demander si mon vrai père aurait été comme ça. Connaissait-il seulement mon existence ?

Je repoussai cette idée et me concentrai sur les Carter. Je refusai de repenser à ma famille ou de ressasser le passé. Ça ne ferait que me déprimer. Je faisais de gros efforts pour ne pas m'appesantir sur ces sujets.

Leur maison était un vrai foyer, un lieu sûr, rempli de joie. Même si elle comptait parmi les plus petites surfaces que je nettoyais chaque semaine, j'avais toujours hâte de m'y retrouver.

Harlow déposa devant moi un verre de lait et une assiette avec deux énormes cookies au chocolat.

— Et voilà, lança-t-elle en posant l'équivalent devant la chaise qui me faisait face. Je vais essayer d'en grignoter un bout avant que Lila Kate ne se souvienne qu'il est l'heure de manger. De toute façon son biberon sera prêt dans quelques minutes. Il est en train de chauffer, expliqua-t-elle en s'asseyant.

— Ils sentent divinement bon, la complimentai-je.

J'espérais que ça me donnait une bonne excuse pour les dévorer. Je ne m'étais pas rendu compte à quel point j'avais faim, et avec ce délicieux fumet j'allais avoir du mal à prendre des petites bouchées délicates.

— Ils ne devraient pas être mauvais. C'est la recette de ma grand-mère. Elle faisait les meilleurs cookies du monde. Grant les adore.

Comme je m'y attendais, j'avalai le premier cookie en trois bouchées. Harlow me sourit. Elle aussi les dévorait de bon cœur, ce qui m'ôta toute gêne. Ses cookies étaient à tomber par terre.

— Tu as parlé à mon frère depuis qu'il est rentré au Texas ? s'enquit Harlow.

Sa question me prit au dépourvu. J'opinai du chef en me demandant s'il fallait lui donner de plus amples informations. Mase aurait-il voulu qu'elle sache qu'on se parlait ? Harlow me mettait à l'aise, mais de là à lui dire que j'étais dyslexique, c'était une autre affaire. Comment lui expliquer comment j'avais fait pour m'en sortir jusqu'ici en ne sachant ni lire ni écrire sans entrer dans le détail de mon passé ?

— Il a l'air… il a l'air de s'inquiéter pour toi. Mase est du genre protecteur, mais je ne l'avais jamais vu se préoccuper de quelqu'un qui n'était pas de la famille. Jusqu'à toi.

Un sourire se dessina sur ses lèvres. Oh non. Elle se faisait des idées. Si je ne lui expliquais pas la situation, elle allait dire quelque chose à Mase. Il avait été tellement serviable, je lui devais une fière chandelle. D'autant plus qu'il n'y avait pas de quoi avoir honte. Astor me l'avait répété à plusieurs reprises. Il me l'avait même fait répéter après lui : « Je ne suis pas une moins-que-rien. Je n'ai pas à avoir honte. Je suis intelligente. »

Au souvenir de ces mots je reposai mon deuxième cookie sur mon assiette en porcelaine. Je croisai le regard inquisiteur de Harlow.

— Je passe un coup de fil à Mase après mes leçons avec le Dr Munroe. (Je continuai après une pause :) Je… je suis dyslexique, et jusqu'à ce que Mase trouve le Dr Munroe, je ne savais pas pourquoi je n'arrivais pas à lire ni à écrire. J'ai beaucoup de mal avec les mots. Mase a fait le premier pas en me trouvant un spécialiste qui m'a mise sur les rails. Ton frère m'aide parce que c'est un homme bien.

Harlow me scruta pendant plusieurs secondes, au point de me faire baisser les yeux sur mon assiette. Je ne voulais pas qu'elle déchiffre ce que mon visage peinait à dissimuler.

Mase

— C'est une gonzesse, affirma Major tout en piochant une bière dans mon frigo. Je sais reconnaître les signes. Tu peux me raconter toutes les foutaises que tu veux, je connais la chanson, mon pote.

Major commençait sérieusement à me prendre la tête. Il était le neveu de mon beau-père, et on nous avait élevés comme des cousins, bien que nous ne soyons pas unis par les liens du sang. J'avais eu besoin de son aide pour m'occuper des chevaux, mais à présent j'avais envie qu'il s'en aille. Reese allait bientôt appeler. Et Major était la dernière personne au monde que je voulais avoir entre les pattes à ce moment-là.

— On a fini pour aujourd'hui. Prends ta bière et rentre chez toi. Je vais prendre une douche avant de me pieuter. Je suis mort, lançai-je en passant la cuisine pour gagner ma chambre.

— Exactement ce que je dis. Des fou-tai-ses, s'exclama-t-il. Une histoire de gonzesse, j'te dis. Ça se voit.

Il voyait juste. Ça me mettait en rogne. Je pensais à Reese la plupart du temps, jour après jour. J'attendais ses appels avec une impatience démesurée. Mais merde, sa voix me donnait le sourire. Et son enthousiasme, quand elle me racontait ses progrès, me touchait.

— Allez, ciao, ripostai-je avant de claquer la porte de la salle de bains derrière moi.

J'étais en train de retirer mes bottes lorsque mon cousin se mit à tambouriner sur la porte.

— C'est qui ? insista-t-il. Ça peut pas être Cordelia. Depuis toutes ces années, tu te serais pas contenté de la sauter de temps en temps si elle te branchait plus que ça. Elle est ultra dispo. Attends... Rosemary Beach. Tu as rencontré quelqu'un là-bas, c'est ça ? Une meuf pleine aux as ? Y a de la thune ? Elle a une sœur ? Non, attends, je veux pas de sa sœur. Je veux bien tenter le coup avec ta sœur célib' trop sexy.

Nom de Dieu, il allait me saouler encore longtemps ?

— Tire-toi, Major. Je ne te dirai rien de plus. Il n'y a pas de femme. Laisse-moi prendre ma douche tranquille. Espèce d'emmerdeur.

Le rire de Major traversa la porte.

— Monsieur proteste trop pour être honnête. (De nouveau il asséna une grande claque sur la porte.) Très bien. Comme tu veux. Mais tu cracheras bientôt ta valda. Ou je trouverai la vérité tout seul.

Je ne dis rien. J'attendis que le bruit de ses pas ait passé la porte d'entrée. Elle s'ouvrit puis se referma. Je poussai un soupir de soulagement. En jetant un œil à l'horloge, je calculai qu'il me restait trois quarts d'heure avant son appel. J'avais le temps de me doucher et de manger un bout.

Si Major était au courant pour Reese, il allait tout raconter à ma mère. Et là j'avais pas fini d'en entendre parler. J'adorais ma mère, mais elle allait me poser des tas de questions auxquelles je n'étais pas prêt à répondre. Je n'étais même pas sûr de ce qui se passait avec Reese. Inutile de nier le fait qu'elle m'attirait. J'avais au moins fini par admettre ça.

Merde à la fin, je pensais à sa tache de rousseur sous son postérieur depuis la première fois que je l'avais vue. Mais maintenant c'était bien plus qu'une simple affaire de désir. J'appréciais Reese. J'aimais la personne qu'elle était à l'intérieur. Au début, j'avais eu peur de m'apitoyer sur son sort et que mes sentiments se mélangent les pinceaux entre apitoiement et désir de lui venir en aide.

Mais je ne pensais plus comme ça. Reese ne voulait pas qu'on s'apitoie sur elle. C'était une dure à cuire, bien plus que je ne l'aurais pensé. Je respectais sa faculté à encaisser les mauvais coups du sort tout en continuant à se battre. Avec une plastique comme la sienne, elle aurait pu jouer de ses atouts pour suivre un autre chemin de vie. Son physique aurait pu payer les factures. Mais elle n'avait pas fait ça. Au contraire, elle travaillait dur, à faire des ménages, et elle retirait de la fierté de son travail.

Avec Reese, il ne fallait pas se fier aux apparences. Elle était bien plus complexe qu'il n'y paraissait. Et elle commençait à me toucher, à lentement m'attirer vers elle, sans même s'en rendre compte. Mais je devais me rendre à l'évidence : elle n'en avait peut-être pas envie. Il y avait de fortes chances pour que Reese ne soit pas intéressée par autre chose que mon amitié.

Et c'était peut-être aussi bien comme ça. Pour commencer, on ne vivait même pas dans le même État, ce qui en soi était problématique. Et ce n'était pas comme si elle pouvait déménager dans le coin pour sortir avec moi. Pour ma part, je ne pouvais pas déplacer le ranch à Rosemary Beach. Mon travail et mon avenir étaient ici.

J'entrai dans la douche en décidant de ne pas réfléchir à tout ça pour le moment. Ça ne servait à rien. Il fallait laisser du temps au temps. Mes fantasmes sur Reese allaient devoir en rester là.

Trente minutes plus tard, la sonnerie de mon téléphone retentit tandis que je finissais une bière sur le porche en pensant à elle.

— Salut, fis-je dès la première sonnerie.

— Salut, j'appelle plus tôt que d'habitude, j'espère que ça ne te dérange pas, dit-elle d'une voix enjouée.

— Pas du tout, fis-je en souriant. Au contraire, j'attendais ton appel.

— Oh, dit-elle en guise de réponse.

— Comment ça s'est passé ce soir ?

Astor Munroe m'envoyait des comptes rendus par mail chaque semaine. Il avait accepté de ne pas dire à Reese que je réglais ses consultations. Si elle était au courant, elle risquait de refuser de poursuivre le travail. Je voulais lui épargner tout ce qui était susceptible de la déconcentrer de sa tâche.

— Bien. Je lui ai lu un chapitre du livre qu'il m'avait donné la semaine dernière. Ce n'était pas un livre illustré, mais mon premier vrai livre. J'ai vraiment lu très lentement, mais sans paniquer et sans me tromper. Puis j'ai passé un examen d'orthographe, le tout premier de ma vie, ajouta-t-elle d'une voix tout excitée.

L'idée qu'elle n'avait jamais réussi d'examen de la sorte me fendait le cœur. Je détestais penser à la petite fille qui avait tant souffert d'avoir été ignorée.

— C'est génial. Je suis super fier de toi, même si ça ne me surprend pas. Je n'ai jamais eu le moindre doute, la rassurai-je. J'attends que tu te sentes le courage de me faire la lecture.

Cette perspective la rendait toujours silencieuse. Elle avait encore peur de lire pour moi mais, bon sang, je voulais gagner sa confiance. Aussi ridicule que ça puisse paraître, j'étais jaloux de ses séances de lecture avec Astor.

Je m'apprêtais à lui répéter qu'elle ne devait pas se sentir obligée lorsqu'elle prit la parole.

— O.K. Euh, je vais chercher le livre que j'ai lu ce soir, annonça-t-elle à mi-voix.

C'était peut-être égoïste de ma part de lui demander ça alors que ça la stressait, mais j'en mourais d'envie.

— J'en serais honoré, avouai-je.

Un rire fin me parvint par le téléphone.

— Je n'arrête pas de me dire que puisque tu m'as entendue chanter et que mon niveau de lecture n'est pas si atroce, ça ne peut pas être pire !

Seule Reese était capable de me donner le sourire par téléphone.

— C'est pas faux, répliquai-je d'une voix taquine.

Elle rit de plus belle.

— C'est une histoire toute simple. Tu me dis quand tu en as marre. Je n'ai pas envie que tu t'ennuies à mourir.

Elle pouvait lire tout le livre si elle en avait envie.

— Ça marche. Je t'écoute.

Pendant la demi-heure qui suivit, bien calé sous le porche dans ma chaise à bascule, les pieds surélevés contre la rambarde, j'écoutai la voix douce de Reese qui me faisait la lecture par téléphone. Elle buta à de rares occasions sur les mots et je lui vins promptement en aide pour qu'elle ne baisse pas les bras.

La meilleure demi-heure de toute ma semaine.

Reese

Après ma première session de lecture pour Mase, nos appels téléphoniques, à raison de deux fois par semaine, se transformèrent en rendez-vous quotidien. Mase m'appelait les soirs où je n'avais pas cours : il voulait que je lui fasse la lecture avant d'aller se coucher. Je me demandais s'il avait vraiment envie de m'entendre lire ou s'il n'essayait pas plutôt de m'inciter à m'entraîner avec lui. C'était sa manière à lui de s'assurer que je prenais l'habitude de lire devant des gens.

Le son de sa voix le soir avant de m'endormir était réconfortant. Je sombrais toujours dans le sommeil avec une facilité déconcertante après lui avoir parlé. Il soldait systématiquement nos conversations d'un « bonne nuit, fais de beaux rêves ». Comme si mon corps lui obéissait, c'est exactement ce que je faisais. Je passais d'excellentes nuits, et je rêvais de lui. Ces rêves étaient doux.

J'avais besoin de prendre le contrôle de mon affection croissante pour cet homme, et vite. Mase était un ami. Un des meilleurs que puisse avoir une fille. Je ne voulais gâcher ça pour rien au monde. Et en le mettant mal à l'aise je risquais d'y mettre un terme. Cette perspective était trop déprimante.

— La Terre à Reese. Je t'ai posé une question. Tu es partie où, là ?

Jimmy était assis en face de moi sur le canapé. Je ne m'attendais pas à sa visite, mais il était arrivé muni de crème glacée, et je ne pouvais pas le mettre à la porte. Pourtant, mon téléphone n'allait pas tarder à sonner, et je ne voulais pas que Jimmy soit encore chez moi à ce moment-là. Je ne voulais pas dire à Mase que je ne pouvais pas lui parler.

— Désolée, je pensais à des trucs. Ne fais pas attention, je suis fatiguée.

Jimmy haussa un sourcil comme s'il doutait de mon honnêteté.

— Sérieux ? Trop fatiguée pour de la glace au chocolat ?

Non, pour ça je n'étais pas trop fatiguée. C'est simplement que j'avais trop hâte d'entendre la voix de Mase pour de la glace.

— Bien sûr que non, répliquai-je en prenant la cuiller du pot pour me servir une grosse bouchée.

— Vas-y mollo, chérie. Tu vas te geler le cerveau !

J'opinai du chef en silence et pris mon temps entre deux bouchées.

— Le week-end prochain, tu vas sortir avec le docteur et basta. Double rencard. Tu choisis la soirée : vendredi ou samedi. J'arrête de te courir après.

Merde. Il n'allait pas lâcher l'affaire. Il revenait dessus au moins une fois par semaine. J'avais esquivé la question jusqu'ici.

Mais c'était peut-être une bonne chose. J'étais tellement obnubilée par Mase que ça ne pouvait pas être sain. Sortir me donnerait l'occasion de me changer les idées. Ça semblait très improbable, mais au moins si Mase s'était mis dans la tête que je m'intéressais à lui, il se raviserait. Il n'aurait plus à s'inquiéter de l'affection que j'avais pour lui. Et ça signifierait qu'il continuerait à m'appeler.

— Vendredi soir, c'est mieux.

Le visage de Jimmy s'éclaira d'un immense sourire et il fendit l'air d'un poing triomphant.

— Oh oui ! Victoire !

Mon téléphone sonna avant que je n'aie le temps de répondre. Je baissai les yeux : les bottes de cow-boy venaient d'apparaître à l'écran. J'attrapai mon portable avant que Jimmy ne les aperçoive.

— C'est un coup de fil important. À propos d'un cours que j'aimerais bien prendre. On peut finir la conversation demain, tu penses ?

Jimmy prit un air interloqué, mais je savais que mon regard implorant suffirait amplement à le faire partir. La sonnerie du téléphone s'interrompit pour reprendre aussitôt et je décrochai à la volée.

— Salut, donne-moi une petite minute.

J'ouvris la porte d'entrée pour Jimmy, qui me regardait d'un air ouvertement inquisiteur.

— Je ne te crois pas, mais je laisse couler, susurra Jimmy en agitant un doigt menaçant.

Je refermai la porte derrière lui en poussant un soupir de soulagement.

— Désolée. Jimmy était chez moi. Il vient de partir, expliquai-je à Mase.

— Tu étais occupée ?

— Juste par de la crème glacée et un ami trop curieux.

— Tu aurais pu me dire que tu mangeais une glace avec lui, répondit Mase en riant. J'aurais rappelé plus tard.

Oh non, impossible. Mes journées tournaient autour de ses coups de fil.

— Tout va bien, on avait fini, mentis-je.

Soudain, un crissement de pneus se répercuta dans tout l'appartement et avant que je n'aie pu comprendre ce qui se passait à l'extérieur, un coup de feu éclata. Je me figeai, incapable de bouger. J'avais dû mal entendre. C'était peut-être une voiture qui pétaradait. J'habitais dans un quartier sans histoires ; c'est bien pour cela que j'avais choisi cet appartement.

Une série de coups de feu retentirent. Je me laissai tomber à genoux derrière une chaise. Des cris résonnèrent dans la rue et, pour la première fois, je regrettai de me trouver au rez-de-chaussée. Je me sentais à la merci des événements, dans l'incapacité de me mettre à l'abri.

— Reese, tout va bien ? hurla Mase au téléphone.

Je me rendis compte qu'il me posait la question en boucle. Sous le choc, je n'avais même pas percuté qu'il me parlait.

La main plaquée sur la bouche, je me demandais si j'avais poussé un cri. Les yeux rivés à la fenêtre, j'entendais les gens s'agiter au-dehors. Il fallait que quelqu'un appelle les flics. Moi. Il fallait que je m'en charge. Oh, Seigneur.

— Il faut que j'appelle la police. Il y a des coups de feu et des cris dehors. Il faut faire venir les secours, bafouillai-je.

Je n'avais pas envie de raccrocher ; j'étais terrifiée et la présence de Mase à l'autre bout du fil me donnait du courage. Même s'il ne pouvait rien faire.

— Putain ! Mets-toi par terre. À plat ventre derrière le canapé. Ne bouge pas et ne réponds pas à la porte. Appelle les flics. *Maintenant.* Rappelle-moi après, ordonna Mase avant de raccrocher.

Mes mains tremblaient. Un nouveau coup de feu retentit. Des voix hurlaient des mots inintelligibles au milieu des cris. Je rampai jusqu'au canapé et m'allongeai par terre avant de numéroter le 911. La panique commençait à s'abattre sur moi : les numéros sur mon clavier se mirent à danser, flous, et mes yeux s'emplirent de larmes de frustration.

Des sanglots secouèrent tout mon corps. J'essayais de distinguer le 9 sur mon clavier. La sirène de la police s'ajouta au vacarme à l'extérieur et la lumière bleue des gyrophares clignota à travers la fenêtre. Je laissai tomber mon téléphone sur la moquette et enfouis mon visage dans mes mains.

Je pris de profondes inspirations pour essayer de me calmer. D'autres sirènes arrivaient sur place, suivies par une ambulance. Tout du long je restai totalement immobile.

Petit à petit les hurlements cessèrent. J'entendais des gens pleurer. J'avais peur de bouger, même si la police était arrivée sur les lieux.

Je me raidis en entendant un coup frappé à la porte.

— Police, annonça une grosse voix.

La police. À ma porte. Oh, Seigneur. Il fallait que je me lève. Mes jambes tremblaient atrocement et mon cœur battait à tout rompre.

Un nouveau coup retentit.

— Police !

Arrivée à la porte d'entrée, j'agrippai la poignée et jetai un œil par le judas. Il y avait bel et bien un agent de police devant chez moi. Son air renfrogné me terrifia de plus belle – si c'était possible.

J'ouvris la porte et dévisageai le policier. Il brandit son badge.

— Agent Milton, madame. Je voudrais vous poser quelques questions.

Moi ? Pourquoi moi ? Je hochai la tête en m'efforçant de respirer.

— Avez-vous vu quoi que ce soit ? demanda-t-il.

Derrière lui, les gyrophares tournoyaient et les sirènes gémissaient. Une bâche en plastique recouvrait un corps. Un jet de bile remonta dans ma gorge et je serrai la poignée de toutes mes forces pour empêcher mes jambes de se dérober sous moi.

— Oh mon Dieu, parvins-je à articuler.

— Connaissez-vous Melanie et Jacob Sanders ? Ils vivent trois portes plus bas.

Je secouai la tête. Je ne connaissais aucun de mes voisins à part Jimmy. Je me tenais à l'écart de tout le monde. Trois portes plus bas vivait un couple. J'avais déjà croisé le mari, malheureusement. Il m'avait donné la chair de poule. Un jour, je regagnais ma voiture et il m'avait sifflée avant de qualifier mon cul de « pulpeux ».

— Je ne les connais pas. Je connais seulement Jimmy… Jimmy Morrison. Il habite l'appartement 2D. Il était chez moi juste avant… Oh mon Dieu, Jimmy était ici. Il a dû prendre l'escalier pour rentrer chez lui. C'est arrivé juste après son départ.

L'expression du policier s'adoucit.

— Jimmy Morrison va bien. C'est lui qui a appelé la police. Il a été témoin de la majeure partie des événements et procède actuellement à sa déposition. Il connaissait la victime.

Mon téléphone sonna : Mase me rappelait.

— Si quoi que ce soit vous revient à l'esprit, veuillez appeler le commissariat. Jimmy aura confirmé qu'il venait de quitter votre appartement. Si ce n'est pas le cas, nous reviendrons vous parler. Je vais avoir besoin de votre nom pour le dossier.

— Reese Ellis, répliquai-je tandis que la sonnerie de mon téléphone s'interrompait pour reprendre.

— Merci, mademoiselle Ellis.

Après un hochement de la tête, je refermai la porte tandis que le policier se dirigeait vers la porte suivante. Je tournai les verrous avant de répondre au téléphone.

— La police est passée, expliquai-je à Mase. On m'a posé des questions.

— Tu es là, dit-il dans un soupir de soulagement.

— Oui. Jimmy a tout vu. Il est avec la police, il fait sa déposition. Je ne sais pas trop ce qui s'est passé ; le policier ne m'a même pas dit qui était la victime, mais un couple qui habite quelques portes plus bas a l'air impliqué. À part les coups de feu et les cris je n'ai rien entendu de plus. Mais Jimmy était sur place. Il aurait pu se faire tuer.

— Mais il va bien. N'y pense pas, dit Mase d'une voix ferme.

Je hochai la tête, même s'il ne me voyait pas. Il avait raison. Il était inutile de s'appesantir sur quelque chose qui ne s'était pas produit.

— Tu as bien fermé ta porte ? s'enquit Mase.

— Oui, je l'ai verrouillée.

— Quand Jimmy aura terminé avec les policiers, il viendra te dire ce qui s'est passé. Assieds-toi et détends-toi. Je vais rester en ligne avec toi jusqu'à ce qu'il arrive. Tout va rentrer dans l'ordre. Je comprends que tu sois bouleversée.

Le simple son de sa voix m'apportait du réconfort. Je m'assis sur le canapé. Au-dehors, les gyrophares tournaient encore.

— Lis-moi quelques pages, Reese. Ça te fera penser à autre chose.

Je n'étais pas sûre d'en être capable. Plus tôt, sous le coup de l'émotion, ma vue s'était totalement brouillée. Je n'arrivais pas à me concentrer quand j'étais sous pression.

— Je ne sais pas si j'en suis capable, avouai-je.

— Essaie, m'incita-t-il d'une voix douce.

J'essayai. Parce que j'avais envie de lui faire plaisir.

Mase

Le son de sa voix mélodieuse était la seule chose qui parvenait à m'apaiser. J'étais debout sous le porche, mes bottes aux pieds, mes clés à la main. Elle ne répondait pas, son téléphone avait sonné dans le vide et j'avais été à deux doigts de me mettre en route.

Si elle n'avait pas décroché à la dernière sonnerie, j'aurais appelé Grant et Rush pour qu'ils se rendent auprès d'elle, après quoi j'aurais demandé à mon père d'affréter sur-le-champ un jet privé pour me transporter illico à Rosemary Beach. Bon sang, mes jambes avaient failli lâcher sous le coup du soulagement quand elle avait enfin décroché. Maintenant je voulais que Jimmy ramène ses fesses chez elle et lui raconte ce qui s'était passé pour que je sache. Et pour qu'elle ne soit pas toute seule.

Mais, en attendant, je ne la lâcherais pas d'une semelle. Merde, même en présence de Jimmy je ne la lâcherais par d'une semelle. J'étais à ça d'appeler Rush et Grant pour qu'ils restent avec elle le temps que j'arrive.

En me faisant la lecture ce soir-là, elle avait eu plus de mal que toutes les semaines précédentes. Je détestais la savoir seule et effrayée. Et je détestais l'idée qu'elle habite seule dans cet appartement. Elle n'était pas en sécurité. On venait d'en avoir la preuve.

— Jimmy est à la porte, annonça-t-elle.

— Je veux entendre ce qu'il a à dire, répondis-je car je ne voulais pas qu'elle raccroche.

— O.K. Je vais… je vais poser le téléphone.

Je l'entendis ouvrir la porte. Jimmy lui demanda si elle allait bien et sembla la serrer dans ses bras. Elle eut un petit sanglot avant de lui demander comment il allait. Il la rassura.

— Que s'est-il passé ? l'interrogea Reese.

— Je n'ai pas toute l'histoire. Quand je suis arrivé aux escaliers, j'ai entendu un crissement de pneus, puis Jacob s'est mis à crier à Melanie que c'était une salope. Melanie a commencé à l'insulter, elle aussi, et c'est là qu'il a sorti un pistolet de sa ceinture et qu'il lui a tiré dessus. Elle s'est enfuie en hurlant, et j'essayais désespérément d'appeler le 911 quand le second coup est parti. J'ai vu… (Jimmy s'interrompit.) Il faut que je m'assoie. Merde, je vais avoir besoin d'un remontant ce soir.

— Tu n'es pas obligé de rester seul, l'avisa Reese.

— Mon copain est en route. Il restera avec moi.

— Tant mieux.

Ça ne m'était pas d'un grand secours. Je n'aimais pas l'idée que Reese soit toute seule après ça. Et je détestais encore plus que tout qu'elle habite au rez-de-chaussée.

— Je l'aie vue tomber. Elle s'est effondrée sur le sol. Il y avait une mare de sang autour d'elle et elle était immobile. Ce n'est pas malin de faire ça, mais je me suis précipité vers elle. Et alors ce salaud m'a tiré dessus. Il a raté et s'est barré, mais je ne sais pas si j'arriverai à m'enlever cette image du pistolet braqué sur moi.

Merde.

— Oh, non, Jimmy !

— Chez elle, le gars avec qui elle avait une liaison s'est tiré en caleçon comme un minable. Les flics l'ont rattrapé. Il n'est pas allé bien loin. Il était mort de trouille. Ils ont eu Jacob, aussi. Il a planté sa voiture dans un fossé en prenant la fuite. Les flics l'ont chopé au moment où il en sortait en courant. C'était le bazar dans tout l'immeuble. Les gens ouvraient leur porte en hurlant. Ça ne servait à rien, les gens paniquaient. Il l'a tuée… comme ça. Flinguée. Espèce de malade. Trois ans qu'ils étaient mariés.

— C'est horrible, prononça Reese d'une voix blanche.

Elle était bouleversée. Et il allait la laisser toute seule en plan pour se câliner avec son mec ?

— Il faut que j'aille prendre une douche et un coup de tequila. Tout ce qui pourra nettoyer ces images de mon esprit. Reste enfermée ici. Tu ne crains rien. Les flics vont tourner dans le coin la majeure partie de la nuit. Tout va bien. Si tu as besoin de moi, appelle.

J'entendis Reese se lever et le suivre jusqu'à la porte.

— Je suis contente que tu n'aies rien, dit-elle d'une voix brisée.

— Ah ma chérie, je vais bien, la rassura-t-il. J'ai juste la tronche à l'envers après ce que je viens de voir. Je n'étais pas proche de Melanie. Je la connaissais à peine, mais merde, ça change rien. C'est dramatique de voir quelqu'un mourir… dramatique.

Ils se dirent au revoir, puis Reese referma la porte. J'entendis glisser le loquet.

— Voilà, tu as tout entendu ? demanda-t-elle.

Sa voix était tendue. Comme si elle se retenait de pleurer.

— Ouais. C'est moche. Mais au moins ce n'était pas un acte de violence aveugle. Personne ne va venir tirer d'autres coups de feu. Tu es en sécurité.

Elle ne répondit pas immédiatement. Je me demandai si elle avait peur d'aller se coucher. Après tous ces événements, elle avait besoin que quelqu'un la serre fort.

— Va te préparer pour dormir. Pose le téléphone. J'attends. Puis emmène-moi au lit avec toi. Je serai tout contre ton oreille. On pourra parler jusqu'à ce que tu t'endormes. O.K. ?

— D'accord… ça ne te dérange pas ?

Je n'allais pas fermer l'œil de la nuit. J'allais me faire un sang d'encre pour elle. Mais c'était inutile de le lui dire.

— J'en ai envie. Allez, va te préparer. J'attends.

— Merci, murmura-t-elle.

Tandis qu'elle se préparait, je réglai mon téléphone sur haut-parleur, le glissai dans ma poche et rentrai dans la maison. Je jetai la cannette de bière dans le bac à recyclage et lavai quelques ustensiles dans l'évier.

Après quoi je gagnai ma chambre. Je me lavai les dents et retirai les vêtements que j'avais enfilés à la hâte pour me précipiter chez Reese. Puis je me glissai sous les draps. Au bout de quelques minutes, sa voix me parvint de nouveau :

— Me voilà.

J'entendis le froissement de ses draps. Je m'allongeai sur le dos, une main calée sous la tête, les yeux rivés sur le ventilateur du plafond. Des images de Reese dans son lit venaient me perturber. J'aurais dû me sentir sacrément coupable, mais c'était plus fort que moi.

— Tu veux lire encore un peu? demandai-je en essayant de penser à autre chose qu'à ce qu'elle portait en cet instant.

— Non… pas vraiment. Je suis trop épuisée.

J'entendis qu'elle remuait au froissement de ses draps.

— Tu portes quoi pour dormir?

Je n'avais pas pu m'en empêcher. Je voulais savoir. Ça me rendait fou.

Elle eut un petit rire.

— Rien de particulier. Juste un pantalon de jogging coupé au genou et un débardeur. Je les ai depuis longtemps, ils sont tout doux et j'adore dormir dedans.

Je mourais d'envie de voir ce vieux débardeur sur elle. L'image qui se dessinait dans ma tête était en train de faire des ravages à hauteur de ma bite. Elle commençait à se manifester. Mais je l'avais bien cherché en lui demandant ce qu'elle portait.

— De quelle couleur? demandai-je en grimaçant à ma propre question.

Merde, mais qu'est-ce que je fabriquais?

— Rose… ou anciennement rose. Il est délavé, répliqua-t-elle après une hésitation.

— Ça a l'air bien confortable.

— Hum-hum, marmonna-t-elle en guise de réponse.

Je m'apprêtais à changer de sujet pour me sortir de ce bourbier lorsqu'elle me coupa l'herbe sous les pieds.

— Tu dors en caleçon? s'enquit-elle d'une voix si discrète que je faillis ne pas l'entendre.

Je pensais qu'elle avait compris que je dormais nu après mon excursion dans le couloir, emmailloté dans un drap, la toute première fois qu'on s'était vus. Sa question me prenait au dépourvu.

— Non, répliquai-je.

— Oh. Comme tu étais en caleçon le jour où je me suis blessée dans la salle de jeux, je pensais que tu devais dormir avec.

Je sentis un sourire flotter sur mes lèvres. Ce matin-là, j'avais arraché ce caleçon des tréfonds de mon sac marin avant de l'enfiler en catastrophe et de foncer dans le couloir.

— Je l'ai mis avant d'aller voir comment tu allais, expliquai-je.

Pour toute réponse, je l'entendis retenir son souffle.

— Ce n'est pas si mal de dormir tout nu. Tu devrais essayer un de ces quatre, la taquinai-je.

J'essayai de détendre l'atmosphère ; elle avait l'air sans voix. Puis elle se mit à glousser de rire. Mission accomplie.

— Je ne suis pas sûre d'en être capable, admit-elle d'un ton amusé.

J'étais certain du contraire. Mon esprit jonglait avec des images d'elle dans son plus simple appareil. Puis dans mon fantasme je la rejoignais, et la situation devenait encore plus intéressante. Je partais explorer ses jambes sans fin et son petit grain de beauté lové sous ses fesses. J'avais cette image d'elle sur mon lit, le cul relevé pour que je puisse embrasser son grain de beauté, qui faisait palpiter ma bite.

J'enroulai ma main autour de mon sexe et le serrai pour tenter de calmer ses ardeurs. Brûlant, il n'était pas près de s'apaiser. Surtout que la voix de Reese continuait à me chauffer.

— Reese, tu me donnes une minute ? Je reviens tout de suite.

— Oh, d'accord.

Je détestais être faible à ce point, mais il fallait que je me contrôle si je voulais la garder au bout du fil jusqu'à ce qu'elle s'endorme. Ce qui me laissait l'option de prendre une douche froide ou d'aller au bout de mon fantasme dans l'intimité de ma salle de bains. Il fallait faire vite : l'image de Reese dans mon lit avec la jolie rondeur de ses fesses en l'air me mettait en appétit.

Je refermai la porte de la salle de bains et, adossé au mur, je saisis mon sexe palpitant à pleine main. Je le caressai lentement, tout en léchant dans mon imagination le cul et le grain de beauté de Reese, avant de lui écarter les jambes et de sentir sa chatte brûlante glisser sous mes doigts. De mon autre main je lui caressais les fesses, puis remontais jusqu'à ses tétons durs et la lourdeur de ses seins qui pendaient vers le matelas.

Elle gémissait au moment où je glissais ma langue sur sa peau tendre tandis que ses seins rebondissaient entre mes mains. Nom de Dieu, il ne m'en fallait pas plus que ça. Je jouis en poussant un cri tandis que ma semence recouvrait ma main encore serrée sur mon sexe.

Depuis ma rencontre avec Reese, je me livrais de plus en plus souvent à cet exercice. J'avais essayé les douches froides, mais j'en avais horreur. Ça, c'était la solution idéale et facile à la fois. Et la moins douloureuse. D'autant plus que mes fantasmes mettant en scène Reese étaient de mieux en mieux.

Reese

Jimmy passa me voir le lendemain pour me dire qu'il s'était fait porter pâle pour le restant de la semaine et qu'il prenait un mini-break pour souffler un peu. Il n'avait pas dormi la nuit précédente et il avait les yeux larmoyants. Il s'inquiétait pour mes trajets. Même si je lui avais assuré que je pouvais aller au travail à pied, il m'avait expliqué qu'il ne serait pas tranquille s'il me savait seule. Il avait donc demandé à un gars de confiance de passer me prendre et de me ramener les jours où je travaillais. Il m'avait certifié qu'il connaissait ce type depuis la nuit des temps, et qu'il s'agissait d'un ami proche de M. Kerrington. Avant son départ, je lui avais donc promis que je ferais les trajets avec ce fameux ami, Thad. J'avais accepté pour le rassurer mais je n'avais pas la moindre envie de faire ça. J'aurais encore préféré prendre un taxi. Mais Jimmy n'avait rien voulu savoir.

C'est ainsi que je me retrouvai à attendre devant mon appartement l'arrivée d'une « BMW noire avec des jantes argent brillantes que tu ne pourras pas rater ». Jimmy avait ajouté que Thad avait de longs cheveux blonds et une tête de surfeur.

La bande jaune entourant la scène du crime n'avait pas bougé. Je grimaçai en me remémorant l'horreur qui s'y était déroulée. Jimmy avait été témoin de tout le drame. Moi aussi je m'inquiétais pour lui. Comment faire pour se sortir ça de l'esprit et aller de l'avant ?

La nuit dernière, je m'étais endormie après que Mase avait suspendu notre conversation. Ce qui m'avait vraiment surprise. Le savoir au bout du fil avait suffi à me détendre. Puis il y avait eu cet échange étrange sur ce que nous portions pour dormir. Lui dormait sans rien. L'image de cet homme nu m'excitait. Ce qui n'allait pas faciliter les choses quand j'allais me retrouver face à lui.

Difficile en effet de passer à côté de la BMW noire de luxe qui s'engagea dans le parking. Avant même de vérifier les pneus ou la blondeur du conducteur, je savais que c'était lui. Dans ma résidence, personne ne conduisait un véhicule comme ça. J'arrimai mon sac à dos à l'épaule et pris une profonde inspiration. Jimmy n'aurait pas envoyé quelqu'un de dangereux. J'allais y arriver.

La portière conducteur s'ouvrit sur un grand gars dont les mèches blondes bouclées s'arrêtaient sous ses oreilles. Il me sourit. Il portait des lunettes de soleil sombres qui cachaient ses yeux. Il avait néanmoins l'air inoffensif. Son sourire était amical, et une fois encore : Jimmy lui faisait confiance.

— Reese ? s'enquit-il.

J'opinai du chef et descendis le trottoir pour rejoindre la voiture.

— Sacré Jimmy, fit-il en secouant la tête d'un air amusé.

Je ne lui demandai pas ce qu'il entendait par là.

— Merci. Je paierai l'essence, annonçai-je en montant à bord.

— Mais non, riposta Thad avec un froncement de sourcils. Je peux quand même bien accompagner une jolie fille à son travail.

Je ne me raidis pas en entendant ces mots, ce qui était bon signe. Je faisais des progrès. Tous les hommes n'étaient pas mauvais. Jimmy, Mase et le Dr Munroe me l'avaient appris. Puis il y avait l'adoration que Grant Carter portait à sa femme et à son enfant. Ma perception des hommes était en train de changer. Plus je restais à Rosemary Beach, plus je voyais le bon côté de l'humanité.

— Jimmy t'a demandé de me déposer au Kerrington Club ? Je peux aller au travail à pied à partir de là.

Ces derniers temps, Jimmy m'avait accompagnée jusqu'aux maisons où je travaillais au lieu de me laisser marcher. Je savais que Mase lui en avait parlé.

— On m'a dit de te déposer chez Nan aujourd'hui. Il paraît qu'elle va débarquer dans les deux semaines qui viennent. Oh joie, ironisa-t-il en me regardant d'un air entendu.

Je n'avais jamais rencontré Nan, mais de ce qu'en disaient les autres, y compris son frère, je n'étais pas sûre d'en avoir envie. J'aimais bien faire le ménage chez elle. J'avais besoin de ce travail. Mais elle commençait à me terrifier. À son retour, j'allais devoir lui expliquer pour le miroir. Je redoutais cet instant.

— Je ne pense pas avoir très envie de faire sa connaissance, confiai-je à Thad. Personne n'a l'air de l'apprécier.

Thad rit à gorge déployée.

— C'est l'euphémisme de l'année.

Ah, d'accord. J'aurais préféré qu'elle reste à Paris.

— Tu as entendu les coups de feu la nuit dernière ? m'interrogea-t-il en changeant de sujet. Rien que de voir les bandes jaunes c'est super flippant.

Je hochai la tête en repoussant le souvenir de la nuit le plus loin possible.

— Ouais, fis-je en guise de réponse.

Puis je me concentrai sur la fenêtre de la voiture. Je n'avais pas envie d'aborder ce sujet.

— Désolé. Je me demandais si c'était ton amie. Je ne voulais pas t'embarrasser.

— Je ne la connaissais pas, répliquai-je sans détacher les yeux de la fenêtre.

Il se tut. J'aurais dû dire quelque chose pour détendre l'atmosphère, mais je ne savais pas trop quoi ajouter.

Je me sentis soulagée lorsqu'il franchit le portail de Nan pour remonter l'allée. J'avais hâte de me mettre au travail pour être toute seule.

— Je passerai te chercher vers 15 heures.

— Oui, merci.

C'était étrange d'aller au travail avec un inconnu, mais agréable de gagner du temps sur le trajet.

Thad me gratifia d'un sourire en coin.

— Je t'en prie.

Ce soir-là, je racontai à Mase le départ de Jimmy et le trajet en voiture avec Thad. Il n'eut pas l'air enchanté, mais je ne posai pas de question. Nous étions amis, rien de plus. À la place, je lui fis la lecture de deux chapitres. Juste avant de raccrocher, il me demanda si j'étais en pyjama.

— Oui, répliquai-je en baissant les yeux sur mon bas de jogging et mon débardeur.

Il poussa un soupir avant de rire.

— Désolé, je n'ai pas pu m'en empêcher. Bonne nuit, Reese.

— Bonne nuit, Mase.

— Fais de beaux rêves.

Il n'avait pas idée à quel point ils allaient être beaux.

Mase

Je me préparais un café et j'eus à peine le temps d'enfiler un jean lorsqu'un coup à la porte vint contrarier ma routine matinale.

Agacé, je pensai que Major se pointait avec une heure d'avance. Je gagnai l'entrée à grands pas, prêt à l'envoyer bouler. Mais en ouvrant la porte je tombai nez à nez sur Cordelia.

Elle n'avait pas donné signe de vie depuis que je l'avais renvoyée chez elle il y avait près d'un mois. Je ne m'effaçai pas pour la laisser entrer : nos rapports passés étaient une histoire de sexe et tout ça était fini. Sachant surtout que je me rapprochais de Reese un peu plus chaque jour.

— Je suis amoureuse de toi, bafouilla-t-elle tandis que ses yeux s'emplissaient de larmes.

Bon sang, je n'avais vraiment pas besoin de ça aujourd'hui. Ni un autre jour, d'ailleurs. Cordelia n'était pas censée tomber amoureuse de moi. On avait couché ensemble, un point c'est tout. Il n'avait jamais été question de câlins ou d'affection, juste de cul.

— Cordelia, je suis navré. Mais on a toujours été clairs : il n'était question que de sexe. Je ne savais pas que tu avais des sentiments plus profonds. Sans quoi j'aurais mis le holà il y a bien longtemps.

Elle renifla et ses épaules s'affaissèrent de dépit.

— Donc tu ne ressens rien ? Rien du tout ?

Merde alors, j'avais ressenti un orgasme en jouissant. Et puis ouais, elle avait une jolie plastique, c'était agréable, ça m'avait bien plu, mais ça s'arrêtait là. Aucune émotion. Je secouai la tête. Je détestais l'idée de lui faire de la peine.

— Non. Pour moi c'était juste une affaire de sexe. Je pensais que c'était la même chose pour toi.

— Il y a quelqu'un d'autre ? C'est pour ça que tu arrêtes avec moi ?

Je ne savais pas trop comment répondre à sa question. Reese ne la regardait pas, pourtant elle était la raison même de cette situation.

— J'ai des sentiments pour quelqu'un d'autre, oui.

Voilà, c'était dit.

D'une main elle étouffa un sanglot.

— Tu as commencé une relation avec une autre pendant que tu me sautais ?

Je secouai la tête en lâchant un grognement frustré. Il me fallait du café. Pas ça.

— Je ne suis pas dans une relation… pas encore. Mais peu importe. J'en ai envie. Je l'attends.

Cordelia eut un rire cruel. Elle essuya ses larmes du revers de la main.

— Donc la femme prête à tout te donner n'est pas assez bien pour toi. Tu préfères courir après une autre, c'est ça ? Je déteste les hommes ! Vous êtes tous des salauds ! hurla-t-elle en me montrant du doigt. Tu vas le regretter. Quand tu auras besoin de moi, tu vas le payer. Le sexe entre nous était génial et tu le sais. Tu vas avoir envie de moi un de ces quatre, et je ne serai pas là. Basta, Mase. Tu as grillé ta dernière chance.

Je n'avais pas de réponse à ça. Je la regardai tourner les talons et regagner son pick-up. Je fermai la porte en espérant qu'elle allait tenir parole, que c'était bel et bien fini. Je ne pouvais plus faire semblant. Je détestais lui faire du mal, mais elle m'avait cherché.

Mon téléphone se mit à sonner. Je jetai un œil plein de convoitise à la cafetière avant d'attraper mon téléphone d'un geste impatient. Je voulais juste qu'on me foute la paix, nom de Dieu, je voulais un matin peinard !

Le nom de Harlow apparaissait à l'écran.

— Tout va bien ? demandai-je avec inquiétude, car Harlow ne m'appelait jamais de si bonne heure.

— Je me suis dit que tu serais réveillé. Avant de partir travailler, Grant vient tout juste de me raconter un truc qu'il a entendu hier et qui devrait t'intéresser. J'avais envie de t'en parler.

J'avais presque peur de la suite. Elle manigançait quelque chose. Je l'entendais dans sa voix. Quelle que soit l'information qu'elle détenait, elle avait l'air de s'amuser un peu trop.

— Harlow, il est 7 heures du matin. Je viens de me lever, il me faut mon café, marmonnai-je en me versant une tasse.

— Bois ton jus, grincheux. Je peux tout te raconter pendant que tu le sirotes.

— Ouais, acquiesçai-je en l'écoutant à moitié, concentré que j'étais sur le liquide chaud qui m'attendait dans mon mug.

— Thad – tu sais, l'ami de Woods Kerrington – a accompagné Reese toute la semaine en voiture.

C'était ça son scoop ? Je levai les yeux au ciel et sortis profiter de mon café à l'extérieur.

— Je suis déjà au courant, l'informai-je.

— Oh. Eh bien sais-tu aussi qu'il lui a proposé de sortir ce week-end et qu'elle a dit oui ?

Ma main s'immobilisa à mi-parcours, la tasse à hauteur de mes lèvres. C'était quoi ce bordel ?

— Reese va sortir avec Thad ? répétai-je en rabaissant ma tasse comme si j'avais mal entendu.

Les hommes mettaient Reese mal à l'aise. Thad était un séducteur. J'avais vu ce mec à l'œuvre. C'était typiquement le genre de gusse que Reese n'appréciait pas.

— Qui a raconté ça à Grant ? sondai-je en attendant la chute, car c'était forcément une blague.

— Thad. Il lui a proposé quand il l'a accompagnée à son travail hier matin et elle a accepté. Grant raconte qu'on aurait dit un petit garçon à qui on a donné un jouet flambant neuf. Il voulait que je parle de Thad à Reese. C'est un peu un coucheur, tu sais, et Grant ne veut pas qu'il fasse de mal à Reese. Mais j'ai préféré t'appeler. Comme tu es ami avec elle, tu pourrais peut-être l'appeler pour l'avertir.

C'étaient des conneries. Elle savait pertinemment que la nouvelle allait me foutre en rogne. Harlow me connaissait trop bien. Hors de question que Reese sorte avec Thad. Elle voulait sortir avec un gars ? Parfait, ce serait avec moi.

— Merci. Faut que j'y aille. On se rappelle plus tard.

— O.K., bon, mais tu vas lui parler, hein ?

Son inquiétude était feinte. Je faillis lui rire au nez. Elle savait très bien que je n'allais pas laisser les choses se passer comme ça.

— Je vais lui parler, conclus-je avant de raccrocher.

J'avalai d'un trait le café qui me brûla la gorge. Il fallait que je passe un coup de fil pour réserver un vol puis que je dise à Major de superviser tout ce que je laissais en plan pour m'assurer que Thad ne posait pas ses pattes de playboy sur ce qui était à moi.

Reese

Pourquoi j'avais dit oui à Thad ? O.K., il me faisait rire et il était gentil, mais je n'avais aucune envie de sortir avec lui. Pourtant je ne savais pas trop comment décliner. Je ne voulais pas être malpolie. Il avait été tellement serviable pendant toute la semaine : après ce premier jour un peu gênant, on avait réussi à trouver notre rythme.

Heureusement, je ne travaillais pas aujourd'hui, donc je n'aurais pas à lui faire face. Contrairement à demain soir quand il allait se pointer pour notre rendez-vous. J'avais été à deux doigts d'en parler à Mase la veille au soir, mais quelque chose m'avait retenue. Ce n'est pas parce que j'en pinçais pour Mase que le sentiment était partagé. Certes, il me demandait souvent si j'étais en pyjama, mais ce n'était pas la garantie qu'il avait envie de me voir avec.

Cette simple idée me mit le feu aux joues.

Arrête, me réprimandai-je. Il fallait que je me concentre sur ce à quoi je m'étais engagée avec Thad : à sortir, en soirée, avec un beau gosse riche comme Crésus. Oh non, je ne pouvais pas faire ça !

Jusqu'à la fusillade, Jimmy avait prévu qu'on aille à un double rencard le soir même. Puis il était parti, et ne rentrerait pas avant dimanche. Je lui avais parlé deux soirs plus tôt. Quand je m'étais rendu compte qu'il ne serait pas de retour pour notre soirée à quatre, j'avais été soulagée de m'épargner ça. Et puis il y avait eu Thad.

Mase allait m'appeler dans la soirée. Est-ce que je devais lui en parler ? Probablement pas. Il ne me tenait pas informée de son calendrier de sorties ! D'ailleurs, est-ce qu'il sortait souvent ? Avait-il rencontré quelqu'un dernièrement ? Si c'était le cas, il rentrait quand même tôt chez lui, sachant qu'il m'appelait tous les soirs à 22 heures.

Je baissai les yeux sur mon bas de jogging et mon débardeur en poussant un soupir. Ils étaient usés jusqu'à la corde. Malgré tout je les trouvais doux et confortables. Dans le monde de Mase, les femmes portaient de la soie et de la dentelle. Je ne possédais absolument aucun vêtement de nuit vaguement sexy. Jusqu'à Mase, je n'en avais jamais eu envie. Il avait changé beaucoup de choses. Peut-être avais-je dit oui à Thad à cause de lui.

Un coup bruyant à la porte d'entrée me fit sursauter. Je reposai mon téléphone sur le canapé et gagnai l'entrée. Je n'attendais personne et j'espérais très fort que Thad ne passait pas me rendre visite à l'improviste. Ce soir, j'avais prévu de bavarder avec Mase au téléphone.

Je jetai un œil au judas et retins un cri de surprise.

Comme dans un rêve, il venait de se matérialiser devant ma porte d'entrée. Ses cheveux tirés en arrière laissaient paraître son air déterminé, la mâchoire serrée. Il était là. Le choc céda le pas à l'inquiétude. J'ouvris aussitôt le verrou et la porte en grand.

— Mase, est-ce que tout va bien ?

Il me fixa, fit mine de s'avancer vers moi puis se ravisa.

— Non. Je peux entrer ? demanda-t-il d'une voix tendue.

Je hochai la tête et m'effaçai pour le laisser passer.

— Il y a un problème ?

J'étais nerveuse, je redoutais sa réponse.

Mase pénétra dans l'appartement. Son regard glissa lentement sur mon corps, de haut en bas, puis de bas en haut. Très lentement. Lorsqu'il posa de nouveau les yeux sur mon visage, j'y décelai une lueur qui me fit frissonner.

— C'est encore mieux que ce que j'imaginais. Et crois-moi, bébé, je t'ai imaginée dans cette tenue des tas de fois.

Sa voix donnait l'impression qu'il caressait les mots plus qu'il ne les disait. Son ton grave me fit de nouveau frissonner. J'en restai muette. Son regard m'avait dérobé tous mes mots.

— Je ne veux pas que tu sortes avec Thad, annonça-t-il avec fermeté.

À cette affirmation je sortis de mon étrange torpeur.

— Comment es-tu au courant ? l'interrogeai-je.

Et pourquoi ça te préoccupe ? pensai-je en mon for intérieur.

— Il l'a dit à Grant, répliqua-t-il. Je te laissais du temps. Tu avais l'air nerveuse. Je ne voulais pas te bousculer. Mais si tu dois sortir avec quelqu'un, ce sera moi, Reese. Pas cette espèce de playboy de Thad.

Il avait prononcé ces derniers mots dans un grognement qui me fit sursauter.

— Il ne sait rien sur toi. Il ne saura pas déchiffrer tes expressions pour savoir quand tu aimes ou pas quelque chose. Il ne saura pas s'il te met mal à l'aise ou si tu as besoin d'aide pour lire. Il ne saura pas que tu as deux rires différents. Un vrai, et l'autre qui veut dire que tu es tendue. Il saura que dalle. Moi si.

Mase Manning était-il véritablement en train d'essayer de me persuader de sortir avec lui ? Pensait-il que j'avais besoin d'arguments de vente pour accepter ?

— Et il fera forcément une boulette, un truc qui te fera du mal, et je le massacrerai. Je ne suis pas un mec violent mais, sans déconner, s'il te fait quoi que ce soit, je péterai un plomb, bébé. À en devenir fou. Alors je vois les choses comme ça : tu vas annuler ta soirée avec lui et faire de nouveaux projets. Avec moi.

— O.K., acquiesçai-je en souriant avant même qu'il n'essaie de me convaincre de plus belle.

Il ouvrit la bouche, puis la referma. Quelque chose de l'ordre du plaisir traversa furtivement son regard et il fit un pas dans ma direction.

— O.K. ? répéta-t-il.

— Oui, O.K., confirmai-je en hochant la tête.

Un sourire souleva le coin de ses lèvres sublimes.

— O.K., tu vas annuler le rencard avec Thad et avoir d'autres projets avec moi ? Tout le week-end ?

Tout le week-end. Il était ici tout le week-end ? J'opinai du chef, incapable de réprimer un large sourire. J'allais passer l'intégralité du week-end avec Mase. Il était venu jusqu'ici pour me voir.

Me voir moi !

Mase parcourut la distance qui nous séparait et prit mon visage entre ses mains. Mon corps se raidit avant de se détendre presque aussitôt. Son parfum arriva jusqu'à moi, me réconfortant.

— Je vais t'embrasser, Reese. Je ne peux pas me retenir plus longtemps, souffla-t-il dans un murmure avant que la douceur de ses lèvres n'effleure les miennes.

Il déposa délicatement des baisers doux aux coins de ma bouche avant de faire glisser sa langue sur ma lèvre inférieure comme pour me demander de l'ouvrir. Je savais qu'il fallait ouvrir la bouche, mais ça me semblait si intime. Je n'étais pas sûre d'être prête à ça. Ou de réussir à le faire correctement.

— Je t'en prie, ouvre tes lèvres pour moi, supplia-t-il tout contre moi.

Je me rendis compte que j'aurais pu faire tout ce qu'il me demandait. J'entrouvris les lèvres et retins ma respiration lorsque sa langue se glissa à l'intérieur pour effleurer la mienne et l'inviter à jouer. Il avait un goût de menthe poivrée. Un gémissement sourd résonna dans sa poitrine et une de ses mains se posa sur le creux de mes reins pour m'attirer contre lui, tandis que son autre main se glissait dans mes cheveux pour envelopper ma nuque. Sa manière de me tenir était différente. Il faisait attention à moi.

Sa langue continua à taquiner la mienne et je me prêtai au jeu en explorant le parfum mentholé de sa bouche. Lorsque ma langue s'aventura sur sa lèvre inférieure, il serra le poing contre le bas de mon dos. Il inspira rapidement et son corps trembla.

Alors je recommençai.

Cette fois-ci, un gémissement de satisfaction sortit de sa gorge. Puis il interrompit notre baiser pour poser son front contre le mien.

— Je savais que tu serais délicieuse. Mais nom de Dieu, bébé, tu as le goût du paradis.

Ma poitrine se gonfla et je souris. Je n'avais pas fait de faux pas. Il avait apprécié cet instant autant que moi.

— On peut recommencer ? m'enquis-je en posant les mains sur ses biceps.

Un rire grave fit vibrer sa poitrine.

— Ouais. On peut s'embrasser autant que tu veux.

Ses lèvres effleurèrent les miennes avant de s'ouvrir. Je savourai l'intimité de notre baiser. Ses mains reposaient sur ma taille et chaque fois que je léchais son palais ou que je goûtais ses lèvres, ses doigts se refermaient brièvement.

Mon corps était parcouru de picotements. J'avais envie de me lover sur ses genoux et de faire ça toute la soirée. J'étais stupéfaite que cela me plaise à ce point. Mes seins devenaient douloureux et mon corps s'inclinait instinctivement contre le sien.

Dès que ma poitrine se serra contre la sienne, il me repoussa de plusieurs centimètres. Brisant notre étreinte.

Mase me dévisageait comme s'il ne savait pas trop comment m'appréhender. Il me tenait à bout de bras. Littéralement.

— J'ai besoin de savoir ce que je peux ou pas toucher, dit-il à bout de souffle. Je sais que quelque chose te rend méfiante et nerveuse. Je t'ai observée de près, et je sais bien déchiffrer le langage du corps. Mais tu me déboussoles, Reese.

Sans me demander de parler de mon passé, il me faisait comprendre qu'il savait quelque chose à ce sujet. Que mon passé me hantait. Et il faisait attention à ne pas m'effrayer. La dernière parcelle de cœur que je pensais encore maîtriser m'échappa définitivement. Mase Manning le possédait désormais intégralement.

— J'aimais bien ce qu'on était en train de faire, lui confiai-je.

J'espérais que tout l'amour que je ressentais pour cet homme ne s'affichait pas sur mon visage comme un immense rayon de soleil qui venait éclairer tout ce qui était resté morne et froid pendant si longtemps.

Mase eut un petit sourire en coin, puis secoua la tête.

— Ouais, j'ai bien compris que tu aimais nos baisers. Mais si tu te serres contre moi avec tes beaux…

Sa phrase resta en suspens tandis que ses yeux se fixaient sur ma poitrine. Il poussa un petit grognement avant de relever les yeux vers moi.

— Mes mains vont avoir envie de partir en balade, reprit-il. Ça fait un moment que je fantasme sur ton corps. J'ai besoin de savoir où mes mains ont le droit d'aller.

Il fantasmait sur moi ? Oh là là.

Où pouvait-il aller ? Mon cœur voulait lui donner le champ libre, mais je savais que ma tête ne serait probablement pas de cet avis. Mais je ne savais pas trop ce qui déclencherait sa réaction. Jusqu'ici, rien de ce que nous faisions ne ressemblait au cauchemar que j'avais connu. C'était merveilleux. Ça me permettait d'occulter les mauvais souvenirs. J'en voulais plus, dans l'espoir que ça finisse par noyer le passé.

— Qu'as-tu envie de toucher chez moi ? sondai-je.

Ses yeux se posèrent sur ma poitrine.

— J'aimerais bien commencer par ici, suggéra-t-il d'une voix rauque.

Mes seins se mirent à picoter, mes tétons à se tendre douloureusement, comme s'ils appréciaient toute l'attention que leur portait cet homme magnifique. Ils étaient sans complexe, comme moi. Je hochai la tête, et ses paupières s'abaissèrent, son regard se rivant sur ma poitrine haletante. J'avais du mal à respirer, les mains de Mase sur mon corps m'excitaient terriblement.

Il s'avança vers moi et son regard tombant croisa le mien. Le souffle coupé, je sentis la chaleur de sa main qui se refermait sur mon sein.

Je pris une inspiration saccadée. Il me scruta intensément en attendant que je reprenne mon souffle. En tout cas autant que possible quand l'homme dont on est amoureuse est occupé à vous caresser le sein. Son pouce effleura mon téton et j'agrippai ses biceps. Son regard était rivé à ma poitrine. Du pouce il dessina des cercles sur mon téton et je me surpris à faire des bruits qui m'étaient inconnus.

Quand son autre main s'approcha, je dus fermer les yeux et prendre une profonde inspiration de peur de défaillir. Tout comme il l'avait fait sur mon autre sein, il prit l'autre délicatement dans le creux de sa main et se concentra sur mon téton. Je me mis soudain à détester le débardeur dans lequel j'adorais pourtant dormir. Il faisait obstacle. Mais l'idée que Mase me l'enlève et qu'il puisse voir mes seins nus me terrifiait autant qu'elle m'excitait.

— Ça va ? s'enquit-il d'une voix empreinte de respect.

— Oui.

— J'ai envie de t'embrasser pendant que je te caresse, dit-il en contemplant mes lèvres. On peut s'allonger sur ton lit ?

Mon lit. Voilà autre chose.

Mais Mase se retrouvait dans mon lit toutes les nuits. Même si ce n'était qu'au téléphone.

— Oui, répliquai-je avant que je ne change d'avis.

Sa main gauche glissa sur mon ventre et ma poitrine avant de me prendre la main et de me guider en silence vers la porte de la chambre. Seule la lampe de chevet éclairait la pièce.

Sa main quitta la mienne et il s'assit au bord du lit. Je le dévisageai d'un air fasciné tandis qu'il retirait ses bottes et les posait sur le sol sans me quitter des yeux.

— Viens, fit-il en repliant l'index dans sa direction.

À ce stade, s'il m'avait dit de sauter d'un pont, je lui aurais demandé de me préciser lequel.

Il me prit les deux mains et m'attira sur ses genoux.

Je m'installai à califourchon sur lui, les genoux sur le lit. Il inclina la bouche pour qu'elle accueille la mienne et toute mon angoisse s'évanouit dans son baiser. Il accomplissait de véritables miracles avec la langue. J'enroulai mes bras à son cou et me laissai aller contre lui… jusqu'à sentir contre moi son érection qui me rappela le passé. Je me figeai.

Sans crier gare, les souvenirs affluèrent. Je me relevai dans un tremblement et reculai le plus vite possible de peur qu'il ne lise l'horreur dans mes yeux. Et qu'il ne sache à quel point j'étais sale. Je ne voulais pas le salir. Qu'est-ce que j'étais allée imaginer ? Je ne pouvais pas faire ça. Mase était gentil, bon, attentionné. Il ne me connaissait pas, même s'il en était persuadé. Mais il ignorait tout.

— Reviens avec moi, Reese. Ne te laisse pas happer, me supplia-t-il en me prenant les mains. Regarde-moi, bébé.

Mase

L'expression terrifiée sur son visage me rendait malade. Jamais je n'avais voulu faire renaître les ténèbres qui la paralysaient.

— Je t'en prie, Reese, regarde-moi. Dans les yeux. Concentre-toi sur moi. Rien d'autre, l'implorai-je en tenant fermement ses mains dans les miennes tout en ménageant un espace entre nous.

Spontanément, j'avais eu envie de l'attirer dans mes bras et de la serrer fort. Mais son regard m'en avait empêché.

Elle cligna plusieurs fois des yeux et le voile se souleva tandis qu'elle faisait ce que je lui demandais. Elle était de retour avec moi. Les démons qui la tourmentaient étaient repartis.

— Je suis désolée, murmura-t-elle d'une voix chargée d'émotion.

— Non. Ne t'excuse jamais. Rien n'est ta faute. Avec moi, tu n'auras jamais à t'excuser.

Ses épaules s'affaissèrent de dépit. Elle semblait au bord des larmes. Je n'allais pas la laisser dans cet état. Pas maintenant. Pas après tout ce qu'elle m'avait confié.

— Je peux te prendre dans mes bras ? Rien de plus. Juste te serrer contre moi.

Ce qui n'était qu'une simple question s'était transformé en imploration. Elle hocha la tête et fit un pas dans ma direction. Je l'enveloppai dans mes bras. Elle fit lentement glisser les siens le long de ma taille et me serra à son tour de toutes ses forces.

Nous restâmes ainsi sans bouger, en silence, pendant plusieurs minutes. Je me rassurais en me disant qu'elle était là, qu'elle allait s'en sortir. J'allais l'épauler dans cette épreuve. Quelle qu'elle soit.

Je déposai un baiser sur le haut de sa tête avant d'appuyer ma joue contre ses boucles soyeuses. Le parfum de cannelle que j'aimais tant m'engloutit et je fermai les yeux en priant pour réussir à la guérir de toutes les vilaines choses qui lui étaient arrivées.

— Je le hais. Je ne sais pas qui c'est, mais je le hais de toutes les fibres de mon corps, murmurai-je contre ses cheveux.

Elle se raidit un instant dans mes bras, puis son corps se relâcha et elle resserra son étreinte comme si elle cherchait sécurité et confort tout contre moi. Je pouvais lui donner tout ça. Même si elle n'était pas prête pour plus, je pouvais lui apporter de la sérénité.

— Il est tard. Tu devrais aller te coucher, dis-je.

Plus que tout au monde j'avais envie de me glisser sous les draps avec elle. Même si ce n'était que pour dormir.

— Tu… tu vas rester ici ce soir ? interrogea-t-elle tout contre ma poitrine.

— Pour rien au monde je ne voudrais être ailleurs.

Elle desserra son étreinte et je la laissai partir. Elle s'approcha du lit, retira la couverture et se glissa dessous. Puis elle tapota l'espace à côté d'elle.

— Viens dormir ici à côté de moi.

Ses désirs étaient des ordres. Je m'allongeai en prenant soin de rester sur la couverture, quand bien même j'étais tout habillé. Je la contemplai, roulée en boule sur le flanc, en train de me regarder, puis tendis la main vers elle.

— Viens.

Elle se lova aussitôt dans le creux de mon épaule. Je refermai mon bras sur elle pour la serrer contre moi.

Les yeux rivés au plafond, je me demandais comment j'allais faire pour rentrer le dimanche matin. La laisser s'annonçait difficile. Je n'aimais pas la savoir ici toute seule.

Mon besoin de la protéger s'était mu en une force féroce et possessive. Je pensais à elle constamment, en me disant sans cesse que je voulais sa sécurité. Auprès de moi. Personne d'autre n'avait le droit de la toucher ou de la réconforter. Personne à part moi.

J'étais censé régler ses problèmes. Censé la prendre dans mes bras quand elle pleurait. Ça me mettait dans tous mes états de penser que quelqu'un d'autre pourrait avoir ce rôle à ses côtés.

Cette fille me rendait fou. Avec elle je perdais pied. J'ignorais d'où venait ce besoin démentiel de la protéger et de fuir avec elle. C'était forcément malsain. J'avais toujours été protecteur envers Harlow et ma mère. Mais, à part ces deux-là, personne ne revêtait une telle importance à mes yeux.

Jusqu'à cet instant. Reese appartenait à une classe à part.

Pourquoi elle ? Pourquoi me touchait-elle à ce point ? J'avais déjà vu des corps de rêve, des sourires à tomber par terre. Ce n'était pas juste son apparence. Les femmes sublimes m'intéressaient pour une seule raison. Reese s'était emparée de quelque chose d'autre au plus profond de moi, dès l'instant où en me précipitant dans cette pièce je l'avais trouvée assise sur le sol, entourée de bris de verre.

J'avais ressenti de la colère contre le miroir, qui l'avait blessée. Qui se met en rogne contre des objets, bordel ?

— Mase ?

Sa voix douce prononçant mon prénom tout contre ma poitrine me donna la sensation de me fouetter le sang. Tout mon corps réagissait à Reese.

— Oui, répliquai-je en enroulant une boucle soyeuse autour de mon doigt.

— C'était mon beau-père, murmura-t-elle si bas que je faillis ne pas l'entendre.

Une myriade de nœuds sembla se nouer dans ma poitrine. J'avais du mal à respirer. Putain, ça faisait si mal. Je dus m'obliger à inspirer une goulée d'air tandis que la réalité de ce qu'elle venait de me confesser prenait tout son sens. Une rage d'une puissance que je n'avais encore jamais connue me transperça et pour la première fois de ma vie je ressentis l'envier de tuer un être humain. Non, de le torturer d'abord. De l'écouter hurler à l'agonie. Et puis de le regarder mourir.

— Mase ?

De nouveau sa voix m'appelait, et j'inspirai profondément, mettant de côté la bouffée de haine et de vengeance que m'inspirait cet inconnu. Pour l'instant, Reese avait besoin de moi. Elle n'avait pas besoin que je pète un plomb. Elle me faisait confiance.

— Oui, bébé.

— Moi aussi, je le déteste.

Cette affirmation faillit avoir raison de moi.

— Je vais tout effacer. Je le jure devant Dieu, Reese. Un jour, tu n'auras plus comme souvenir que moi et ce que nous vivons ensemble. Je te le jure.

Elle tourna la tête et déposa un baiser sur ma poitrine avant de se pelotonner tout contre moi.

— Je te crois.

Reese

Il me fallut quelques secondes pour me réveiller complètement et me souvenir que je n'étais pas seule chez moi. Je n'eus même pas à ouvrir les yeux pour sentir que le lit était vide. Je sentais l'absence de Mase. Sa chaleur avait quitté les draps.

Mais il était dans l'autre pièce. Un arôme de café emplissait tout l'appartement. Et la voix de Mase, même s'il ne parlait pas fort, flottait à travers la porte close.

Je me brossai rapidement les dents et les cheveux avant de gagner le salon pour l'affronter après la nuit passée. Qu'il soit encore là me stupéfiait. Il était venu pour m'empêcher de sortir avec Thad. Et, en retour, j'avais eu un sérieux coup de flip, du simple fait qu'il m'avait embrassée et touchée.

J'ouvris la porte et pénétrai dans la pièce. Mes yeux trouvèrent aussitôt la forme parfaite de sa silhouette debout face à la fenêtre. Il était au téléphone. Il portait le jean et le T-shirt de la veille, et son sac marin était posé sur le canapé. Il n'était pas arrivé sans rien.

— Je préfère ne pas y aller, Harlow. J'aime bien Tripp et tout ça, mais je n'avais pas l'intention d'être ici ce week-end et je ne suis pas là pour la fête. J'aimerais me concentrer sur d'autres choses pour ce soir, expliqua-t-il d'un ton agacé, sans pour autant hausser la voix.

Sa mâchoire se serra tandis qu'il écoutait la réponse de sa sœur. Apparemment, elle avait très envie qu'il se rende à une fête le soir même. J'allais prendre la parole pour l'encourager à y aller lorsqu'il poursuivit :

— O.K. J'irai si Reese en a envie. Mais sinon, on fera autre chose. Le débat est clos. Je t'adore mais il faut que je file. Je voulais préparer le petit déjeuner avant qu'elle ne se réveille.

Je refermai la bouche et fixai son dos d'un air interdit. Il voulait y aller avec moi ? À une fête avec tous ses amis ? Et il allait me faire le petit déjeuner ? Avant cette conversation téléphonique j'avais du mal à ne pas dire haut et fort que je l'aimais mais, à présent, j'avais carrément envie d'ouvrir la fenêtre et de hurler à tout le voisinage que j'étais amoureuse de cet homme.

Il se retourna et son regard se posa sur moi. Un sourire sexy se dessina lentement sur ses lèvres. De quoi tomber dans les vapes sur-le-champ.

— Je file, elle est réveillée, conclut-il avant de raccrocher.

Je restai plantée sur place, incapable de bouger. Une fois encore, la lueur chaude de son regard balaya tout mon corps.

— Même au saut du lit tu es superbe, affirma-t-il d'une voix douce.

— Merci, répondis-je bêtement.

— Tu as faim? J'allais faire un inventaire de ta cuisine et nous concocter un petit déjeuner, annonça-t-il en regagnant la cuisine. Le café est prêt.

— Oui, j'ai faim, mais je peux m'en charger. Je fais des super gaufres, proposai-je en lui emboîtant le pas.

Il me jeta un œil par-dessus son épaule.

— Des gaufres maison? Vendu. À part les œufs et les toasts je ne sais rien faire.

— Alors va t'asseoir là-bas, parce qu'on ne rentrera pas tous les deux dans cette cuisine.

Il finit de se servir une tasse de café puis sortit du petit recoin qui me faisait office de cuisine. À cet instant, il est probable que j'aie jeté un œil à ses fesses. Quand il se retourna vers moi je relevai précipitamment les yeux sur lui.

Un sourire entendu éclaira son visage. Il fit quelques pas vers moi et posa sa tasse sur le bar.

— Je vais te faire une confidence. Je suis un peu un homme des cavernes. Je trouve l'idée que tu cuisines pour moi assez excitante.

En finissant sa phrase, sa voix était tombée dans les graves. Il se pencha et déposa un baiser chaud sur mes lèvres.

S'il était partant, j'étais prête pour une autre tournée de baisers. Je me juchai avec enthousiasme sur la pointe des pieds. Si je mesurais 1,75 mètre, Mase devait bien faire entre 1,90 et 1,95 mètre. À côté, j'avais l'impression d'être toute petite.

Sa main se glissa sur le creux de mon dos pour m'attirer contre lui. Sa bouche s'entrouvrit alors pour m'offrir son délicieux parfum de menthe poivrée. Je laissai courir mes mains de ses bras jusqu'à son cou pour m'aider à me tenir encore plus droite sur la pointe des pieds.

Mase fit descendre ses mains jusqu'à mes fesses qu'il empoigna et, pendant un moment, nous restâmes immobiles. Comme je ne ressentais aucune panique, je me penchai en avant, et Mase prit une courte inspiration avant de m'attirer contre lui tout en me tenant les fesses.

Juste au moment où je m'apprêtais à explorer ses lèvres plus avant, il brisa notre étreinte et prit une profonde inspiration.

— Reese, bébé, ton cul me fait craquer depuis le premier jour. Et maintenant que j'ai les mains dessus, j'ai besoin d'une minute pour me calmer sans que ton adorable petite bouche m'excite comme un fou, dit-il de sa voix rauque qui me faisait frissonner.

J'inclinai la tête pour cacher mon sourire. Il aimait mon cul. Il avait beau être trop gros, il plaisait à Mase. Je n'arrivais plus à m'arrêter de sourire.

— Je te vois sourire, me taquina-t-il en pétrissant mes fesses, ce qui lui fit pousser un grognement. Bon sang… c'est bon ça, me murmura-t-il à l'oreille. Soit je te porte jusqu'au canapé et je continue à tenir le plus beau cul du monde entre mes mains tout en t'embrassant, soit je te laisse filer pour que tu puisses préparer des gaufres. À toi de choisir. Je veux que tu te sentes à l'aise.

Cet homme, ses mots me faisaient me sentir toute ramollo à l'intérieur. Une vraie fleur bleue. Un petit déjeuner, pour quoi faire ?

— Le canapé, susurrai-je.

Il poussa un grondement de satisfaction et me souleva. J'enroulai mes jambes à sa taille et il plaça ses mains sous mes fesses. En trois grandes enjambées, il nous laissa tomber sur le canapé. Je sentis son érection. Il s'immobilisa aussitôt.

Je n'allais pas paniquer. C'était Mase. C'était Mase.

Je gardai les yeux rivés sur son magnifique visage. Ses yeux étaient traversés d'une expression si sensuelle et éperdue à la fois que je sentis un désir ardent brûler au plus profond de moi.

— Tu peux t'installer sur mes genoux si le fait de ressentir l'effet que tu as sur moi te rend nerveuse.

Sa voix était tendue, comme s'il avait mal.

Je me repositionnai à califourchon sur lui. Exactement comme la nuit précédente. Si je me laissais aller contre lui, j'allais sentir son érection. Mais contrairement à la veille, je ressentais un picotement inhabituel entre mes jambes. L'idée d'y appliquer la moindre pression m'excitait.

Les mains de Mase se contractèrent contre mes fesses et il expira fortement par le nez. Nous ne nous étions pas quitté des yeux. Je me laissai lentement tomber sur ses genoux. L'arête dure de son pénis entrait parfaitement le long de la fente de mes jambes, et je dus retenir un hoquet, tant à son contact mon corps fut parcouru d'une décharge presque douloureuse.

Mase déglutit si fort que je l'entendis. Sa respiration se faisait plus lourde, et ses mains s'étaient crispées sur mes fesses.

— Ça va ? demanda-t-il d'une voix grave.

— Je te fais mal ? m'inquiétai-je.

Je ne m'étais même pas posé la question de ce que cela pouvait lui faire à lui. Je commençai à me relever lorsque ses mains se posèrent instantanément sur mes cuisses pour me garder plaquée contre lui.

— Non, non, arrête. C'est... Bon sang, bébé. Je n'ai pas les mots.

Il laissa échapper un rire et appuya la tête contre le canapé pour contempler le plafond avant de conclure :

— Donne-moi une minute.

Il resta immobile, les mains serrées sur mes cuisses. J'admirai l'épaisseur de sa gorge. Elle avait l'air musclée. Avait-on seulement des muscles dans le cou ?

Prenant mon courage à deux mains, je me penchai pour y déposer un baiser. Ses mains tressaillirent, mais il ne bougea pas. Je l'embrassai de nouveau en inspirant son odeur, mélange de cuir et de grands espaces. Mon corps dut apprécier son parfum, car je me laissais aller contre lui pour soulager la douleur qui palpitait entre mes jambes.

— Bébé, murmura-t-il.

— Oui ? demandai-je avant d'emporter le goût de sa peau sur le bout de ma langue.

— Bon sang, grogna-t-il avant de me soulever.

Les mains sur mes hanches, il me déposa sur le canapé avant de s'écarter le plus vite possible.

J'étais tellement absorbée par son odeur que je ne réalisai ce qui venait de se passer que lorsque je le vis poser les mains sur ses genoux. Il prit plusieurs inspirations avant de se relever. J'avais peur de lui poser des questions. J'attendis qu'il prenne la parole en premier.

Au bout de ce qui me sembla une éternité, il finit par se retourner pour me regarder. J'avais replié les genoux que je serrais dans mes bras. Quelque chose ne tournait pas rond. J'attendais qu'il me dise quel était le problème.

— Je suis désolé. Je… tu… (Il s'interrompit en riant avec de secouer la tête de frustration.) J'ai envie de toi toute nue, Reese. J'ai envie de t'embrasser partout. De te pencher en avant et d'embrasser la tache de rousseur sous ta fesse gauche, que j'ai vue la toute première fois que je t'ai rencontrée. Tu m'as accueilli, les fesses en l'air, et depuis je n'arrête pas de fantasmer dessus. Mais plus que tout, j'ai envie que tu te sentes en sécurité avec moi. Je ne veux pas te brusquer, parce que je ne veux plus jamais voir ton expression hantée ni la terreur dans tes yeux. Alors il risque d'y avoir plein d'autres moments où tu appuies ta… (il ferma les yeux et souffla fort par le nez), où tu t'appuies contre moi et où tu me touches de manières qui me rendent fou, au point que j'ai peur de craquer et de te toucher alors que tu n'es pas encore prête.

Son aveu – il avait envie de m'embrasser et de me sentir nue contre lui – fit battre mon cœur à toute allure dans un mélange de peur et d'excitation. La sensation entre mes jambes ne m'avait pas quittée. Un désir brûlait ardemment et me rappelait quand, beaucoup plus jeune, le gars que j'aimais bien au lycée m'avait acculée au mur pour me toucher en me disant que j'étais belle.

Après qu'il m'avait ignorée et laissé sa copine me traiter de tous les noms le lendemain, ce désir n'était jamais revenu. Puis d'autres choses étaient arrivées, qui avaient tué le moindre soupçon d'excitation dans cette zone de mon corps. Le simple souvenir du passé éteignait le feu attisé par l'étreinte de Mase.

J'étais soulagée que la tension redescende dans mon corps, mais triste que notre séance de baisers se termine.

— Alors il est l'heure de déjeuner, annonçai-je avec un sourire forcé.

Mase me scrutait et je ne voulais surtout pas qu'il pense que j'étais en colère contre lui. Il faisait ça pour moi. Il se souciait de moi au point de mettre ses besoins de côté pour se montrer attentionné envers moi. Ce genre de considération me faisait l'aimer encore plus fort.

— Tu comprends ? insista-t-il d'une voix inquiète.

Un vrai sourire se dessina sur mes lèvres tandis que je le dévisageai à mon tour :

— Je comprends. Merci. C'est grâce à ce genre de choses que je me sens de plus en plus en confiance avec toi.

Mase

Ce n'est pas comme ça que j'envisageais ma dernière nuit avec Reese. Je ne savais pas trop quand je pourrais passer un nouveau week-end en sa compagnie. J'avais passé une grande partie de la matinée les yeux rivés au plafond pendant que je la tenais dans mes bras, à réfléchir aux moyens de la persuader de déménager au Texas. J'étais prêt à lui proposer de s'installer chez moi. J'en étais déjà là, alors que nous n'avions même pas couché ensemble.

Fort heureusement, Bethy, la fiancée de Tripp Newark Montgomery, n'était pas de ces femmes coincées de Rosemary Beach qui organisaient des soirées chics. Elle avait travaillé au Kerrington Club avec sa tante pendant des années. Cette soirée avait vu le jour sous sa supervision et nous étions donc tous habillés pour une fête de plage.

Je jetai un œil à Reese, qui se tenait serrée à mon bras. Elle portait un bikini sous sa robe d'été, dont je voyais dépasser les bretelles. Les maillots de bain étaient la tenue suggérée. Après la cérémonie d'inauguration pour le tout nouvel hôtel cinq étoiles de Tripp, tout le monde allait migrer au bord de la piscine du Kerrington Club, qui tenait davantage de l'île tropicale avec ses chutes d'eau et ses palmiers.

— On dirait que ma femme a réussi à te faire obéir au doigt et à l'œil, ironisa Grant Carter en me souriant. Bonjour, Reese. Ravi de voir que mon beau-frère a des goûts sûrs.

— Bonjour monsieur Carter, le salua-t-elle d'une voix qui trahissait sa nervosité.

Grant fronça les sourcils.

— Tu sors avec Mase et tu prends le goûter avec ma femme. Je t'en prie, appelle-moi Grant. (Puis tournant son attention vers moi :) Tu restes en ville longtemps ?

Je sentis Reese se raidir imperceptiblement. Si je n'étais pas à ce point sensible à ses moindres réactions, je ne m'en serais pas aperçu.

— Je dois partir demain. J'ai un peu laissé la situation en plan, avouai-je.

Grant émit un petit rire et coula un regard en biais sur ma gauche :

— Oui, il paraît que tu as débarqué à temps pour dérober le rencard de Thad. Thad qui est actuellement occupé à boire beaucoup, une femme à chaque bras. Il a l'air de s'en remettre.

Je ne pris même pas la peine de regarder. Je voulais bien croire Grant sur parole.

— Où est Harlow ? demandai-je pour changer de sujet.

— Elle donne son biberon à Lila Kate. Je lui ai proposé de m'en charger, mais elle m'a répondu que c'était moi qui devais me montrer ce soir, pas elle.

— Je dois admettre que j'aime bien l'ambiance de cette fête. Je ne suis pas sûr que Harlow m'aurait convaincu de venir à une soirée plus guindée.

Grant gloussa comme s'il ne me croyait pas.

Un serveur fit son apparition chargé d'un plateau de coupes de champagne. J'en pris deux et en tendis une à Reese.

— Tu veux boire quelque chose ?

Elle sourit et son regard fit un aller et retour entre la flûte et moi.

— Qu'est-ce que c'est ?

— Du champagne, répliquai-je sans parvenir à arracher mes yeux d'elle.

J'avais envie de graver chacune de ses expressions dans ma mémoire.

— Je n'en ai jamais bu, confessa-t-elle à mi-voix.

— Ça devrait te plaire. Essaie une petite gorgée.

Elle porta la coupe à ses lèvres et ses yeux ne me quittèrent pas un instant tandis qu'elle goûtait la boisson ambrée, son regard traversé d'une lueur de plaisir et d'excitation. Elle aimait le goût du champagne et j'adorais être le témoin de cette expérience. Ce n'était qu'une boisson, mais tout avec elle prenait des accents d'aventure.

— C'est délicieux. Ça me chatouille le nez.

Il y avait bien d'autres endroits où je l'aurais volontiers chatouillée. Mais je gardais cette pensée pour moi. Je me rendis compte que j'avais totalement oublié la présence de Grant, qui avait déjà disparu.

— Bonjour, je m'appelle Della. Tu dois être Reese.

En me retournant je découvris Della Kerrington, la femme de Woods, qui souriait à Reese. Della était gentille, je lui faisais confiance pour approcher Reese. Elle non plus ne venait pas de ce monde, même si aujourd'hui elle était l'épouse du propriétaire du Kerrington Club.

— Oui, c'est moi, ravie de te rencontrer, la salua Reese avec un peu moins d'appréhension.

Seuls les hommes semblaient vraiment la pousser dans ses retranchements.

— Plaisir partagé. J'ai entendu tellement de bonnes choses sur toi de la part de Harlow.

Reese ouvrit des yeux ronds comme des soucoupes et me jeta un coup d'œil avant de sourire à Della.

— Oh. Eh bien j'apprécie de travailler pour Mme Carter. Elle a vraiment une jolie famille.

Harlow aurait détesté savoir que Reese ressentait encore le besoin de l'appeler Mme Carter. Toutefois je ne relevai pas, même si je voyais bien la perplexité dans le regard de Della. Elle ne s'attendait pas à ce que Reese parle en termes si formels de sa relation avec ma sœur.

— Oui, ils sont adorables, acquiesça Della en souriant. Je serai heureuse de te croiser plus souvent à l'avenir. (Elle me gratifia d'un coup d'œil entendu.) Amusez-vous bien tous les deux. Il faut que j'aille sauver mon mari des griffes de M. Hobes. Si vous voulez bien m'excuser.

Elle pressa le pas pour rejoindre Woods qui écoutait un vieux monsieur et avait l'air d'avoir envie d'être partout sauf ici.

— Elle est magnifique, observa Reese en regardant Della s'éloigner.

— Je n'ai pas fait attention, répliquai-je en l'attirant contre moi.

Thad s'approchait de nous avec ses deux conquêtes, une à chaque bras. Je n'étais pas trop sûr de son objectif, mais il était hors de question qu'il dise ou fasse quoi que ce soit qui mette Reese mal à l'aise.

Et il devait bien comprendre une chose : elle était à moi.

Thad avait calé ses cheveux derrière ses oreilles et ses yeux n'étaient pas rouges ni vitreux à cause de la quantité d'alcool qu'il avait ingérée. Les filles qui l'accompagnaient étaient déjà en bikini. Contrairement à tout le monde, elles avaient renoncé au moindre vêtement couvrant.

La main de Reese se referma sur mon bras dès qu'elle l'aperçut. Je la serrai contre moi et lançai à Thad un regard noir de mise en garde. Il se contenta de me sourire comme si je réagissais de manière excessive.

— Reese, Mase, j'espère que vous vous amusez bien, claironna-t-il avec un sourire niais à fossette.

— Oui, merci. C'est un emplacement magnifique pour un hôtel, commenta Reese avec politesse.

— Je n'avais pas l'intention d'être là, mais comme mes plans pour la soirée sont tombés à l'eau, je me suis dit que j'allais venir doublement accompagné pour passer du bon temps, lança-t-il avec un clin d'œil, avant de faire quelque chose à la fille de droite qui la fit pousser un cri et glousser.

— Je vois que ces fameux plans tombés à l'eau te tourmentent beaucoup. Si tu veux bien nous excuser, je voudrais présenter Reese à Blaire et à Rush, coupai-je en plaquant une main possessive sur le creux de ses reins.

Je partis sans demander mon reste. J'avais vu Rush et Blaire arriver quelques minutes plus tôt et je savais que Blaire serait bienveillante avec Reese. D'autant plus qu'elle faisait partie de ma famille, d'une certaine manière. Rush et moi avions tous les deux un père qui était membre du groupe de rock Slacker Demon. Et même si Rush avait davantage grandi que moi dans cet environnement, nous savions tous les deux ce que signifiait avoir un père que le reste du monde idolâtrait.

Et puis Rush ne dévisagerait pas Reese comme s'il avait envie de tester la marchandise. Parce que j'allais étrangler Thad si je devais passer une seconde de plus à le voir reluquer Reese.

Reese

C'est quand Mase me présenta Rush Finlay que le déclic eut lieu. Manning et Finlay. Rush était le fils de Dean Finlay. C'est ainsi qu'ils se connaissaient. Par leurs pères. Incroyable !

Contrairement à Mase, Rush ressemblait définitivement au fils d'un dieu du rock. Du piercing sur la langue qui étincelait quand il parlait aux tatouages sur ses bras et son cou, en passant plus globalement par sa démarche arrogante, tout chez Rush Finlay trahissait l'enfant star des Slacker Demon.

Sa femme, Blaire, avait ce genre de beauté qui vous laissait un instant sans voix, à vous demander si elle existait vraiment. Ses cheveux blonds encadraient son visage d'ange et la douceur de son sourire accentuait son air céleste mais, quand elle ouvrait la bouche, un accent traînant du Sud encore plus marqué que celui de Harlow en sortait. Je ne pus m'empêcher de sourire. Elle n'était ni top modèle ni star de cinéma, contrairement au genre de fille que je m'attendais à voir dans les bras possessifs de Rush Finlay. Sachant qu'elle était suffisamment belle pour être les deux à la fois. À l'évidence elle était à sa place. Et mieux que quiconque, à mon avis.

Je bavardais avec Blaire de Harlow et Lila Kate. Elle m'interrogea sur Jimmy, qui m'avait donné son numéro après le départ à la retraite de sa femme de ménage, mais elle ne parla pas de mon travail. Ce qui d'une certaine manière me soulageait et m'évitait de me rappeler à quel point je n'étais pas dans mon élément ici. Et en même temps je me demandai si elle n'avait pas engagé quelqu'un d'autre. Je n'aurais pas dit non à ce poste.

Un autre élément devenait de plus en plus difficile à ignorer : les femmes qui flirtaient avec Mase. Il n'avait pas l'air d'y prêter attention, mais même les serveuses lui adressaient des regards trahissant leur intérêt.

Si c'était à ce point un jeu d'enfant de faire tomber les filles… Pourquoi Mase était-il avec moi ?

Deux heures plus tard, la cérémonie d'inauguration terminée, les convives avaient rejoint le Kerrington Club. Et malheureusement, comme toutes les femmes étaient désormais en bikini, elles flirtaient encore plus avec Mase. Plusieurs l'avaient abordé pour lui proposer de se baigner ou de danser. Il avait décliné avec nonchalance, mais ça m'avait donné l'impression d'être transparente. Je n'avais pas encore retiré ma robe parce que je ne me sentais pas à l'aise à l'idée de me promener en maillot de bain devant tous ces gens. Je finis pourtant par me dire que j'allais devoir en passer par là si je voulais attirer l'attention de Mase.

Je repérai Blaire de l'autre côté de la piscine. Elle avait encore le chemisier et la robe légère qu'elle portait plus tôt. Elle ne se pavanait pas en maillot de bain. Pour autant, elle n'avait pas l'air de se préoccuper des femmes qui jetaient des regards gourmands à son mari.

Mais elle était mariée à Rush.

Je n'en étais qu'à ma première soirée avec Mase.

— Tu veux boire quelque chose ? me murmura-t-il à l'oreille tandis que sa main s'enroulait à ma taille.

— Oui, volontiers, acquiesçai-je à cette diversion.

— Reste ici. Je vais affronter le bar. Champagne ? Ou autre chose ?

Je n'avais pas envie de rester ici. Ne pouvait-on pas attendre qu'un serveur passe avec un plateau ? Mais peut-être Mase voulait-il boire quelque chose de plus fort.

— Du champagne, c'est très bien.

— Je reviens tout de suite, me rassura-t-il en me serrant la taille.

Comme je le craignais, plusieurs femmes saisirent aussitôt l'occasion de l'aborder. Il se montra poli et n'avait pas l'air intéressé, mais ce spectacle restait difficile à voir. Ces filles-là ne seraient pas nerveuses s'il se mettait à les toucher. Elles coucheraient avec lui derrière un palmier dans la seconde s'il était partant. C'est avec ça que je devais rivaliser.

Je portais de mon passé une part sombre dont je ne pourrais jamais m'ouvrir entièrement à Mase. Les autres filles n'avaient pas ce genre de problème. Elles étaient libres de jouir de leurs corps et de donner du plaisir aux hommes. Je me sentis nauséeuse.

Une blonde prit Mase dans ses bras et lui déposa un baiser sur la joue. Il la repoussa délicatement mais continua à lui parler tandis qu'il attendait nos verres. C'était insupportable. Je détournai le regard. Harlow et Grant étaient déjà partis avec Lila Kate ; ils n'avaient pas fait long feu à la soirée. Je ne connaissais personne d'autre.

Mase m'avait présentée à plusieurs personnes mais c'étaient de parfaits inconnus.

Je refusais de regarder Mase. Et j'envisageais de retirer ma robe. Pourtant ces femmes avaient une plastique plus attirante que moi. Elles étaient minces, sans rembourrage en trop au niveau des fesses. Et leurs seins étaient tout ronds et parfaitement positionnés sur leur poitrine. Ni trop petits ni trop gros.

Retirer ma robe n'était peut-être pas une si bonne idée que ça. Même si ça aurait le mérite de montrer à Mase à quel point mon corps était imparfait. Seigneur, je détestais ce sentiment. Jamais je ne me comparais à d'autres femmes. En tout cas pas jusqu'à cet instant. Et voilà que j'étais en train de le faire.

Je finis par céder et tourner les yeux vers Mase. Chargé de deux verres, il revenait vers moi. La blonde avait disparu. Il avait l'air agacé. J'espérais que ce n'était pas parce qu'il était coincé ici avec moi alors qu'il aurait pu coucher en un clin d'œil avec une ribambelle de femmes sublimes.

Je pouvais le perdre.

En un instant.

Alors que je venais juste de le rencontrer.

Il arriva enfin à ma hauteur et me tendit un verre.

— Quand tu auras bu ça, on pourra y aller ? On part quand tu veux. J'ai fait acte de présence.

J'eus aussitôt envie de descendre la flûte de champagne cul sec. Moi aussi j'avais envie de quitter cet endroit – afin que Mase ne cède pas à des avances irrésistibles. J'étais contente qu'il habite dans un ranch tout au fond du Texas. Au moins là-bas il n'y avait pas d'héritières à tomber par terre qui se jetaient sur lui.

— Oui, je veux bien y aller moi aussi, convins-je.

Mase me scruta un instant, puis retira la flûte de mes mains.

— Je t'achèterai une bouteille en chemin si tu veux. Allons-y, lança-t-il en posant la flûte sur la table la plus proche à côté de la sienne, intacte elle aussi.

Sa main se posa sur le creux de mes reins et il me guida à travers la foule jusqu'au voiturier.

Une fois dans son pick-up, Mase me prit la main et enroula ses doigts aux miens.

— Merci de m'avoir accompagné ce soir. J'y suis allé uniquement parce que Harlow pensait que je devais me manifester, comme j'étais en ville. Bethy et Tripp sont ses amis. J'étais content de t'avoir à mes côtés. Ça a rendu la soirée supportable.

Cet homme, ses mots. J'en oubliais presque à quel point c'était dur de voir toutes ces femmes qui flirtaient avec lui. Même si lui ne flirtait pas en retour. D'ailleurs, je ne le voyais pas faire ça, ce n'était pas son genre. Ce qui ne voulait pas dire qu'il n'appréciait pas leur attention. Comment y résister ? Elles étaient magnifiques, disponibles.

— J'ai été contente de rencontrer tes amis, observai-je.

— Le plaisir a été partagé, acquiesça-t-il en me serrant la main.

J'avais envie de lui demander d'où il connaissait la blonde qui l'avait pris dans ses bras pour l'embrasser. Mais je ravalai ma question.

— Tu veux que je m'arrête pour prendre du champagne ? s'enquit-il avec un brin d'humour dans la voix. (Je secouai la tête en riant.) J'aime bien entendre ton rire. Tu n'as pas beaucoup ri ce soir, observa-t-il en caressant ma main du bout du pouce. Tu riais plus quand on n'était que tous les deux.

— J'étais trop occupée à me faire à l'environnement.

— Merci d'avoir gardé ta robe, au fait.

Pourquoi faisait-il ce commentaire? Avait-il peur de mon apparence en maillot de bain?

— Si tu l'avais retirée, on aurait été contraints de partir encore plus tôt, parce qu'on m'aurait mis à la porte. Je déteste l'idée qu'un autre gars pose les yeux sur ce qui m'appartient.

Ouh là là. Je lui appartenais?... J'étais sans voix.

— Je n'arrêtais pas de penser à ma réaction si tu avais voulu nager, poursuivit-il. J'essayais de trouver des excuses pour que tu ne dévoiles pas ton joli petit cul.

Une bouffée de désir s'embrasa à mon entrejambe. Visiblement son appréciation de mon joli petit cul m'excitait. J'aimais la sensation de ses mains à cet endroit. Je m'agitai sur mon siège et ses doigts se resserrèrent sur les miens.

Après quoi nous restâmes assis en silence. Une fois son pick-up garé devant mon appartement, je respirai lourdement, comme si l'air était chargé. Je jetai un œil à Mase : la mâchoire serrée, il continuait à me tenir fermement la main.

Quand il coupa le moteur et relâcha enfin son étreinte, il bondit hors du véhicule à une telle vitesse qu'on aurait dit qu'il était en feu. Il gagna ma portière à grandes enjambées. La porte ouverte, je commençai à descendre lorsqu'il m'accula au véhicule.

Les narines écartées, les yeux brillant du regard avide que je lui connaissais, il s'approcha de mon visage. Mon corps entier était en fièvre. Seules ses mains effleuraient mes hanches. La tête penchée contre mon oreille, il caressa mon cou du bout de son nez.

— Tu sens divinement bon. Je pourrais passer ma vie à respirer ton parfum.

Je m'agrippai à ses épaules. Les mots qui sortaient de sa bouche me faisaient tourner la tête.

— Une fois à l'intérieur, je veux que tu retires ta robe. Je veux te voir en maillot de bain. Je t'en prie. Je ne demanderai rien de plus. Je veux juste te contempler et te toucher… juste un peu.

Mon corps était si brûlant que j'étais prête à arracher tous mes vêtements sur-le-champ. Mais je savais aussi que la panique ne mettrait pas longtemps à suivre. Que la réalité reprendrait ses droits. Je me contentai de hocher la tête. Il déposa un baiser fougueux sur mes lèvres, bien plus sauvage que tous ceux que j'avais connus jusqu'ici. Il me serra contre lui. Ça ne ressemblait en rien aux baisers doux d'avant, et l'excitation était au rendez-vous.

Lorsqu'il arracha ses lèvres aux miennes, il proféra un juron. Puis il me guida jusqu'à la porte de l'appartement qu'il déverrouilla et me fit franchir précipitamment.

Avant que je n'aie pu reprendre mon souffle, ses mains se posèrent sur l'ourlet de ma robe.

— Je te l'enlève. C'est tout. Je veux te regarder, me susurra-t-il à l'oreille.

Il resta ainsi immobile en attendant que j'acquiesce. Je lui donnai mon feu vert, et il souleva délicatement le vêtement. Il poussa un grognement en découvrant mes fesses. Je levai les bras et il me retira entièrement la robe. Je ne bougeai pas d'un iota. Je savais ce qu'il regardait, et je serrais les yeux très fort. Cela faisait bien longtemps que je n'avais pas regardé mes fesses dans la glace. Il y avait de grandes chances qu'elles soient potelées. Pourtant je marchais beaucoup. C'est d'ailleurs ce qui m'avait empêchée toute ma vie d'avoir un cul énorme.

Du bout des doigts il effleura le dessous de ma fesse gauche. J'étouffai un hoquet de surprise, mais ne fis pas un geste. Il me touchait à peine.

— Tu as un grain de beauté juste ici. Il est irrésistible. Le plus beau grain de beauté du monde, murmura-t-il de sa voix grave.

Puis je l'entendis se mouvoir et quand je rouvris les yeux il se mettait à genoux. Je commençais à pivoter sur mes talons lorsqu'il me retint par la taille.

— Je t'en prie, Reese, pas tout de suite, plaida-t-il.

Je restai immobile, sentant son souffle chaud caresser ma peau et me donner des frissons. Savoir son visage si près de mon corps m'excitait profondément. Mais c'en était presque trop. Quand ses lèvres caressèrent le même endroit qu'il venait de toucher je laissai échapper un cri de surprise mêlée de plaisir.

— Je voulais t'embrasser là, confessa-t-il en posant de nouveau ses lèvres au même endroit. (Puis ses mains glissèrent jusqu'à mes fesses qu'il pétrit délicatement.) Je te jure, Reese, ton cul est parfait, affirma-t-il d'un ton empreint de respect. Je suis tellement soulagé que tu ne te sois pas mise en maillot de bain devant d'autres types ce soir. Ce cul m'appartient. Personne d'autre n'a le droit de profiter de ce bout de paradis.

De nouveau je serrai les yeux très fort. Étais-je réellement en train de le laisser jouer avec mes fesses, agenouillé devant moi ? Mon cœur battait la chamade, et mon corps était plus enfiévré que jamais.

Mase déplaça légèrement mon maillot de bain de manière à dénuder mes fesses et y déposa un nouveau baiser. Oh Seigneur…

— Même ici tu sens bon. Je décèle à quel point cela t'excite. Ça se mélange à merveille à ton parfum de cannelle.

Il allait vraiment falloir que je m'agrippe quelque part avant de me liquéfier. Mes jambes flageolaient et Mase serra ma taille en se relevant derrière moi. Il avait laissé ma peau dénudée et en remontant le long de mon corps se plaqua contre moi.

Il m'embrassa l'épaule, puis dégagea les cheveux pour caresser du bout du nez la courbe de ma nuque.

— Je ne ferai rien pour quoi tu n'es pas prête. Mais j'ai envie de te sentir. C'est tout. Rien de plus. Est-ce que ça te convient ? Si la réponse est non, ça n'est pas grave. Je peux me contenter de te regarder.

Sa dernière phrase avait résonné comme un véritable déchirement.

Malgré toutes ces femmes sublimes qui se jetaient sur lui, il me voulait moi. Il m'avait choisie moi. Je pouvais bien le laisser me toucher. Pour l'instant, je ne ressentais aucune angoisse et, à part la présence de Mase et ses sentiments, je ne pensais à rien d'autre.

— La réponse est oui, soufflai-je, hors d'haleine.

Il caressa ma nuque du bout du doigt auquel il enroula une mèche de cheveux.

— Merci. Pour ta confiance. Rien ne t'y oblige, et savoir que tu apprécies mes caresses est le plus beau cadeau qu'on m'ait jamais fait.

Pour autant, il n'entreprit pas du tout de me tripoter. Il resta sans bouger, mes cheveux enroulés à ses doigts, à effleurer mon cou et mon oreille du bout de son nez et des lèvres. Je me laissai lentement aller contre lui à la douceur de ses caresses.

— Tes cheveux sont comme de la soie, murmura-t-il. Ta peau aussi. (Il fit glisser sa main le long de mon bras nu jusqu'à la poser sur la fesse qu'il avait dénudée quelques minutes plus tôt.) J'ai décrété que j'étais obsédé par la soie, ajouta-t-il.

Sa main glissa de nouveau vers le haut de mon corps, ménageant un cercle avant de s'arrêter sur mon ventre.

— Tourne-toi que je te voie, m'incita-t-il en reculant d'un pas.

Je respirais fort et je voyais bien qu'il s'en rendait compte. Mais face à lui la situation prenait toute sa vérité. Et je serais en mesure de l'observer pendant qu'il me détaillait du regard.

Ses yeux glissèrent lentement le long de mon corps. L'adoration que j'y lus me donna le sentiment d'être chérie, précieuse, protégée.

Trois choses que je n'avais jamais ressenties.

Non, je n'allais pas pleurer.

Il fit un pas vers moi et traça le contour de mon nombril du bout des doigts. Puis ses deux mains se posèrent sur moi et il les fit remonter jusqu'à la naissance de mes seins. D'un doigt il suivit le décolleté de mon maillot et se glissa dans le creux de ma poitrine.

— Je les veux nus, dans mes mains, affirma-t-il en levant les yeux sur moi.

J'inspirai brusquement, mais pas par peur. Moi aussi, j'en avais envie. Le contour de mes tétons me faisait mal.

— O.K., acquiesçai-je, sachant qu'il ne ferait rien sans mon accord.

Il dénoua mon dos-nu et le haut de mon maillot. Le tissu tomba sur le sol, libérant ma poitrine.

— Nom de Dieu, ils sont sublimes, souffla-t-il en les prenant à pleines mains pour titiller les tétons du pouce. Je peux les goûter ? s'enquit-il d'une voix implorante.

— Oui, fis-je en m'agrippant à ses bras de peur que mes jambes ne lâchent définitivement.

Mase poussa un grognement et inclina la tête. Sa langue se posa sur mon sein droit. Un murmure satisfait sortit de sa poitrine juste avant qu'il n'aspire tout mon téton dans sa bouche.

Je sentis mes jambes vaciller et je poussai un cri, le corps secoué de plaisir.

Mase me souleva avant que je ne touche le sol et me porta jusqu'au canapé où il me jucha fermement sur ses genoux. Il m'embrassa à pleine bouche. Je haletai, encore étourdie par la sensation de ses lèvres sur ma poitrine.

D'une main il malaxait mon sein. Je voulais qu'il le prenne en bouche.

— Je peux le goûter ?

Je hochai la tête, mourant d'envie de lui plaquer la tête contre ma poitrine.

De sa bouche brûlante, Mase happa mon téton. Je poussai un cri en serrant une mèche de ses cheveux entre mes doigts. J'avais peur de lui faire mal, mais il fallait que je m'agrippe quelque part. Les mains posées sur mes seins, il les embrassa à pleine bouche, les mordillant parfois aussi. Je murmurai son nom dans un gémissement. J'aurais voulu qu'il n'arrête jamais.

Le brasier entre mes jambes était si intense que je me tortillais sur place en me frottant les cuisses. Il fallait faire quelque chose pour assouvir cette sensation.

— Écarte les jambes, je vais m'en occuper, ordonna Mase avec une autorité qui me prit de court.

Je ne savais pas trop quoi faire. Si j'écartais les cuisses, il allait me toucher là. Mon corps disait oui, il en avait besoin, mais ma tête me disait qu'elle allait en souffrir. À cet endroit j'étais sale.

— Je t'en prie, bébé. Laisse-moi prendre soin de ta chatte. Elle sent bon jusqu'ici, Reese, ça me rend fou. Je peux même l'embrasser si tu m'y autorises. Tout ce que tu veux, bébé, je ferai tout ce que tu veux, bon sang, répéta-t-il d'une voix désespérée.

Je l'aimais.

Je ne voulais pas le perdre pour une femme qui n'avait pas besoin qu'on la supplie.

Je voulais son bonheur.

Je chassai mes peurs et ouvris les jambes juste assez pour qu'il puisse y glisser la main. D'un geste délicat, il les écarta davantage. Sa main glissa le long de ma cuisse. Je retins mon souffle.

Je luttai de toutes mes forces contre la panique qui montait en moi. Je fis tout mon possible pour la tenir à distance. C'était Mase. Il ne voulait que mon bien. Je l'aimais.

Puis il glissa un doigt dans mon maillot de bain. Aussitôt le désir s'évanouit, anéanti par une vague de souvenirs. J'allais vomir.

Je ne pouvais pas continuer. Mon Dieu, non, il fallait que ça s'arrête.

Je repoussai sa main et m'enfuis précipitamment dans la salle de bains. Je ne voulais pas être malade devant lui.

Je fis couler l'eau du robinet et m'aspergeai à plusieurs reprises le visage d'eau froide, en me répétant en boucle que tout allait bien.

Mase

Je ne m'étais jamais autant haï qu'à cet instant-là. Le seul homme que je haïssais plus était son foutu beau-père. Comme j'avais peur de la toucher, je restai planté derrière elle tandis qu'elle s'aspergeait le visage d'eau froide en scandant à mi-voix « tout va bien, tout va bien, tout va bien ».

À chaque nouveau « bien », j'avais l'impression qu'on m'arrachait la poitrine.

Ma tête me répétait de ne pas aller plus loin. Que je la poussais trop. Mais je ne pouvais pas m'empêcher de la toucher. Elle était tellement divine. L'expression de son visage quand elle prenait du plaisir était une véritable drogue. J'en voulais, encore et encore.

Mais j'avais fini par l'effrayer. Je lui en avais trop demandé.

Pour autant je n'avais pas l'intention de la perdre. J'allais faire tout ce qu'elle pourrait bien exiger de moi. Tout pour ne pas la perdre.

Après ce qui me sembla durer une éternité, elle ferma le robinet et s'épongea le visage avec une serviette. Elle prit plusieurs inspirations avant de poser la serviette et de se tourner vers moi.

J'avais commencé à lui présenter mes excuses lorsque ses lèvres se pincèrent et qu'elle éclata en sanglots. Merde !

Je l'attirai dans mes bras sans plus attendre. Je ne savais pas quoi dire. Je ne savais pas si elle pleurait à cause de moi et de ce que j'avais fait ou à cause de sa propre réaction.

— Tout va bien, ma chérie, je suis là, ça va, murmurai-je pour l'apaiser.

Je détestais ces gros sanglots qui faisaient tressauter tout son corps.

— Je sui-i-is dé-sooo-léée, bafouilla-t-elle.

Nom d'un chien. Je la soulevai jusqu'à son lit où je m'assis en la tenant serrée tout contre moi. Adossé à la tête de lit, je la réconfortai comme une enfant lovée sur ma poitrine.

— Je t'ai dit de ne jamais t'excuser. Jamais. C'est moi qui suis désolé, Reese.

Elle empoigna mon T-shirt à pleines mains et sanglota de plus belle.

— Je suis toute brii-séée. Tu ne mééé-rri-tes pas çaaa, gémit-elle comme si elle pleurait la mort de quelqu'un.

Seigneur, si jamais je mettais la main sur l'homme qui lui avait fait ça, je jure qu'il allait payer.

Je calai sa tête sur mon menton en resserrant mon étreinte.

— Tu es parfaite. À couper le souffle. Je suis totalement obnubilé par toi. Je ne vois plus que toi, Reese. Il n'y a rien de brisé en toi. Je t'en prie, ne dis plus jamais ça. Je veux que tu te voies telle que moi je te vois. Une beauté époustouflante qui m'émerveille. Une battante. Une femme forte, drôle, généreuse et honnête, qui ne juge pas les autres, qui accepte les gens pour ce qu'ils sont, qui n'attend rien mais apporte de la beauté au monde qui l'entoure. Je vois tout ça, Reese. C'est ce que tu es. Essaie de t'en rendre compte, ma chérie, je t'en supplie.

Ses sanglots cédèrent la place à de menus hoquets, mais elle resserra les doigts sur mon T-shirt. Elle finit par incliner la tête pour me regarder de ses yeux rouges tout gonflés. Et malgré tout elle restait magnifique.

— C'est… c'est ce que tu penses de moi ?

Je déposai un baiser sur son front.

— Oui.

Elle faillit poursuivre, mais je sentis son corps se raidir. Elle venait de se rendre compte qu'elle était encore torse nu. Je retirai mon T-shirt en toute hâte pour qu'elle le mette. Je ne voulais surtout pas qu'elle bouge.

Elle passa les bras dans les manches, trop grandes pour elle. La voir ainsi dans mon T-shirt flattait la bête possessive qui sommeillait en moi.

— Merci, souffla-t-elle.

Puis elle serra les bras autour de sa taille comme si elle faisait un câlin à mon T-shirt. Ce geste aussi me toucha.

— Je t'en ai demandé trop, ce soir. C'était ma faute. Je ferai plus attention à l'avenir. Je te le jure. Je t'en prie, ne perds pas confiance en moi.

Elle fronça les sourcils.

— Tout du long tu m'as demandé mon accord. J'aurais pu dire non. Ce n'est pas ta faute.

Je pensais le contraire.

— La prochaine fois que tu veux aller plus loin, je te laisserai le soin de me le demander. Je ne te pousserai plus. Juré.

Comme ça on aurait tous les deux la certitude qu'elle voulait continuer.

Elle poussa un soupir et prit son visage entre ses mains.

— Je déteste cette situation.

Je ressentais la même chose, mais pas pour les mêmes raisons. J'aurais aimé qu'aucun cauchemar ne vienne la hanter de son passé. Je détestais qu'elle souffre d'une telle horreur. Je détestais qu'elle souffre tout court.

— Tu voudras bien me serrer dans tes bras pendant qu'on dort ?

— Tu n'as pas à me le demander, Reese. La réponse est toujours oui.

Le lendemain matin, tard, je quittai Reese à sa porte. Elle portait mon T-shirt. Ce départ était un crève-cœur, je détestais la laisser.

— Mets mon T-shirt pour dormir. J'aime l'idée que tu portes quelque chose qui m'appartient quand je ne suis pas là.

Elle avait hoché la tête et m'avait laissé l'embrasser. Puis j'avais ramassé mon sac et j'étais rentré au Texas.

Reese

Le lundi matin, Jimmy m'attendait à ma porte avec deux cappuccinos. J'étais si heureuse de le voir que je le serrai dans mes bras avant de prendre ma tasse de bonheur matinal de ses mains.

— Tu es rentré. Tu te sens mieux ? Tu arrives à dormir ?

Il me gratifia d'un sourire rayonnant. Il adorait toute cette attention.

— Ouais, ça va. J'ai eu une ou deux nuits difficiles, mais je me sens mieux. J'ai vu qu'ils avaient enlevé la bande jaune.

J'opinai du chef. J'essayais de ne pas penser à la fusillade. Du peu que j'avais vu aux informations, je savais que Jacob était détenu sans caution, qu'il serait jugé pour meurtre et que les parents de Melanie avaient enterré leur fille dans l'Iowa.

— Je suis contente que tu sois rentré.

— Je t'ai manqué, hein ? Tant mieux. Il paraît que tu as brisé le cœur de Thad en mon absence. Mais comme c'était pour Mase Manning, j'ai envie de te dire que c'était bien joué, mon chou. Thad a beau être craquant, avec le plus joli petit cul du monde, il aime tremper sa nouille dans une nouvelle nana chaque soir de la semaine. Pas du tout ton genre.

Je fronçai les sourcils avant d'éclater de rire.

— Un peu trop d'info pour moi, mais d'accord.

— Avale ton cappuccino, chérie, tu vas en avoir besoin. Il paraît que la méchante sorcière de Rosemary est de retour. Fraîchement débarquée de Paris la nuit dernière. Tiens-toi prête. Nannette est une garce de chez garce. Elle va poser les yeux sur toi et se mettre en rogne. Elle gère mal quand une fille est plus sexy qu'elle et ma puce, tu es juste splendide.

Je n'allais pas mentir : Nan m'intriguait. Après tout c'était la sœur de Mase. Mais j'allais devoir lui dire, pour le miroir. Mase n'en avait plus reparlé mais je savais qu'il fallait que j'explique l'incident à Nan. Chaque fois que je nettoyais la pièce, je posais les yeux sur le vide laissé en redoutant le moment où j'allais devoir tout raconter.

Il y avait de fortes chances pour que Nan me renvoie. Je m'y étais préparée. Mais j'allais appeler Blaire Finlay dans l'après-midi pour lui proposer mes services. Si j'étais virée de chez Nan, au moins je ne pâtirais pas du manque à gagner.

Le sac à dos arrimé à l'épaule, je suivis Jimmy jusqu'à la voiture en l'interrogeant :

— Comment tu as su pour Thad ?

Jimmy sourit comme s'il détenait le plus grand secret du monde.

— Mase m'a appelé hier soir. Il voulait s'assurer que j'étais à la maison et que j'irais te chercher au travail. Il m'a également expliqué qu'il avait besoin de savoir quand j'allais m'absenter ou être dans l'impossibilité de t'accompagner au travail. Il ne voulait pas que je contacte

Thad dans ce cas. Qu'il prendrait ses dispositions. (Jimmy remua les sourcils.) Donc, évidemment, après ce coup de fil très intimidant, j'ai appelé Blaire pour qu'elle me raconte le scoop. Elle n'avait pas les détails, alors elle a appelé Harlow, qui bien sûr était au courant. Après quoi Blaire m'a rappelé pour me mettre au jus.

Je ne pus m'empêcher de rire.

— J'arrive pas à croire que tu as appelé Blaire Finlay pour lui demander ce qu'elle savait !

Jimmy rit à son tour avant de démarrer la voiture.

— Blaire était ma chérie bien avant d'être une Finlay. Même mariée à cette espèce de bombasse sur pattes de Rush Finlay, elle reste ma chérie.

Vu comment Rush considérait sa femme, j'avais du mal à envisager qu'il supporte que quiconque appelle Blaire « ma chérie », même Jimmy, qui à l'évidence craquait sur le corps de Rush quand bien même il était marié à son amie.

— Maintenant, raconte, il y a eu de l'action avec Mase ?

Je repensai à la nuit précédente et à quel point il m'avait réconfortée. Même après mon dérapage, il s'était montré doux et attentionné.

— Je l'aime.

Voilà, c'était fait, il fallait que je le dise à quelqu'un.

Jimmy pila d'un coup et se tourna vers moi. Heureusement, nous n'étions encore pas sortis du parking.

— Est-ce que j'ai bien entendu ce que je viens d'entendre ?

Je haussai les épaules.

— C'est plus fort que moi. Je ne le lui dirai pas. Mais c'est impossible de ne pas l'aimer. Avec lui… c'est vraiment le gars rêvé. Avec lui, tout semble moins compliqué.

Jimmy posa la tête sur son siège en poussant un grognement frustré.

— Mais ma puce, qu'est-ce qui t'arrive ? Tu ne peux pas tomber amoureuse de Mase Manning. Premièrement, il n'habite même pas ici et les relations à distance, ça ne marche jamais. Ensuite, c'est un grand garçon, qui a besoin de s'éclater et à mon avis des hordes de femmes lui courent après au Texas. Tu ne peux pas l'aimer. C'est le genre de gars qu'il faut apprécier, pas aimer.

Ma bonne humeur s'évapora instantanément. Mon ventre se noua douloureusement.

Jimmy disait-il vrai ? Probablement. Sur les relations, il en connaissait un rayon, contrairement à moi.

Mase avait-il besoin d'assouvir ses besoins sexuels ? Je ne lui avais pas donné ça. Oh Seigneur…

— Il a sans doute une nana au pays, voire deux pour pas manquer de gâteries. Tu dois comprendre ça, ma chérie. Et je parie que tu n'as pas couché avec lui, je me trompe ? T'embête pas, je connais la réponse. Le contraire se lirait sur ton visage. Ce qui veut dire qu'il est retourné au Texas chaud comme la braise. Il a bien dû faire son affaire quelque part, Reese. Faut regarder la réalité en face, je ne dis pas ça pour te faire du mal.

Me faire du mal ? J'étais effondrée.

— Mais je l'aime.

Je ne savais pas quoi rajouter. Jimmy serra une main sur ma cuisse.

— Je suis désolé. Je ne veux pas te miner le moral. Mais je veux que tu voies les choses en face. Et lui, il t'a dit qu'il t'aimait ?

Je secouai la tête. Jimmy poussa un soupir :

— Ma puce, mais qu'est-ce qu'on va faire de toi ? Il faut faire super gaffe avec l'amour. Protège-toi. Et n'oublie pas que j'ai toujours mon pote pour un double rencard.

Mase m'avait dit que j'étais à lui. Qu'il ne voulait pas qu'un autre homme me voie en maillot de bain. Je ne savais pas si ça voulait dire que notre relation était exclusive, parce que apparemment je ne comprenais rien à rien. Mais je n'avais pas envie de sortir avec un autre. Et je ne pensais pas que Mase apprécierait beaucoup le cas contraire.

Si je lui appartenais, il n'allait pas coucher avec une autre… si ?

Le Mase que je connaissais ne ferait jamais ça. Il n'irait pas coucher ailleurs. Il ne m'avait pas dit qu'il m'aimait, mais ses mots m'avaient donné l'impression de lui appartenir… et qu'il m'appartenait. Qu'il voulait être avec moi.

— Il m'a dit que je lui appartenais, contrai-je.

Jimmy haussa les sourcils.

— Sérieux ? Il a dit ça ? Il l'a dit comment ? Dis-moi mot pour mot. Je sais qu'il ne voulait pas que Thad te conduise partout, mais je me suis dit qu'il voulait te protéger de cette espèce de coucheur qui t'avait en ligne de mire. Je n'avais pas pensé que c'était peut-être pour marquer son territoire.

Je n'avais pas envie de partager mon intimité avec Mase. Pour autant, je n'avais pas envie de commettre une erreur et de finir irrémédiablement brisée.

— Il a dit qu'il était content que je ne me sois pas mise en maillot de bain devant tout le monde parce qu'il déteste l'idée qu'un autre gars pose les yeux sur ce qui lui appartient.

Jimmy émit un sifflement grave.

— À ta place, je ne sortirais avec personne d'autre pour le moment. J'ai peut-être mal jugé la situation. Je n'ai pas envie qu'un cow-boy de mauvais poil se pointe à Rosemary Beach avec des envies de meurtre. On va faire gaffe, O.K. ? Essaie de ne pas l'aimer trop fort. Protège ton cœur si tu peux.

J'avais déjà donné mon cœur à Mase Manning. Je n'avais plus rien à protéger. Mais je n'en dis rien à Jimmy.

Mase

En rentrant du déjeuner chez mes parents je tombai sur le pick-up de Cordelia garé dans mon allée. Je n'avais aucune envie de gérer ça, ni aujourd'hui ni un autre jour. Je passais juste récupérer mon portemonnaie avant d'aller à l'enclos à bétail. Et j'étais déjà à la bourre.

J'ouvris la porte d'entrée en me maudissant de ne pas l'avoir verrouillée. Visiblement, j'allais devoir changer mes habitudes étant donné que ma voisine refusait de me laisser tranquille.

— Cord, t'es où ? criai-je en débouchant sur le salon désert.

— Viens me chercher, chantonna-t-elle d'une voix taquine.

Merde. Pas bon signe.

Je jetai mes gants de travail par terre et retirai mes bottes pour éviter de laisser des traces de boue partout. Puis je me dirigeai vers la chambre à coucher pour mettre l'intruse à la porte.

Bien évidemment, elle était toute nue sur mon lit. J'allais devoir laver les draps pour ôter son parfum. J'en avais assez de ces conneries. Cette fois elle était allée trop loin.

— Habille-toi et sors d'ici.

— Non, Mase, regarde-moi. Avant tu avais envie de ça, on fonctionnait super bien ensemble. J'ai envie de toi. J'en peux plus, plaida-t-elle en écartant les jambes pour se caresser.

— Tu as dépassé les bornes, Cordelia. Je veux que tu sortes de chez moi. S'il faut que j'appelle ta mère pour qu'elle vienne te chercher, je n'hésiterai pas, menaçai-je.

Je me disais que l'idée de sa mère venant la dégoter à poil dans mon lit devrait suffire à la faire partir.

— Mase, ne fais pas ça. Je t'en prie. Tu me manques. J'ai tellement envie de toi. Tu peux me baiser comme tu veux. Je te donnerai tout. Laisse-moi te sucer. Tu pourras m'étouffer avec, je sais que tu aimes ça.

— Ça suffit ! (Mon cri finit par la faire taire.) Je suis amoureux de quelqu'un d'autre. Je n'ai qu'elle en tête. Je ne voudrai jamais personne d'autre. Alors tu vas prendre tes fringues et te casser de chez moi, Cord. Maintenant.

Sur ce, je tournai les talons en la laissant en plan, dégoûté par l'image d'elle comme ça sur mon lit. Ça devrait être Reese à sa place. La douce, la sexy, Reese.

J'allais devoir changer la literie et les draps avant l'arrivée de Reese. Me débarrasser de ce sur quoi j'avais sauté Cordelia et d'autres. Reese valait mieux que ça. Elle était unique.

Le bruit des pas de Cordelia m'informa enfin qu'elle avait jeté l'éponge. Je relevai la tête. Elle se pavanait toute nue chez moi, ses fringues à bout de bras. Nom de Dieu, elle n'avait donc aucune pudeur ? Je lui tournai le dos pour qu'elle n'aille pas s'imaginer que son cinéma m'amusait.

Quand la porte claqua dans son sillage et que le moteur de son pick-up démarra, je poussai un soupir de soulagement et regagnai ma chambre pour changer les draps. Heureusement, ma mère s'assurait toujours que j'en avais une autre paire. Elle disait qu'il fallait toujours une solution de rechange. Et, comme toujours, ma mère avait raison.

Le ménage fait, j'avais déjà perdu trop de temps. Il ne me restait plus qu'à remettre au lendemain à la première heure ma visite à l'enclos. Un gars allait passer à 16 heures pour acheter un cheval. Il fallait que je nettoie tout avant son arrivée.

Une fois dehors, j'aperçus Major qui revenait de chez mes parents.

— Tu ne passes pas à l'enclos ? m'interpella-t-il du bas de la colline.

— Non, j'irai demain. Il faut que je bouchonne le quarter horse que je mets en vente après sa sortie de ce matin.

Major hocha la tête.

— Je vais y aller, dans ce cas. Il faut que je sois à San Antonio demain. Mon père veut me voir.

Je n'aurais pas aimé être à sa place. Sa relation avec son père partait en vrille depuis qu'il avait couché avec sa belle-mère l'année précédente.

— Bonne chance, lui criai-je en guise de réponse.

Il me gratifia d'un doigt d'honneur et se remit en marche.

Je montai à bord de mon pick-up, le sourire aux lèvres.

Je n'arrivais toujours pas à croire que ce pauvre con avait couché avec sa belle-mère. Quand bien même elle n'avait que trois ans de plus que lui. Aux dernières nouvelles, elle n'était d'ailleurs plus sa belle-mère. Et le contrat prénuptial qu'elle avait signé la laissait sur le carreau.

Reese

J'avais fait très attention à rester au rez-de-chaussée sans faire de bruit pendant que je faisais le ménage. Je ne voulais pas réveiller la femme que tout Rosemary Beach m'avait incitée à craindre. Et pour une fois j'avais vraiment de quoi faire ; la propriétaire des lieux était particulièrement souillon.

Je passai plus d'une heure à nettoyer ce qui ressemblait à une bouteille de vin pulvérisée dans la cuisine. Des tessons jonchaient le sol et des taches collantes mouchetaient toute la pièce. Les placards, le sol, les plans de travail – partout. Une fois ce chantier nettoyé, je lavai les assiettes et les verres que je retrouvais disséminés sur tout le rez-de-chaussée.

Puis je tombai sur des piles de vêtements dans la buanderie. On aurait dit qu'elle s'était contentée de renverser le contenu de ses bagages par terre. Certains vêtements étaient propres, mais pour la plupart j'étais persuadée qu'il fallait les nettoyer à sec. Il me fallut donc une heure entière pour séparer le nettoyage à sec du linge sale normal, après quoi je lançai une machine de blanc.

Une fois le rez-de-chaussée propre comme un sou neuf et le lave-linge en route, il était midi passé. Je décidai de travailler sans faire de bruit dans les chambres les plus éloignées de la sienne au premier étage. Elle devait dormir au deuxième ; je voyais dans quelle chambre.

Je passai peu de temps sur les chambres qui n'avaient pas servi : époussetage, balai et serpillère. La routine. Arrivée dans la salle de jeux, je tressaillis en pensant au miroir dont j'allais devoir lui parler. Là aussi je trouvai des verres vides. Elle s'était peut-être déjà rendu compte que le miroir avait disparu. Elle avait reçu du monde, comme en attestaient les restes dans les assiettes et les dépôts de diverses boissons alcoolisées au fond des verres. Sans oublier les détritus qui jonchaient le sol.

Le pire était le préservatif usagé à côté du canapé en cuir. Immonde. J'enfilai les gants que j'avais achetés pour protéger mes points de suture et déroulai une grande quantité de papier toilette pour le ramasser. Au moins son utilisateur l'avait noué.

Une fois la salle de jeux nettoyée, il était presque 15 heures. Normalement j'avais fini à cette heure-ci, mais il me restait un étage. Et elle était encore et toujours en train de dormir.

Je décidai de sortir les poubelles, de m'occuper du recyclage et j'envisageai de réorganiser le garde-manger lorsque j'entendis des bruits de pas dans l'escalier. Enfin.

Je lissai mes vêtements et rangeai mes mèches folles derrière mes oreilles. En entrant dans la cuisine, Nannette me fusilla du regard dès qu'elle m'aperçut. D'un geste elle rejeta ses cheveux en arrière. Comme je m'y attendais, elle était sublime, avec sa longue chevelure d'un blond vénitien qui lui tombait dans le dos. Elle était vêtue d'un simple short et d'une chemise de nuit en soie noire qui soulignait la pâleur parfaite de sa peau.

— C'est toi la femme de ménage ? aboya-t-elle.

— Oui, madame.

— Qu'est-ce que tu fais encore ici ? Il est plus de 15 heures. Tu mets toujours aussi longtemps ?

— J'ai tout nettoyé sauf l'étage. J'attendais que vous soyez réveillée.

Elle fronça le nez d'un air dédaigneux.

— Eh bien, qu'est-ce que tu attends? Je suis debout. Ne reste pas plantée là à me regarder bêtement.

Il fallait que je lui dise pour le miroir, mais elle n'avait pas l'air disposée à discuter pour le moment. Je me hâtai de gagner l'étage où je nettoyai tout de fond en comble. Je n'avais aucune envie qu'elle ait à se plaindre. À part du miroir.

L'étage me demanda deux heures de travail. Sa chambre était une vraie zone sinistrée. À côté, le reste de la maison était immaculé.

Satisfaite de mon travail, je redescendis. Elle était en boule sur le canapé, la télécommande dans une main et une tasse de café posée à côté d'elle sur la table. Elle avait l'air un peu plus réveillée.

— Tu as pris ton temps. Tu es lente. Passe la seconde ou je te vire, siffla-t-elle.

— Je suis désolée, je ferai plus vite, répliquai-je en me disant que c'était parfaitement injuste de penser que je pouvais aller plus vite que ça.

Elle leva les yeux au ciel et me congédia d'un geste de la main. Il fallait que j'aborde le sujet du miroir sans quoi j'allais en perdre le sommeil.

— Il y a eu un accident pendant votre absence quand j'ai lavé les vitres de la salle de jeux. Je suis tombée, et le miroir à côté de la fenêtre donnant sur le Golfe est tombé avec moi. Le verre et le cadre se sont brisés. Je vous rembourserai sur ma paie. Je suis vraiment navrée…

— Dans tes rêves, oui. Tu vas me payer tout de suite. Ce miroir a coûté plus de cinq mille dollars. Il provenait de Paris, comme la plupart du mobilier de cette maison.

Je n'avais pas cinq mille dollars. J'avais deux mille de côté, pas un sou de plus. Comment un simple miroir pouvait-il valoir ce prix ? Je n'avais pas envisagé une telle somme.

— Je suis désolée. Je n'ai pas cet argent. Je peux vous donner deux mille tout de suite, puis travailler pour rembourser le reste. C'est le mieux que je puisse faire, expliquai-je en espérant que cette femme ait un semblant d'empathie.

Elle me fusilla du regard ; ces yeux verts implacables ne faisaient pas de quartier. J'étais dans de sales draps.

— Non, hors de question. Je vais contacter l'agence qui me remboursera. Ils m'ont envoyé une débile, ils peuvent bien raquer.

J'avais signé un formulaire de consentement stipulant que le moindre dommage relevait de ma responsabilité. Je n'avais jamais imaginé casser un jour un miroir à cinq mille dollars.

— L'agence ne prendra pas en charge cette dépense. Ils m'enverront la facture. C'est ma responsabilité. Je n'ai que…

— Même pas la moitié. Je ne suis pas sourde. Va chouiner ailleurs. Je veux mon fric, alors trouve une solution, sinon j'appelle les flics pour qu'ils s'occupent de toi, espèce de voleuse.

La police. Oh non, j'allais finir en prison à cause de ça.

— Je ne l'ai pas volé, je l'ai cassé, contrai-je.

— La ferme ! Sors de chez moi. Je n'ai aucune preuve qu'il est cassé. Il a disparu. Je veux mes cinq mille sinon tu pourras expliquer aux flics que tu ne l'as pas volé. Maintenant tire-toi d'ici.

Je ne dis rien de plus. Elle avait l'air à deux doigts d'exploser si j'ajoutais un mot. Je n'avais pas du tout imaginé ça. Je pensais bien que la nouvelle la mettrait de mauvaise humeur, mais qu'elle me laisserait au moins la possibilité de la rembourser.

Je gagnai la porte, attrapai mon sac à dos à la volée et me précipitai sur la route. Loin de sa propriété. J'avais un cours le soir même avec le Dr Munroe, mais je n'étais pas en état d'y aller. Il fallait que je rentre chez moi pour trouver une solution. J'appelai le professeur pour lui dire que je ne me sentais pas bien. Puis je rentrai chez moi à pas lents.

Mase

Comme Reese ne m'avait toujours pas appelé à 22 h 30, je décidai de m'en charger. Il devait y avoir un problème. Après plusieurs sonneries dans le vide, je tombai sur la messagerie. Je réessayai aussitôt avec le même résultat.

Je composai le numéro de Jimmy en me raisonnant pour ne pas céder à la panique. À la troisième sonnerie, il décrocha.

— Bonj…

— Tu as vu Reese ? l'interrompis-je.

— Ouais, elle est rentrée à pied plus tard que d'habitude et je l'ai ramenée chez elle. Elle m'a dit qu'elle avait mal à la tête et qu'elle allait se mettre au lit.

Rien d'anormal à tout ça. Inutile de paniquer, mais merde, ça ne m'allait pas du tout de ne pas pouvoir entendre sa voix.

— Va vérifier. Elle ne répond pas au téléphone et j'ai besoin de m'assurer qu'elle va bien. Elle est peut-être malade.

Jimmy poussa un soupir.

— J'imagine que tu vas rester à l'autre bout du fil pendant que j'exécute ton ordre.

Jimmy pouvait bien faire son petit malin. Tout ce que je voulais, c'était m'assurer que Reese allait bien.

— Tu imagines bien.

— Très bien. Sachant que si elle dort, ça va la réveiller.

J'y avais pensé, mais je ne pouvais pas rester dans l'incertitude. Je n'arrêtais pas de me la représenter malade dans sa salle de bains, trop faible pour demander de l'aide, ou évanouie par terre. Mes angoisses s'amplifiaient à chaque seconde.

— Tu es sacrément protecteur. À croire que vous êtes dans une relation sérieuse, commenta Jimmy d'un ton amusé.

— Nous sommes dans une relation sérieuse et très exclusive. Ce n'est pas ce qu'elle t'a dit ?

Jimmy se racla la gorge.

— Elle n'était pas trop sûre. Mais elle m'a dit qu'elle ne pouvait pas aller à un double rencard avec moi parce qu'elle pensait que tu n'apprécierais pas trop.

Un peu, ouais. Elle croyait qu'il s'était passé quoi ce week-end ? J'étais allé à Rosemary exprès pour l'empêcher de sortir avec un autre gars. J'avais été très clair quant à mes intentions, plus d'une fois.

— Elle a vu juste, me contentai-je de répondre.

Inutile d'avoir cette conversation avec Jimmy.

— Ça veut donc dire pas d'à-côtés pour toi, alors…

— Jimmy, tu essaies de savoir si je m'envoie d'autres nanas pendant que je suis au Texas ? Parce que si c'est le cas et que tu essaies de protéger Reese, va falloir que tu piges quelque chose : à part Reese je ne veux personne d'autre. Jamais. Alors arrête de m'énerver et va voir comment elle va. Maintenant.

Jimmy émit un gloussement.

— Mais fort bien. Je m'en charge de ce pas.

Je poussai un soupir de soulagement. Elle n'envisageait pas de sortir avec d'autres gars. Jimmy voulait vérifier ce qu'il en était de mon côté. Ce qui m'aurait mis en rogne si ce n'était pas le signe qu'il était attaché à Reese. Il essayait juste de la protéger. Au fond, ça me plaisait bien.

Je patientai le temps que Jimmy aille frapper chez Reese.

— Reese, ma puce. Tu veux bien ouvrir si tu n'es pas couchée ? J'ai un cow-boy en rogne au téléphone qui m'empêche de regarder mes séries.

J'entendis Jimmy qui frappait une nouvelle fois à la porte.

— J'entends le verrou, m'informa-t-il.

Le sentiment de panique commença lentement à refluer.

— Salut, souffla sa voix toute douce depuis chez elle.

— Tu veux lui parler ? lui demanda Jimmy.

J'entendis le bruit étouffé de leurs voix à travers une main posée sur le micro du combiné. Quelque chose clochait, c'était insupportable. Il allait encore falloir que je laisse tout en plan pour foncer à Rosemary Beach.

— Salut, désolée, je dormais. La journée a été longue, me parvint enfin la voix ensommeillée de Reese au téléphone.

Elle ne mentait pas. Elle était au lit. Elle allait bien.

— Tu es malade ? Demande à Jimmy de voir si tu n'as pas de fièvre, insistai-je avec inquiétude.

— Je vais bien. Pas de fièvre, promis. Je t'appelle demain. J'avais besoin de dormir. Mais je ne suis pas malade. Je me sens bien.

Il y avait un problème. Je le sentais.

— O.K. Rendors-toi, bébé. J'ai hâte d'entendre ta voix au réveil. Je serai rassuré une fois que je serai sûr que tu vas mieux.

— Je t'appelle.

— Bonne nuit. Fais de beaux rêves, murmurai-je avant de raccrocher.

Merde, je n'allais pas pouvoir fermer l'œil. Quelque chose ne tournait pas rond et elle refusait de m'en parler. Aujourd'hui j'avais vendu le quarter horse, mais il fallait encore attendre demain pour le livrer au vendeur, boucler la paperasse et encaisser le chèque. Après quoi il fallait que j'aille à l'enclos pour chercher du bétail. J'aurais dû y aller hier. J'étais carrément à la bourre.

Reese avait besoin de moi, et je ne pouvais pas être à ses côtés. Raison de plus pour la faire venir ici. Mais merde, je ne pouvais pas lui en parler pour le moment. Elle n'était même pas encore prête à ce que je m'approche de son sexe.

Je sortis une bière du frigo. Une longue nuit m'attendait, et si je me mettais à penser à la chatte de Reese, ça n'était pas près de s'arranger.

Reese

Je n'avais pas fermé l'œil de la nuit après que Jimmy avait frappé à ma porte. L'inquiétude dans la voix de Mase m'avait plongée dans une crise de larmes. Après quoi je m'étais assise dans mon lit pour réfléchir à tous les moyens possibles et imaginables de gagner de l'argent, rapidement. À la fin de la semaine, avec ma nouvelle paie, je serais à la tête d'un total de deux mille huit cents dollars. Il m'en manquerait deux mille deux cents.

J'avais peur de tenter ma chance comme serveuse. Quand j'étais tendue, j'avais encore du mal à déchiffrer les mots. Et je n'écrivais toujours pas très bien. Je ne réussirais sans doute pas à remplir le formulaire de candidature. J'avais contemplé le lever du soleil en me disant que j'allais devoir attendre de voir comment se déroulaient les choses. Si Nan déclarait le vol du miroir, on ne pouvait pas m'arrêter sans preuve. Et j'avais ma cicatrice sur ma main pour asseoir ma version des faits.

Le pire qu'un juge pourrait faire était de me condamner à la rembourser, ce que je lui avais d'ores et déjà proposé de faire. Il fallait que j'appelle Mase. Je l'avais trouvé inquiet la veille au soir. Mais je préférais attendre encore un peu.

Toute cette affaire me donnait du fil à retordre. Si j'expliquais à Mase de quoi sa sœur me menaçait, j'avais peur qu'il pense que je voulais qu'il la rembourse à ma place. Je ne pouvais pas le laisser faire ça et encore moins penser que c'était mon intention. C'était à moi de gérer ce problème, pas à lui.

Je composai son numéro et il décrocha dès la première sonnerie.

— Bonjour. Ça va mieux, aujourd'hui ?

Sa voix atténua instantanément tous les vilains tourments. Il me manquait. J'adorais nos conversations nocturnes. La nuit dernière, j'avais eu envie de lui parler, mais il se serait rendu compte que j'étais bouleversée. Je ne pouvais rien lui cacher.

— Oui. Beaucoup mieux. Merci, désolée pour la nuit dernière.

— Je veux que tu ailles bien, c'est ma seule préoccupation. Même si je ne vais pas te mentir : ta voix me faisant la lecture m'a bien manqué. Dur de s'endormir sans.

Pour la première fois depuis ma rencontre horrible avec Nan, je souris. Il me rendait heureuse, même quand tout allait de travers.

— Normalement, ça ne m'arrive jamais. Mais si ça se reproduit, je te promets de t'appeler avant d'aller me coucher. J'aurais dû penser à te joindre plus tôt pour te mettre au courant.

J'avais du mal à avoir un ton de voix normal. Mais je faisais tout mon possible.

— Je te laisse te préparer pour le boulot. Bonne journée, bébé.

Je pris congé à mon tour, laissant l'agréable sensation de son « bébé » m'accompagner pendant la matinée.

Il était quasiment midi lorsque je reçus l'appel de l'entreprise de nettoyage. J'étais licenciée. Suite à un coup de fil de Nan, ils ne voulaient plus rien avoir à faire avec moi. J'étais censée passer prendre mon chèque et laisser tomber les deux ménages que j'avais de prévu pour la semaine. Je réussis à terminer de nettoyer la maison des Carter sans craquer.

J'allais m'en sortir. J'allais contacter Blaire Finlay. Deux maisons me permettraient de payer les factures. Il ne me resterait plus rien et je ne pourrais pas économiser, et rembourser Nan allait être une vraie épreuve. Il fallait que je décroche un nouveau client, ou à défaut un autre boulot.

Avant de rentrer, j'avais l'intention de faire un chèque de deux mille quatre cents dollars à Nan. C'est tout ce que j'avais pour le moment. Je penserais à mon loyer plus tard, la semaine prochaine. L'urgence était de prouver que j'étais prête à rembourser le miroir. Je n'avais pas envie d'avoir la police sur le dos.

L'idée de faire face à Nan était terrifiante. Quand j'arrivai devant chez elle, je trouvai deux voitures garées devant ; sa petite voiture de sport de luxe et un 4 × 4 noir. Ce n'était pas plus mal si elle avait de la compagnie. Elle n'oserait peut-être pas être aussi désagréable devant des invités.

Après m'être exhortée à affronter la situation, je gravis les marches du perron pour sonner. J'allais lui tendre le chèque, m'excuser encore et promettre le reste de l'argent dès que possible. Puis je tournerais les talons. J'allais y arriver.

La porte s'ouvrit plus vite que je ne l'aurais pensé, et l'expression de Nan se mua aussitôt en rictus dégoûté.

— Qu'est-ce que tu fais ici ? J'ai appelé l'agence, tu es virée. Il faut que j'appelle les flics, maintenant ?

Je débitai les phrases que j'avais répétées dans ma tête.

— Voici un chèque, c'est tout ce que j'ai pour le moment. Je vous apporterai le reste dès que possible. Je suis vraiment navrée pour le miroir, récitai-je d'une voix qui s'érailla une seule fois sous la pression.

Rush Finlay apparut derrière Nan. Il n'avait pas l'air content. Que faisait-il là ?

— Nan ? Que se passe-t-il ? Tu viens de dire que tu avais… (Il s'interrompit en me voyant.) Reese, c'est ça ? (Je hochai la tête.) Tu as fait virer Reese ?

— Elle a volé un miroir d'une valeur de cinq mille dollars chez moi ! Oui, je l'ai fait virer. Elle m'apporte un chèque de même pas la moitié du montant et elle s'imagine que ça va le faire, cracha Nan.

Rush n'avait pas l'air de la croire. Il se tourna vers moi.

— Reese, tu as volé un miroir ?

Je secouai la tête.

— Non. Mais je l'ai cassé. Il est tombé. C'était un accident. J'ai tout expliqué, mais…

— Elle ment ! C'est la femme de ménage, Rush, merde ! Tu es obligé de toujours prendre le parti des autres contre moi ? Je pars pendant des mois et c'est ce qui m'attend quand je rentre ? Une voleuse qui fait le ménage chez moi et un frère qui prend sa défense ?

Elle s'était mise à hurler. Mais le fait qu'elle ait appelé Rush son frère me laissait perplexe. Comment Rush pouvait-il être son frère ? Mase oui, mais Rush et Mase n'étaient pas frères.

— Elle t'a apporté un chèque et te fait la promesse de donner plus quand elle le pourra. Tu crois vraiment que c'est l'attitude d'une voleuse ? Non. Alors tu te calmes, bordel, et tu réfléchis avant de dire des conneries. Tu n'as plus dix ans, Nan. Grandis un peu, riposta Rush d'une voix agacée.

— Je vais y aller. Je reviendrai avec le reste de l'argent dès que possible, conclus-je en tournant précipitamment les talons.

J'aurais probablement dû rester pour me défendre. Il y avait de fortes chances pour que Rush commence à la croire, après quoi je pourrais dire au revoir à mon job chez lui. J'allais devoir patienter avant d'appeler Blaire. En tout cas, j'avais un témoin qui m'avait vue payer pour le miroir et promettre de rembourser ma dette.

Une marche de douze kilomètres me séparait de chez moi. J'avais largement le temps de penser à ce que j'allais faire du reste de la semaine, étant donné que je me retrouvais sans emploi.

Mase

Mon téléphone se mit à sonner au moment où je franchissais le seuil de la maison après une longue journée passée à l'enclos.

Je n'avais pas l'habitude qu'il m'appelle.

C'était Rush.

— Salut, fis-je.

— Nan est rentrée.

Il n'avait pas l'air jouasse. Je ne pouvais pas trop lui en vouloir, pourtant je croyais qu'il aimait bien sa sœur.

— Ouais, lâchai-je en me demandant en quoi ça me concernait.

— Tu sais quelque chose sur une histoire de miroir chez Nan ?

Merde ! J'avais zappé. Et Nan était rentrée. Reese avait dû aller faire le ménage chez elle hier. Soudain, son mal de tête prit toute sa signification.

— Le jour où j'ai rencontré Reese, elle a fait une chute en lavant des vitres, et ce putain de miroir est tombé avec elle. Elle s'est tailladé la main. J'ai dû l'emmener à l'hôpital pour qu'on lui mette des points de suture.

J'avais complètement oublié. Je pensais que Nan ne s'en rendrait même pas compte.

Mais si. Sans quoi Rush ne m'aurait pas appelé. Si elle avait maltraité Reese, j'allais lui rendre une petite visite qu'elle n'était pas près d'oublier.

— Elle ne s'en serait sans doute jamais rendu compte. Sauf que Reese lui en a parlé et lui a promis de la rembourser, expliqua Rush d'une voix agacée.

— Merde ! J'aurais dû remplacer ce foutu machin. C'est juste que… j'ai été hyper occupé et j'ai oublié.

— Ouais, tu aurais dû. Elle a déposé à Nan un chèque de deux mille quatre cents dollars après que Nan l'a fait virer de l'agence. À mon avis, elle a perdu tous ses contrats. Et elle est fauchée. J'allais confisquer le chèque à Nan, mais j'ai eu peur qu'elle porte plainte contre Reese ou une connerie dans ce genre. Reese aurait bien besoin d'un petit coup de pouce.

— Deux mille ? C'est quoi ce bordel ! Nan veut combien pour son foutu miroir ?

Nan était définitivement la garce la plus vindicative que j'avais jamais rencontrée. Quand elle s'était portée volontaire pour donner son sang à Harlow après la naissance de Lila Kate, j'avais cru un moment qu'elle s'était découvert un cœur. Mais apparemment non.

— Elle prétend qu'il a coûté cinq mille et qu'il vient de Paris. Moi je dis que c'est des conneries mais elle veut absolument avoir son fric. Si tu ne t'en occupes pas, je le ferai. Si c'était Blaire qu'on faisait chier comme ça, j'aimerais que ce soit moi qui règle la situation. Pas quelqu'un d'autre.

— Je serai sur place dans la matinée. Ne laisse pas Nan approcher Reese. Je vais régler ce foutoir et ramener Reese avec moi. Je n'arrive à rien faire, je pense constamment à elle. Je veux qu'elle vienne ici.

— Nan va la laisser tranquille pour le moment. Elle s'est rendu compte que j'étais en rogne. Je lui ai aussi expliqué qu'elle venait de s'en prendre à ta copine. Info qui ne l'a pas emplie de joie. Quand je suis parti, elle gueulait comme un putois, précisa Rush en ricanant.

Mais je pensais déjà à la suite. Il fallait que je prenne mes dispositions et que je persuade une certaine femme de me suivre au Texas.

Après avoir raccroché, je préparai mon sac et passai des coups de fil à mon beau-père et à Major, leur expliquant que j'avais des affaires à régler à l'extérieur de la ville. Je leur confiai une liste de choses à gérer en mon absence.

Puis je fonçai à l'aéroport.

J'eus du mal à ne pas aller voir Reese directement. Mais il fallait d'abord que je fasse un sort à ma « chère sœur ». L'avion atterrit aux alentours de minuit. Je m'étais organisé avec Rush pour que le pick-up que j'utilisais lors de mes visites sur place m'attende à l'aéroport.

Il était un peu plus de 2 heures du matin lorsque je tapai le digicode à la grille de chez Nan. La maison était encore allumée. Elle ne dormait pas. Tant mieux. Je n'aurais pas à la tirer du lit.

Je ne pris pas la peine de frapper. Je tapais le code et entrai directement. J'entendis la télé et des rires qui venaient de la salle multimédia. Je traversai le vestibule en direction du bruit.

Nan était assise sur le canapé, un verre de vin à la main, en train de raconter à une nana installée en face d'elle une histoire visiblement hilarante. Je ne savais pas que Nan avait des talents de comique, ou de conteuse.

Ses yeux se posèrent sur moi et elle tressauta, son regard traversé d'un éclair de colère.

— Tu ne peux pas faire irruption chez moi comme ça, Mase. J'appelle les flics, menaça-t-elle.

— Fais-toi plaisir. Je vais appeler notre père pour qu'il s'occupe d'eux, étant donné que cette maison lui appartient. Il m'a dit plus d'une fois que j'y étais le bienvenu quand je voulais.

Comme prévu, mon argument la faucha dans son élan. Elle détestait impliquer Kiro dans sa vie. Et elle savait que j'avais raison. Ce n'était pas sa maison. Elle n'avait pas payé un centime pour l'acheter ni l'aménager. Je m'en étais assuré en appelant Kiro de l'aéroport. Il avait acheté la maison meublée. Elle n'avait même pas acheté le miroir. Quelle garce.

— J'arrive pas à croire que tu te pointes ici à cause d'elle. C'était ma femme de ménage, Mase. Franchement, tu peux faire mieux que ça. C'est un peu minable pour le fils de Kiro. Est-ce que ton papa chéri sait que tu t'es envoyé la bonne quand tu étais ici ?

Il y avait une violence chez Nan que je n'avais jamais vue chez une personne de son âge. Ça la bouffait, la rendait cruelle, sans cœur, superficielle au dernier degré.

— Ça sera ton seul avertissement, petite sœur. Tu prononces encore un mot de travers sur Reese et je te le ferai regretter pendant des années. Tu me comprends bien ? Parce que je te jure que je suis sérieux comme jamais.

Ses lèvres se retroussèrent en un rictus et elle se tourna vers son amie.

— Désolée, Laney. Il partira dès qu'il aura terminé son caca nerveux.

Je jetai à peine à coup d'œil à la rousse, qui m'apparut plus intéressée que Nan au fait que j'avais débarqué chez elle.

— J'ai appelé Kiro. Cette maison a été achetée meublée. Ce foutu miroir n'a pas coûté cinq mille balles. Et puis j'ai fait des recherches. Reese est tombée et s'est coupé la main chez toi sur ton mobilier pendant ses heures de travail. Ce qui lui a valu d'être licenciée. Je suis son témoin parce que j'étais sur les lieux et que je l'ai accompagnée aux urgences. Il y a donc une trace à l'hôpital. À mon avis, Reese a besoin d'un avocat, parce qu'elle a un dossier en béton. Elle a carrément un procès en or qui te pend au nez. Elle se blesse sur son lieu de travail puis se fait virer. Elle peut attaquer l'agence en justice, et elle peut t'attaquer toi. Ça le ferait bien en une des journaux, non ?

Pour mon plus grand plaisir, Nan se mit à ouvrir les yeux grands comme des soucoupes.

— Je vais même lui suggérer de te coller un procès pour l'argent qu'elle t'a déjà donné, plus un million de dollars d'indemnisation. Après tout, tu es la fille de Kiro Manning. Autant demander un max. Tu as les moyens.

Nan émit un rire forcé.

— Elle ne peut pas se payer un avocat. Ça n'arrivera jamais.

— Elle n'aura pas ce souci là. J'ai déjà contacté le mien.

Nan reposa brutalement son verre sur la table et se releva d'un bond.

— Sérieusement, Mase, toi aussi ? Toute cette putain de famille me déteste. Et tu prends la défense d'une pauvre nana avec qui tu couches ?

Je fis un pas vers elle en me rappelant que je ne frappais pas les femmes. Mais bon sang, c'était dur. J'avais envie de lui tordre le cou.

— Ne t'avise plus jamais d'insulter Reese, tu m'as entendu ? Elle représente bien plus que ce tu ne peux imaginer. Elle ne sait même pas que je suis ici. Ce n'est pas elle qui m'a parlé de tout ce bordel avec toi, c'est Rush. (Je laissai cette précision faire son chemin avant d'ajouter :) C'est toi qui provoques la haine, Nan, à force d'être une sale garce.

J'avais dit le fond de ma pensée. Je tournai les talons pour gagner la porte.

— Rush t'a appelé ?

Sa voix semblait plus fluette. Même le frère qu'elle adorait, qui l'aimait alors que tout le monde la détestait, en avait sa claque de ses conneries. Enfin, elle avait compris.

— Ouais, il m'a appelé. Il refuse que Reese souffre de ta méchanceté, fis-je en me retournant vers elle.

Elle n'avait plus l'air aussi furieuse. Plutôt dépitée. Mais ça m'était totalement égal. Nous avions beau avoir le même père, je détestais cette femme. Pas seulement pour ce qu'elle avait fait à Reese, mais pour la manière qu'elle avait eue de traiter Harlow à son arrivée à Rosemary Beach. Je ne haïssais pas facilement, mais Nan avait le chic pour déclencher le pire.

— Attends. Tiens, prends ce foutu chèque. Je ne veux pas l'argent. Et je ne veux plus la voir. Elle ne travaillera plus jamais ici.

Je rebroussai chemin pour prendre le chèque dans sa main tendue. Elle avait laissé traîner toutes les économies de Reese sur sa table basse comme une vulgaire serviette.

Je glissai le chèque précautionneusement dans ma poche et lançai un dernier regard apitoyé à Nan.

— J'espère qu'un jour tu te rendras compte que l'aigreur n'a rien de séduisant. Au bout d'un moment, tu vas réellement finir par te mettre tout le monde à dos. Sors-toi de la merde qui te met dans cet état. Change. Tu as déjà perdu tout le monde. Ne va pas perdre Rush.

La douleur qui traversa son regard était suffisamment éloquente. Je m'en allai.

Le moment était venu de prendre soin de ma chérie.

Reese

Une sonnerie lointaine interrompit mes rêves et je tournai sur moi-même pour en trouver l'origine. Je ne vis rien d'autre que les nuages qui m'englobaient. La sonnerie s'arrêta, mais reprit aussitôt. Agacée, je tapai du pied, avant de comprendre : j'étais dans un rêve.

Mes paupières s'ouvrirent. La sonnerie provenait de mon portable. Je me frottai les yeux et me redressai dans mon lit pour mettre la main dessus. Le soleil n'était pas encore levé et il faisait très sombre. J'avais mis un temps fou à trouver le sommeil.

La sonnerie persista jusqu'à ce que j'aperçoive enfin l'écran qui brillait dans l'obscurité. Je me levai du lit et le ramassai par terre. Bottes de cow-boy. Mase.

— Allô, fis-je d'une voix rauque.

— Il y a quelqu'un à ta porte. Tu veux bien ouvrir pour qu'on puisse tous les deux retourner sous la couette ? lança-t-il à l'autre bout du fil de son irrésistible accent traînant.

Je fronçai les sourcils. C'est alors que j'entendis le coup à la porte. Il me fallut quelques secondes pour comprendre que Mase était devant chez moi. Je laissai tombber mon téléphone sur le lit et courus jusqu'à l'entrée. Que faisait-il ici ? Son appel de la veille avait été si expéditif qu'il m'avait inquiétée. Il ne m'avait même pas demandé de lui faire la lecture.

C'était donc ça la raison : il était en route.

J'ouvris la porte en grand et il pénétra dans l'appartement avec sa prestance habituelle. Je me rendis soudain compte que je devais avoir les cheveux en bataille. Je n'avais même pas jeté un œil dans le miroir.

Mais il était là. Le reste n'avait aucune importance.

— Désolé de t'avoir réveillée, mais je n'avais pas envie de pioncer dans le pick-up alors que je pouvais me glisser sous la couette pour te serrer dans mes bras.

J'allais défaillir.

Je souris de toutes mes dents. J'étais si heureuse de le voir. Je devais avoir mon air bête de quand j'étais tout étourdie. Mase me mettait dans cet état. Je ne m'étais pas attendue à le revoir aussi vite et, après la semaine que je venais de traverser, j'en avais bien besoin.

Sa simple présence remettait tout d'aplomb.

Il franchit la distance qui nous séparait et me caressa les cheveux, un sourire amusé aux lèvres.

— J'aime bien te voir comme ça.

J'avais envie de me fondre en lui.

— Te voilà.

Je ne savais pas quoi dire d'autre. Il hocha la tête.

— Me voilà. On discutera demain. Va vite te remettre au lit.

Il me suivait. C'était… Oh punaise. C'était un rêve. J'aurais parié que c'était un rêve. C'était la seule explication plausible. Je ne voulais pas que ce soit un rêve. Je voulais qu'il soit vraiment là, nom d'un chien.

— Pince-moi, ordonnai-je tandis que sa main glissait dans le bas de mon dos.

— Pourquoi donc ? s'enquit-il avec un froncement de sourcils.

— Pour me prouver que ce n'est pas un rêve.

Son rire grave propagea un frisson dans tout mon corps.

— Essayons plutôt ça, dit-il avant de m'embrasser à pleine bouche.

À peine avais-je entrouvert les lèvres qu'il me mordilla délicatement la lèvre inférieure. Je sursautai de surprise.

— Tu vois, bébé ? Tu ne dors pas, affirma-t-il en laissant glisser sa main sur mes fesses, qu'il pressa avant de remonter sur le creux de mes reins.

J'en voulais plus, mais il me guida vers la chambre.

— Qu'est-ce que tu fais ici ? sondai-je tandis qu'il remettait la couverture en place.

— Je voulais te voir, répondit-il simplement.

Je l'observai retirer ses bottes et sa chemise en flanelle qu'il jeta sur la chaise. Il portait un maillot de corps qui soulignait à la perfection les muscles de sa poitrine et de son dos. Lorsqu'il pivota pour s'allonger à côté de moi, j'écartai la couverture. Je ne voulais pas qu'il se sente obligé de dormir par-dessus. Et il était en jean, ce qui devait être assez inconfortable.

— Tu peux enlever ton jean. Tu dormiras mieux, l'invitai-je tandis qu'il se laissait tomber à côté de moi sur le matelas.

Il resta un moment immobile puis commença à déboutonner son jean. Je sentis son regard peser sur moi, mais j'étais trop fascinée pour le soutenir. De ses grandes mains il baissa la fermeture éclair et fit glisser son pantalon le long de ses grandes jambes musclées. Je pris une profonde goulée d'air. Jusqu'ici j'avais arrêté de respirer.

— Tu es sûre que ça te convient ? Je peux dormir habillé, tu sais.

Il avait peur que je flippe en le voyant en sous-vêtements. À dire vrai je flippais, mais pour une tout autre raison. Mase Manning en caleçon blanc était particulièrement craquant. Le jour où j'avais cassé le miroir, j'étais tellement en panique que je n'avais pas fait de ce spectacle ma priorité numéro un. Alors que maintenant…

— C'est bon. Enfin, je veux dire, tu es bon. Je veux dire, ça va et… Oh et puis grimpe dans ce lit, bafouillai-je.

Le visage de Mase s'illumina d'un large sourire. Puis il se glissa à côté de moi en faisant attention à ne pas me toucher. Ma réaction avait été tellement extrême la fois d'avant qu'il était timoré, à présent. Pour autant, je n'étais pas sûre d'avoir le courage de lui faire des avances ou de lui demander de faire quoi que ce soit. L'idée que c'était à moi de prendre ce genre de décisions me stressait particulièrement.

Peu importe. On verrait plus tard. Pour l'instant Mase était ici, quelle qu'en soit la raison. Je me pelotonnai contre lui et il me serra, mais ça s'arrêta là. En levant les yeux sur lui je constatai que ses longs cils reposaient dans l'alignement de ses pommettes. Il avait déjà fermé les yeux. Je souris d'un air bienheureux et l'imitai.

Lorsque je me réveillai, le soleil filtrait à travers les stores, Mase était allongé sur le flanc et me tenait dans ses bras. J'inclinai la tête pour voir s'il dormait encore.

Les yeux fermés, il resserra les bras autour de moi en souriant.

— Tu es réveillée ? demanda-t-il d'un ton groggy avant d'ouvrir lentement les paupières sur moi.

— Oui, répliquai-je avec beaucoup trop d'énergie pour une fille sans emploi ni argent.

— Hum... tu veux me raconter ta semaine maintenant ou autour d'une assiette de gaufres et d'un café ?

Je déposai un baiser sur son bras en souriant.

— C'est ta manière de me demander de préparer des gaufres ?

Il haussa les épaules comme s'il savait bien qu'il pouvait me faire faire ce qu'il voulait.

— Peut-être bien.

Il déposa un autre baiser sur mon bras.

— Dans ce cas, il faut que tu me laisses me lever.

Il baissa la tête et effleura délicatement mon front du bout des lèvres.

— Mais tu es si douce tout enroulée comme ça dans mes bras.

J'aurais volontiers admis qu'il s'agissait là de mon endroit préféré. De toute la terre.

— Et si tu me racontais ta semaine maintenant ? proposa-t-il d'une voix soudain plus sérieuse.

Il me posait la question comme s'il connaissait déjà la réponse.

— On s'est parlé au téléphone hier soir, tu sais déjà tout de ma semaine, répondis-je en tâtant le terrain.

— Non... je sais uniquement ce que tu as bien voulu me dire. Je veux toute l'histoire. Sans omission.

Le ton taquin avait disparu de sa voix. Il était au courant. C'est pour ça qu'il était ici.

— Qui te l'a dit ? demandai-je en tentant de me dégager, mais il ne desserra pas son étreinte.

— Tu aurais dû le faire, répliqua-t-il.

— Ce n'était pas ton problème.

Ma réponse eut pour mérite de le sortir de sa torpeur. Il ouvrit soudain les yeux et réagit à toute vitesse. Un instant, je crus qu'il allait se lever, mais il me plaqua sur le dos, une main de chaque côté de ma tête.

— Tout ce qui te touche est mon problème. Tu es à moi. Même si je n'étais pas au courant de ce qui s'était passé ce jour-là. Même si Nan n'était pas ma sœur. C'est mon problème parce que ça te fait du mal. Que tu en souffres.

Sa voix s'était adoucie à cette dernière phrase. Il abaissa son corps sans pour autant s'appuyer sur moi. Il enfouit son nez dans mon cou et tout mon corps s'éveilla, traversé par une sensation de chaleur.

— Quand tu souffres, ça me déchire. Quand tu es heureuse, j'ai l'impression d'être le roi du monde.

Cet homme était incroyable.

— Tu as un ranch à gérer et tu as ta vie au Texas. Je n'avais pas envie de t'embêter avec ça.

Mase poussa un soupir puis m'embrassa sur la joue avant de planter son regard dans le mien.

— J'ai effectivement un ranch, et il est au Texas. Mais tu passes avant tout ça. Si tu as besoin de moi, tu passes en premier.

« Je t'aime » était sur le bord de mes lèvres. Je voulais qu'il le sache. Mais il ne me l'avait pas dit lui-même. J'avais peur qu'il me trouve naïve ou embrouillée par la situation. Alors je ravalai mes mots. Les laissant hurler dans ma tête et dans mon âme. J'aimais cet homme.

— Ton chèque est dans la poche de mon jean. Nan me l'a rendu la nuit dernière. Tu ne lui dois plus rien. Ce miroir n'était pas à elle. Kiro a acheté la maison meublée. Tout est à lui, et il n'en a rien à foutre de ce miroir.

Je le regardai fixement, je ne savais pas quoi dire. J'avais vu la fureur sur le visage de Nan. Je ne voyais pas comment elle avait pu accepter ça. Au départ de Mase, les policiers allaient débarquer pour m'emmener au poste. Ce chèque était la preuve que j'avais bien l'intention de la rembourser.

— Il faut lui donner cet argent, Mase.

Il secoua la tête.

— C'est réglé. Elle ne t'embêtera plus.

Une fois Mase parti, elle n'allait pas se gêner.

— Tu ne peux pas me protéger de tout.

— Je peux te protéger de ma sœur. Et puis merde, si, je peux te protéger de tout. Fais péter les emmerdes, tu vas voir.

Il souriait mais je voyais bien à son regard qu'il était sérieux.

— Mase, commençai-je, mais il posa un doigt sur mes lèvres.

— Je m'en suis occupé. C'est réglé. Elle a peur que tu la traînes en justice. Tu t'es blessée chez elle sur ton lieu de travail, puis on t'a virée à cause de ça. Elle ne te contactera plus. Je pense même qu'elle va soigneusement t'éviter pendant un moment. J'ai été très précis dans ma description de ce que je lui ferais si elle te cherchait encore des emmerdes.

— Je n'allais pas la traîner en justice parce que je suis tombée et que j'ai cassé un miroir.

— Ça elle n'en sait rien, bébé. Et c'est tout ce qui compte.

Sur ce, Mase se laissa rouler par-dessus mon corps pour se relever. Je profitai de la vue sur ses fesses moulées dans son caleçon blanc. Dieu bénisse l'Amérique et le cul de Mase Manning.

— Tu vas lever ton joli derrière et me faire des gaufres ? Parce que si tu continues à me regarder comme si c'était moi le petit déjeuner, je vais finir par retourner sous la couette pour voir exactement ce qui te trotte dans la tête.

J'adorerais qu'il revienne dans le lit pour faire des tas de trucs avec moi. Pour me faire des trucs à moi. Mais je ne voulais pas avoir à le lui demander. Je ne savais pas trop comment m'y prendre. Je savais pourquoi il attendait ça de moi mais quand même… c'était super gênant.

Comment demander à un homme de me toucher ?

Grimaçant à cette idée, je me levai en lui souriant.

— Je vais te les préparer, tes gaufres. Mets un jean au lieu de me déconcentrer.

Mase éclata de rire tandis que je me faufilais dans la salle de bains pour me brosser les dents et me coiffer.

Puis je préparai le petit déjeuner de mon homme pendant qu'il m'observait de l'autre côté du bar.

Mase

Si elle se penchait encore une fois pour me montrer son grain de beauté j'allais devenir fou. J'avais avalé mes gaufres après avoir survécu au spectacle de Reese battant la pâte en débardeur, sans soutien-gorge. Un sacré spectacle. Et voilà qu'elle nettoyait la cuisine en se penchant sans arrêt en avant.

J'avais proposé de ranger, mais elle m'avait expulsé du recoin exigu en me disant qu'elle irait plus vite étant donné qu'elle savait où se trouvaient les choses. À la place, j'avais le droit à une vue plongeante sur son cul et son grain de beauté. Ce grain de beauté m'appartenait.

Je l'adorais.

Merde, j'étais excité. À cause d'elle j'étais chaud comme la braise alors que je m'évertuais à me tenir à carreau. Mais j'avais le souvenir de ce cul entre mes mains et de ces tétons tendus sous ma langue.

Je me détournai en maugréant du plus beau tableau au monde et pris place sur le canapé.

Mon jean était soudain trop serré au niveau de l'entrejambe… Il fallait que je pense à autre chose qu'au corps de Reese.

Premier tue-érection qui me vint à l'esprit : ma mère. Elle allait se demander où j'étais passé. Je devais l'appeler pour tout expliquer. J'avais seulement prévenu mon beau-père. Et comme je n'avais rien dit à ma mère, elle allait avoir des tas de questions. J'étais prêt à lui parler de Reese. J'en avais envie. Ma mère était probablement la personne la plus disposée à m'écouter parler d'elle.

— Ça va ?

La voix de Reese me coupa dans mes pensées et je la vis s'approcher. Avec ses longues jambes et… merde, ses seins remuaient. Il lui fallait un soutien-gorge. Par égard pour moi. L'érection que j'avais réussi à calmer revenait furieusement.

— Oui ça va, la rassurai-je.

Elle se laissa tomber à côté de moi, replia les jambes et se mit en boule contre moi. Au contact de sa peau douce, je me mis à palpiter. Son parfum de cannelle me chatouilla les narines et j'étirai les jambes dans l'espoir de gagner un peu d'espace dans mon jean.

— Ça n'a pas l'air d'aller fort. Tu fais une de ces têtes, observa-t-elle en me prenant le menton dans la main avec tendresse.

— J'essaie de me tenir, bébé. Mais de t'avoir sous les yeux complique la donne, avouai-je.

— Oh, fit-elle à mi-voix.

Puis ses yeux tombèrent sur mon entrejambe et elle étouffa un hoquet de surprise.

Inutile d'essayer de cacher le fait que je bandais. Je n'avais pas connu ce genre de situation depuis le lycée.

Maintenant il suffisait que je jette un œil à Reese pour que ma bite soit au garde-à-vous.

— Tu m'as l'air serré là-dedans, murmura-t-elle comme si quelqu'un d'autre risquait de l'entendre.

— C'est le cas.

Elle prit une autre inspiration, puis posa une main sur ma jambe. J'étais à ça de la supplier de me toucher. Mon cerveau se vidait de son sang en un temps record : tout filait vers le bas.

— Je peux… Je peux te toucher ?

Putain, mais oui !

J'ouvris ma braguette en un temps record et baissai suffisamment mon jean pour libérer mon sexe. Le regard de Reese était si attentif que je manquai d'exploser sur-le-champ.

Du bout des doigts elle suivit l'arête dure qui gonflait mon caleçon. Je ne l'avais pas retiré. Je n'étais pas sûr de savoir jusqu'où elle voulait aller.

— Tu peux la sortir ? demanda-t-elle en levant les yeux sur moi avant de les replonger sur mon entrejambe.

Elle me posait la question comme si la réponse pouvait être négative. Ma bite avait décidé depuis plus d'un mois maintenant qu'elle ne prendrait du service que pour elle. Elle appartenait autant à Reese qu'à moi.

Je pris le temps de scruter son visage pour m'assurer qu'elle était prête. Puis je retirai mon caleçon en guise de réponse à sa question. Je n'avais surtout pas envie qu'elle parte en courant pour s'asperger le visage d'eau à la vue de mon pénis. Ça me détruirait de l'effrayer une nouvelle fois de la sorte.

Sa main s'avança au ralenti jusqu'à ce qu'un doigt caresse le gland dur et les veines qui couraient sur toute la longueur de mon sexe. Je ne respirais plus. L'oxygène refusait d'irriguer mes poumons.

— Dis-moi comment te toucher, susurra-t-elle en remontant vers le gland.

Elle voulait que je cause en plus ?

— Enroule… (J'avalai une goulée d'air.) Enroule ta main autour et fais-la glisser de haut en bas.

Elle s'exécuta. Mon champ de vision se piqueta d'étoiles. Je dus cligner des yeux plusieurs fois pour les faire partir. Je regardai sa petite main sur ma bite et sa main s'immobilisa. Elle leva les yeux sur moi.

— Ça te plaît ? demanda-t-elle d'une voix lourde.

Elle était excitée. Merde, ses tétons pointaient à travers le tissu de son débardeur.

— Tu n'imagines même pas, répliquai-je d'une voix tendue.

Elle resserra son étreinte en remontant vers le gland et écarta les yeux en découvrant le liquide clair qui coulait au sommet.

— Putain, grognai-je en posant ma tête sur le canapé.

J'étais dans une espèce de nirvana dont je n'avais aucune envie de sortir.

— Trop serré ? demanda-t-elle d'une voix innocente.

— Bon sang, bébé, non. C'est si bon, haletai-je.

Elle maintint sa prise et se mit à me caresser plus vigoureusement. La bouche grande ouverte, je m'agrippai au bras du canapé.

— Je continue ? demanda-t-elle tandis que le liquide continuait à suinter de ma bite (et loin de se rebiffer, elle l'avait utilisé comme lubrifiant).

— Tu continues et je vais... exploser.

Elle sourit, la petite coquine. Elle prenait du bon temps. Merde, c'en était presque trop. J'avais envie de me retenir pour en profiter plus longuement. Je n'allais pas la faire flipper en éjaculant partout sur sa main. Pourtant la laisser se retirer pour finir tout seul ne me faisait pas rêver.

Je tournai la tête pour la regarder. Ce fut mon erreur : elle avait pincé sa lèvre inférieure entre ses dents et à chaque friction de sa main ses seins rebondissaient. C'en était fait de moi.

— Je vais jouir, annonçai-je en retirant sa main.

— Attends, non, dit-elle en insistant.

— Bébé, je vais…

Son ultime mouvement de poignet, accompagné de son parfum, eut raison de moi. Je criai son nom en faisant exactement ce que j'avais annoncé. Sa main continua à coulisser et je continuai à jouir. Je me laissai retomber sur le canapé en poussant une sorte de gémissement. Enfin c'est ce qu'il me sembla. Mon cerveau était embrumé et mon corps vibrait d'un plaisir si intense que je n'étais pas sûr de pouvoir remarcher un jour.

Puis sa main s'immobilisa et je pris une immense inspiration.

— Nom de Dieu… c'était dément, m'extasiai-je en regardant sa main menue recouverte de ma semence.

À cette vue, ma bite se remit aussitôt à remuer. Bon sang, j'étais en train de me transformer en vraie bête. Je venais d'avoir le meilleur orgasme de ma vie grâce à cette main.

— Je vais te nettoyer, affirmai-je en remontant mon caleçon puis en me levant pour rajuster mon jean. Je vais chercher un gant de toilette.

Mais elle se leva en souriant.

— Je m'en occupe, me rassura-t-elle avant de me repousser dans le canapé. Tu m'as l'air d'avoir besoin d'un moment.

Et avec ça elle avait de l'humour. Je ris, et elle me gratifia d'un clin d'œil. Un clin d'œil, bordel.

Reese

Je rinçai mes mains sous l'eau chaude en lorgnant mon sourire bête dans la glace. Je l'avais fait. J'avais fait gémir et crier Mase qui avait dû s'agripper au canapé tellement il prenait son pied. Je l'avais fait. Et pas une seule fois je ne m'étais égarée dans ma part sombre. J'avais été totalement absorbée par le spectacle de Mase et la certitude que je lui donnais du plaisir. J'avais l'impression d'avoir plané à dix mille mètres.

Et puis il avait eu cette manière de me regarder, en admiration, comme si j'étais un cadeau merveilleux. Avec lui je me sentais toujours spéciale, mais à cet instant-là je m'étais sentie telle une déesse. Sa déesse.

— Tu m'as l'air bien contente de toi, ironisa Mase de sa voix grave en faisant son apparition dans le miroir derrière moi.

Il affichait un sourire nonchalant et satisfait. Tout ça grâce à moi. Un peu que j'étais contente de moi.

— C'est vrai, avouai-je.

Il écarta les cheveux de mon cou et y déposa un baiser.

— Hum, craquant et sexy, murmura-t-il. Sans oublier bandant.

Je sentis la chair de poule recouvrir ma peau au moment où sa langue entreprit de lécher mon cou.

— J'ai juste un petit problème, dit-il en me mordillant l'oreille.

— Ah bon ?

De ses mains appuyées sur mon ventre il m'attira contre lui.

— Oui. Tu m'as vu jouir sur ta main. Maintenant j'ai envie de te voir jouir sur la mienne, affirma-t-il tandis que ses doigts taquinaient la ceinture de mon short.

On avait déjà essayé. J'avais paniqué. Je n'avais pas envie de gâcher la matinée.

— Et si je ne suis pas prête ?

Impossible de nier à quel point ses doigts effleurant mon bas de pyjama me faisaient trembler d'excitation.

Il s'interrompit un moment, puis sa bouche déposa une traînée de baisers dans mon cou et sur mon épaule.

— J'y ai pensé. Je n'arrête pas d'y penser. C'est à moi de garder le contact avec toi quand je te touche. Ça me donne envie de réessayer, mais cette fois en te parlant tout du long. Je te rassurerais à chaque instant en te rappelant que c'est moi. On peut essayer ?

Mes seins étaient douloureux, l'espace entre mes jambes était en feu. J'en avais envie. Mon corps en avait envie. Et j'aimais Mase. Il en avait envie.

— O.K., répliquai-je.

— Merci, putain, grogna-t-il en me soulevant comme une plume pour me déposer sur le lit et s'allonger à mon côté. Tu sens divinement bon. Quand je suis chez moi, je sens un soupçon de ton parfum la nuit dans mon lit. Ça me titille. Je te veux avec moi, me murmura-t-il à l'oreille tout en glissant une main dans mon short.

Et comme il n'allait pas tarder à le découvrir, je ne portais pas de culotte. Lorsqu'il s'aventura suffisamment loin pour s'en apercevoir, il se figea.

— Bébé, tu ne portes pas de culotte, dit-il de sa voix grave.

Je tournai la tête pour le regarder. Ses yeux avaient la même lueur que quand je le touchais. Son excitation était la même. La moiteur entre mes jambes s'intensifia, au point que j'étais gênée qu'il découvre à quel point j'étais émoustillée.

— Écarte les jambes. S'il te plaît, pour moi. Laisse-moi te toucher. Je veux te voir jouir. Te sentir sur mes doigts. Tu peux me donner ça, Reese ? J'en crève d'envie.

Je déglutis nerveusement.

— Je suis déjà mouillée, bafouillai-je d'une voix mortifiée.

La lueur dans ses yeux s'intensifia et je crus que mon cœur s'était arrêté de battre. Ses doigts glissèrent par-dessus mon bas-ventre jusque dans les plis en contrebas. L'envie pressante que j'avais ressentie à cet endroit pendant toute la matinée était à présent une véritable pulsation et je dus empoigner son bras pour me retenir de me frotter contre le lit.

— Oh putain, grogna-t-il en enfouissant sa tête dans mon cou. Le plus belle chatte du monde est trempée juste pour moi.

Ça lui plaisait. J'aurais dû pousser un soupir de soulagement, mais ses doigts se mirent en mouvement, ne me laissant d'autre choix que de m'arrimer à son bras, et d'empoigner le drap en émettant de petits bruits.

— C'est moi. C'est ma main entre tes jambes. Mes doigts sur ton sexe, c'est moi, bébé. Moi. Tout ça c'est moi. Je prendrai toujours soin de toi. Rien ni personne ne te fera de mal.

Contre mon oreille, sa voix était grave. Tremblante, je m'accrochai à lui. Il voulait que je garde le fil avec lui, et il s'y prenait à merveille. Je n'aurais pas pu être ailleurs en cet instant-là.

— Quand tu seras prête, je vais mettre ma bouche juste là, dit-il en faisant tourner son doigt sur mon point le plus sensible. Je vais lécher cette petite tête d'épingle jusqu'à ce que tu cries et que tu me griffes le dos en jouissant en plein sur mon visage. Tu vas adorer. Je te le jure. Tu vas maintenir ma tête en bas et me supplier de ne pas arrêter. Parce que ce sera moi.

La sensation enflait en moi, je savais ce que c'était. Une fois déjà je m'étais donné du plaisir avant que les choses… n'arrivent. J'avais jonglé avec des fantasmes sur des garçons du lycée dans mon lit la nuit. Mais là, la sensation était plus intense. Semblable, mais plus ample. J'en avais envie. J'en avais envie avec Mase.

— C'est ça, bébé. Offre-moi ton plaisir. Donne-le-moi. Je veux te voir tout lâcher pour moi. Je veux voir ma chérie prendre du plaisir dans mes bras. Tu es si belle.

À ces mots, je lâchai prise, hurlant son nom tandis que mon corps tremblait tout contre lui. Tout du long sa main resta avec moi, me guidant sur les vagues de l'extase. Je scandai son nom. Il me sembla l'entendre au loin.

Il me couvrait de mots doux en me disant que j'étais incroyable.

Je n'avais pas envie de revenir à la réalité. J'aurais pu m'installer dans cet état. Lentement, je redescendis sur terre. Les bras de Mase m'entouraient et sa main était encore lovée sur moi. Il soufflait fort et ses yeux posés sur moi étaient sombres et enflammés.

— Seigneur, tu es sublime, souffla-t-il.

Je clignai des yeux pour le contempler nettement. Je n'étais pas encore en état de parler. Ce n'était pas du tout ce que j'avais vécu dans mon lit étant plus jeune. Mes doigts ne m'avaient pas offert cette sensation. Était-ce normal ? C'était si délicieux, ce devait forcément être dangereux. Pourtant je voulais recommencer. Immédiatement.

— Je n'ai pas envie de retirer ma main. Elle est toute recouverte de toi, et j'aimerais la garder comme ça, dit-il en déposant un baiser sur mon nez. Je n'ai jamais rien vu de si érotique. Je te jure, tu me transportes tellement que je n'y vois plus clair. Si ça ne tenait qu'à moi, je passerais le restant de mes jours dans ce lit à te faire jouir.

Et je le laisserais faire. L'idée me plaisait. Beaucoup.

Mase

Je pouvais mourir. J'étais heureux. Et désolé pour les autres hommes de ce monde qui ne sauraient jamais à quoi ressemblait Reese quand elle jouissait. Moi si. Elle était à moi. Le désir de me tambouriner la poitrine était fort. Je résistai. Mais bon sang j'en mourais d'envie.

Reese sortit de la chambre vêtue d'un short en jean bleu et d'un chemisier jaune pâle noué à la taille. Elle avait l'air jeune et pimpante. J'avais envie de la ramener dans le lit pour m'emparer de toute cette énergie et la regarder baiser ma main comme si sa vie en dépendait.

Mais elle m'avait donné assez pour aujourd'hui. Je n'allais pas la pousser une fois encore. Pas après une matinée si réussie. Non seulement ma technique de la garder avec moi par la parole avait porté ses fruits, mais ça l'avait excitée davantage. Plus je parlais, plus elle grimpait aux rideaux.

Ça suffisait pour le moment.

— Quand est-ce que tu dois partir ? m'interrogea-t-elle.

Ses mots firent irruption dans mes pensées, me rappelant que j'allais devoir la laisser derrière moi.

— Je voulais t'en parler.

Comment lui demander de me suivre à des milliers de kilomètres d'ici ? Ça avait l'air un peu fou mais, honnêtement, ça m'était égal. Pour moi Reese était l'élue.

Elle fronça les sourcils et inclina la tête en attendant la suite.

— Je veux que tu déménages au… Texas… avec moi… dans ma maison.

Pas du tout présenté avec délicatesse.

Sa bouche bée et ses yeux ronds comme des soucoupes me donnaient amplement la preuve que je m'y étais pris comme un pied. Merde.

— Q-quoi ? bredouilla-t-elle.

Je passai les mains sur mon visage en ravalant un grognement de frustration. Elle me faisait raconter des conneries. En sa présence j'étais tellement retourné que je pensais de traviole. Je bafouillais les choses n'importe comment. Je n'avais jamais rien désiré autant que cette femme dans mon lit chaque soir pendant le restant de mes jours.

— Tu n'as pas de travail à part le ménage chez Harlow, et tu n'as pas de famille ici. Tu n'as aucune raison de rester. Je peux te trouver un autre professeur de lecture pour travailler à Fort Worth. C'est la seule chose qui te retiendrait ici. Je te veux avec moi, Reese. Je déteste te savoir si loin.

Ses grands yeux expressifs la trahissaient. L'idée lui plaisait autant qu'elle la terrifiait. La relation était toute neuve. Notre amitié avait près de deux mois, mais en tant que couple, c'était le début.

— Tu me veux là-bas… avec toi, répéta-t-elle d'un air hébété.

— Oui, répliquai-je fermement.

Elle empoigna une mèche de ses cheveux et jeta un regard nerveux à travers la pièce. Puis elle se mit à marcher en rond.

J'attendis. Elle réfléchissait, et je voulais qu'elle ne laisse rien au hasard. Puis je voulais qu'elle acquiesce et qu'on fasse ses valises.

— Tu ne… Il y a tant de choses. J'ai besoin de temps. Nous avons besoin de temps. Je suis installée ici, et j'ai des amis. Jimmy par exemple. J'ai un chez-moi. Tu ne peux pas… On ne peut pas emménager ensemble comme ça. Moi aussi je déteste quand tu t'en vas, mais… Mase. (Elle interrompit ses allers et retours et laissa tomber ses bras le long de son corps comme si elle portait le poids du monde sur ses épaules.) Il y a tellement de choses que tu ne sais pas. Et que je ne suis pas prête à te dire. Tant de choses en moi. C'est noir, c'est… Je n'ai pas envie de t'y entraîner. Mais j'ai besoin de temps. Nous avons besoin de temps. Comme ce matin. Quand tu viens à Rosemary, on peut passer du temps ensemble. Sans oublier nos conversations téléphoniques et quand je te fais la lecture. Et puis j'aime bien le Dr Munroe. Il m'aide et je me sens à l'aise avec lui. Je ne peux pas tout lâcher sous prétexte que j'ai envie d'être avec toi.

Instinctivement, j'avais envie d'argumenter. J'étais fort à ce jeu-là. J'étais parfaitement capable de trouver une raison pour laquelle tout cela n'avait aucune importance.

C'est son regard implorant qui m'en empêcha. Elle ne voulait pas que je parlemente. Elle voulait que je lâche le sujet.

J'allais le faire. Pour elle. Pour l'instant.

— O.K. Mais sache que quand tu seras prête, je le serai moi aussi, conclus-je.

Elle poussa un gros soupir puis me sourit faiblement.

— Merci de vouloir de moi.

J'allais emporter ces mots avec moi au Texas et ils m'écraseraient la poitrine chaque fois que je penserais à eux.

Ma chérie n'aurait jamais dû ressentir le besoin de remercier qui que ce soit d'avoir envie d'être avec elle. Quelque part dans son esprit, elle pensait ne pas être à la hauteur. C'est ça qui me faisait le plus de mal.

Après l'avoir invitée à déjeuner et embrassée pendant plus d'une heure, je me retrouvai sur le pas de sa porte, sur le départ. Une fois encore. Ma vie au Texas m'appelait. Il fallait que je gère le ranch et la vie que je m'y étais faite.

Je la serrai une dernière fois contre moi et lui murmurai à l'oreille :

— Sois prudente. Prends soin de toi. Et pense à moi de temps en temps.

Reese

Je pris la cuiller que me tendait Jimmy et la plongeai furieusement dans le pot de glace au caramel. Il me fallait de la bouffe antidéprime. J'avais le cafard depuis que Mase était parti le matin même. J'aurais pu partir avec lui. Il me l'avait demandé.

Si j'avais dit oui, je l'aurais perdu encore plus vite. Il n'avait pas passé suffisamment de temps avec moi pour réellement me connaître. Il n'avait eu que de petits aperçus. Et que se passerait-il quand mes souvenirs me forceraient à me frotter la peau sous le jet brûlant de la douche en poussant des hurlements ? Il n'avait pas été témoin de ça. Il allait me trouver folle. Parce que c'était assurément le cas.

Parfois le passé s'immisçait dans le présent, auquel cas je perdais un peu les pédales.

Je m'étais bien gardée de lui dévoiler tout ça. Il savait ce qui rôdait en surface, et encore pas entièrement. Il en savait juste assez. Mon passé m'avait marquée au fer rouge.

Il avait détruit ma capacité à être proche de quiconque.

Exception faite de Mase. Je le laissais m'approcher. Et aujourd'hui avait prouvé jusqu'à quel point.

— Tu veux en causer? Ou tu préfères te goinfrer? s'enquit Jimmy avec un froncement de sourcils.

— J'ai pas envie d'en parler, répliquai-je et enfournant une cuiller de glace.

— Le gars arrive tout droit du Texas un mardi soir pour arracher ton chèque des griffes de la vilaine sorcière et s'assurer que tu vas bien, avant de se rapatrier le lendemain pour bosser. Tu devrais plutôt être jouasse, non, au lieu de tirer la tronche et de flinguer le pot de glace à toi toute seule.

Je n'allais pas tout raconter à Jimmy, sans quoi j'allais devoir lui parler de mon passé. Pas ce soir.

— Je déteste quand il s'en va, c'est tout.

— Hum-hum, chérie, comme nous tous. On ne se lasse pas du spectacle, acquiesça Jimmy.

Sa réplique eut le mérite de me faire rire, brièvement. Les filles de Fort Worth n'étaient pas obligées de le regarder partir. Il était sur place. Avec elles. Elles pouvaient le voir et lui parler. Il n'était pas obligé de survoler plusieurs États pour régler leurs problèmes.

— Je ne sais pas où tu es partie dans ta tête, mais s'il te plaît reviens, poursuivit Jimmy en braquant sa cuiller sur moi. Le gars s'est cassé le cul à venir en avion pour toi. Personne d'autre n'en profite. Merde alors, à mon avis il fait une tête d'enterrement dès qu'il met les pieds au Texas. Il garde tous ses sourires rien que pour toi. Il faut bien qu'il repose ses jolies lèvres de temps en temps.

Je ris. De bon cœur.

Jimmy s'adossa au canapé en souriant. Il était content de lui. Lorsque mon téléphone sonna, il se releva d'un coup et me fit un salut militaire.

— C'est ton joli petit cul du Texas. On se voit demain.

Je jetai un œil à mon téléphone, m'attendant à voir les bottes de Mase, mais le correspondant était inconnu. Je ne dis rien à Jimmy.

— Salut Jimmy, et merci.

Il m'envoya un baiser et referma la porte derrière lui.

J'attendais quelques secondes avant de décrocher.

— Allô ?

— Tu crois l'avoir, mais tu te goures. Il me baisait bien avant toi, et il me baisera encore bien après.

Je restai figée, le combiné à l'oreille, bien après que la femme eut raccroché.

Une heure plus tard, Mase m'appela pour me dire qu'il était épuisé, mais bien rentré, et qu'il m'appellerait le lendemain.

Le lendemain matin, je refusai de repenser à cet étrange coup de fil. Ça pouvait être une erreur de numéro. Elle n'avait jamais mentionné Mase. Je chassai l'incident de mon esprit et appelai Blaire Finlay pour prendre rendez-vous. Après quoi je fis les courses et je réglai mes factures de la semaine.

En rentrant, je briquai l'appartement de fond en comble. Au moment de partir pour ma consultation avec le Dr Munroe, je me sentais mieux. Je m'étais ressaisie, et j'avais la certitude que tout se passerait bien le soir même au téléphone avec Mase.

Il me manquait.

C'était tout.

Mase

Je me déshabillai et m'allongeai sur mon lit tout en écoutant Reese me lire son dernier livre. Elle avait l'air ailleurs, ou nerveuse, je n'étais pas trop sûr, et à plusieurs reprises je dus lui donner un coup de pouce. J'allais lui dire d'arrêter à la fin du chapitre deux. L'ouvrage était plus compliqué, et elle avait l'air fatiguée.

— Tu veux que je continue ? demanda-t-elle.

— C'est bien pour ce soir. Tu te débrouilles de mieux en mieux, bébé. Je suis fier de toi.

C'était le cas. Elle lisait déjà à un niveau de CM1. Le Dr Munroe avait expliqué qu'elle avait fait tout son possible pour apprendre à l'école, et que ça avait marché. Mais personne ne lui avait montré comment faire face à son handicap. Maintenant qu'elle prenait la question à bras-le-corps, elle progressait rapidement en mettant en œuvre ce qu'elle avait déjà appris.

— Je n'écris encore pas très bien, mais j'ai rédigé une lettre aujourd'hui. Pas une vraie, mais un exercice pour remercier quelqu'un d'un cadeau. Je me suis trompée sur deux mots seulement. Le Dr Munroe était très content.

La fierté dans sa voix me serra le cœur. J'adorais la savoir fière de ses réussites. Elle le méritait amplement.

— J'attends que tu m'écrives une lettre, l'encourageai-je.

Une lettre que je garderais tout le temps sur moi pour la lire quand j'étais en manque de Reese.

Elle eut un petit rire.

— Je ne suis pas encore prête pour ça. Je dois encore progresser. Je ne veux pas que le Dr Munroe corrige une lettre qui t'est adressée. Je veux te l'envoyer telle quelle.

Tout ce qu'elle pourrait me donner serait toujours la perfection même. Parce que ça viendrait d'elle. Ses mots. Même si elle mélangeait toutes les foutues lettres, c'était comme ça et pas autrement. Parce qu'elle m'aurait écrit, à moi.

— Je me moque qu'il y ait des erreurs, Reese. La lettre viendrait de toi. C'est tout ce qui compte.

Elle poussa un léger soupir.

— Tu es trop adorable.

Je pouvais l'être encore plus si elle voulait. J'avais d'ailleurs bien envie d'essayer. Bon sang, j'avais encore son odeur sur les doigts. J'avais passé la journée à la humer à plein nez.

— Tu es habillée comment, Reese ?

— Avec ton T-shirt, évidemment, répliqua-t-elle d'un ton amusé.

— Va t'allonger sur ton lit pour moi.

Je la testai, j'arrêterais si elle rechignait.

— O.K., souffla-t-elle. J'y suis.

Putain. Génial. Elle jouait le jeu.

— Tu es allongée ?

— Oui, répondit-elle d'une voix tendue, car elle savait ce que je voulais.

— Tu veux bien écarter tes jolies jambes pour moi, bébé ?

Je patientai pour voir jusqu'où elle était prête à aller. Au bout de quelques secondes sa réponse me parvint :

— Oui.

Je sortis mon sexe dur de mon caleçon et enroulai ma main autour. L'image de Reese allongée sur son lit, dans mon T-shirt, les jambes écartées, me donnait envie de foncer prendre l'avion.

— Tu sais de quoi j'ai envie, hein ?

— Oui, susurra-t-elle.

— Tu veux bien ? Tu veux bien te donner du plaisir ?

Elle respirait fort.

— Et toi ? souffla-t-elle.

— Et moi, quoi, bébé ?

— Tu veux bien faire pareil ?

Je souris de toutes mes dents, la main coulissant sur mon érection.

— C'est déjà le cas. Te savoir dans ton lit les jambes écartées dans mon T-shirt m'excite tellement que ça me fait mal.

— Oh, fit-elle en poussant un gémissement.

Nom de Dieu. Elle était en train de le faire.

— Où sont tes doigts ?

— Sur mon… en bas, répliqua-t-elle.

Je fermai les yeux et laissai sa voix et l'image de ce qu'elle faisait me transporter.

— Tu mouilles pour moi ?

— Oh oui, lâcha-t-elle d'une voix saccadée.

— Caresse-toi. Donne du plaisir à ma petite chatte. Je ne suis pas là pour m'en occuper. Fais-le pour moi, que je t'entende. Je veux entendre les bruits que tu fais.

— Ahhh ! cria-t-elle.

Mes mots avaient de l'effet.

— Caresse-moi ton clitoris tout dur. J'ai envie de le prendre en bouche. De faire glisser ma langue sur la partie tendre puis de l'aspirer dans ma bouche jusqu'à ce que tu me tires les cheveux en hurlant mon nom.

— Ohhhh Seigneur, gémit-elle.

— Continue. Pense à ma tête entre tes jambes. Grandes ouvertes pour moi. Je suis en train de te lécher, c'est moi, je suis là avec toi. C'est nous deux, bébé. Tu serres mes cheveux entre tes doigts et j'ai les mains… mes mains sont sur tes cuisses toutes mouillées, écartées, je te respire.

— Mase ! Aaaah !

Son orgasme entraîna le mien. Je l'écoutai naviguer sur cette onde de plaisir. J'aurais aimé être là-bas pour voir ça.

Reese

Pendant la semaine qui suivit, je ne me contentai plus de lire à Mase le soir. Nous terminions nos soirées à faire d'autres choses…

Souriant de mon secret, je mis un soin tout particulier à brosser mes cheveux. J'avais fait le ménage deux fois chez Harlow et rencontré Blaire. Elle allait avoir besoin de quelqu'un trois fois par semaine. Il fallait que je parle à Harlow pour coordonner les emplois du temps de tout le monde. La femme de ménage de Blaire n'avait pas encore pris sa retraite, ce qui nous laissait du temps – deux semaines – pour nous organiser.

Jimmy avait découvert plus tôt dans la semaine que c'était aujourd'hui mon anniversaire. Il avait décidé de m'inviter. J'avais toujours fêté ce jour-là seule. Une fois pour mes sept ans je me souvenais d'avoir eu un gâteau. C'est ma mère qui l'avait fait, et elle avait invité les enfants du quartier. J'avais cru qu'elle faisait ça pour moi et, un court moment, je m'étais sentie spéciale.

Puis, plus tard ce jour-là, je l'avais trouvée dans la salle de bains à genoux devant un des papas. Il disait des choses dont je n'avais pas envie de me souvenir tandis qu'agrippée à ses cuisses elle lui faisait une fellation. Cet homme vivait en face de chez nous avec sa femme et ses deux enfants.

Je m'étais rendu compte que non seulement ma mère faisait quelque chose de mal, mais qu'elle avait organisé la fête d'anniversaire pour se rapprocher de cet homme. Pas pour moi. Mon premier et dernier gâteau d'anniversaire.

Ce soir j'allais me faire de nouveaux souvenirs. Jimmy voulait qu'on sorte danser et manger un gâteau. C'était donc le plan. J'allais fêter mes vingt-trois ans avec quelqu'un qui se préoccupait de moi.

Je fis un pas en arrière pour mieux me voir dans le miroir. J'avais l'impression d'être jolie avec ma robe bustier tombant à mi-cuisse nouée à la taille d'une teinte orange clair qui me faisait penser à un coucher de soleil. J'avais enfilé les bottes de cow-boys que j'avais achetées pour plaire à Mase. Il ne les avait pas encore vues. Je les avais trouvées en solde à moitié prix et je n'avais pas eu à casser toute ma tirelire.

Le coup à la porte fut aussitôt suivi d'un : « Joyeux anniversaire ! »

Je souris et allai ouvrir à Jimmy.

En me voyant, il émit un sifflement et fit virevolter son index pour que je tourne sur moi-même.

— Va falloir que je joue à l'hétéro ce soir pour empêcher la gent masculine de se jeter sur toi. Mazette, chérie, tu t'es fait une beauté.

Je ris et attrapai la pochette que j'avais achetée l'année précédente dans une friperie et que je n'avais pas encore eu l'occasion d'étrenner. Elle était simple, en métal couleur or avec une lanière de poignet.

— Allons danser, lançai-je tandis qu'il calait ma main dans le creux de son bras.

— J'ai le rythme dans la peau, chérie, tu vas voir.

Je n'en doutais pas une seconde.

Nous prîmes la route en direction de la ville au lieu d'en sortir, alors qu'il n'y avait aucun endroit pour danser à Rosemary Beach. Les sourcils froncés, je jetai un œil à Jimmy qui chantonnait *Born in the U.S.A* en tambourinant en rythme sur le volant.

— On va danser où ?

— Ah, un lieu qui s'appelle FloraBama, répliqua-t-il avec un sourire un peu trop large à mon goût.

Il y avait anguille sous roche.

— Mais on roule vers le centre-ville, soulignai-je.

— Ouais, faut que je dépose un truc au country-club d'abord.

Ah, ceci expliquait cela. Je me calai dans mon siège et regardai défiler la petite ville par la vitre jusqu'à ce que nous atteignions l'entrée arrière du club où se garait le personnel. Jimmy guida le véhicule en direction d'une route couverte de coquillages qui semblait mener au rivage.

Allait-il déposer quelque chose sur la plage ?

— Nous y voilà, dit-il tout sourire en ouvrant ma portière. (On ne pouvait pas aller plus loin.) Si tu veux bien te donner la peine de marcher jusqu'à cette lumière là-bas, précisa-t-il en montrant ce qui ressemblait au sommet d'un petit chapiteau derrière des palmiers.

— Tu veux que j'aille déposer quelque chose ?

— Oui. Je veux que tu ailles te déposer toi-même. Joyeux anniversaire, Reese. Tu es sublime. Alors maintenant prends ce chemin, conclut-il avec un clin d'œil.

Sur ce, il reprit place derrière le volant et repartit. Je restai plantée là, à regarder le sentier puis l'emplacement où Jimmy s'était brièvement garé.

Et puis tout à coup la lumière se fit. C'est moi que Jimmy avait déposée. Je pivotai sur mes talons et m'engageai sur le sentier en bois. À mi-chemin, n'en pouvant plus, je me mis à courir. Je savais qui m'attendait à l'arrivée. Je savais auprès de qui il m'avait déposée. Je ne voulais pas perdre une minute.

Une fois sortie du sentier bordé de palmiers, je l'aperçus.

Il était vêtu d'un short en toile et d'une chemise à col boutonné blanche aux manches relevées aux coudes. Il se tenait sous une tenture blanche éclairée à la bougie à côté d'un gâteau d'anniversaire à trois étages d'un joli rose pâle qui scintillait dans l'éclairage tamisé. Des ballons argentés remplissaient la tente.

— Joyeux anniversaire, Reese, lança Mase en me souriant.

Un petit rire m'échappa, mais j'éclatai aussitôt en sanglots et me précipitai dans ses bras.

Il me rejoignit à mi-parcours, me souleva dans ses bras et enfouis son visage dans mon cou.

— Surprise !

Penchée en arrière, je l'embrassai éperdument. Je ne savais pas trop par quel autre moyen exprimer l'émotion qui me traversait. J'étais si émue que j'avais peur de m'embraser de bonheur. Il avait fait tout ça pour moi. Un gâteau et des ballons. Et surtout, lui.

— Comment tu savais que c'était mon anniversaire ? demandai-je même si la réponse était évidente : Jimmy.

J'avais bien pensé à le dire à Mase, mais j'avais peur qu'il imagine que je lui demandais de revenir pour ça. Alors j'avais gardé l'information pour moi.

— C'est toi qui aurais dû me le dire, pas Jimmy. Je ne veux jamais rater ton anniversaire. Jamais.

J'essuyai les larmes de mon visage et souris à cet homme merveilleux qui pour des raisons qui m'échappaient avait envie d'être avec moi.

— Toi et tes mots, fis-je avant de l'embrasser.

Ses grandes mains puissantes s'agrippèrent à ma taille et nous restâmes ainsi longuement à nous dévorer de baisers. Sa présence à mes côtés était le plus beau des cadeaux d'anniversaire. Le gâteau et les ballons étaient un bonus. Mase était parfait.

— Viens, tu vas souffler tes bougies et puis manger ton gâteau, murmura-t-il contre mes lèvres.

— Ça fait beaucoup de gâteau pour nous deux, observai-je.

J'adorais l'idée qu'il nous ait pris un dessert gargantuesque. Mase gloussa de rire.

— Tu pourras en emporter à la maison et on partagera ce qui reste avec des amis.

L'idée me séduisait.

— Je risque de faire ma gourmande, concédai-je en me léchant les babines à la vue du glaçage.

J'allais devoir marcher pendant des jours non-stop pour brûler toutes ces calories. Mase me gratifia d'un clin d'œil.

— Tant mieux. J'ai bien envie de voir ton joli cul se trémousser généreusement.

J'en ressentis une bouffée de chaleur.

Mase planta une bougie au sommet du gâteau et haussa les épaules :

— J'allais mettre vingt-trois bougies, mais Harlow a fait remarquer qu'il y avait trop de vent et qu'elles ne resteraient pas allumées. Alors j'en ai pris une seule.

Il gratta une allumette et se pencha sur la bougie pour la protéger.

— Fais un vœu, bébé.

Je ne pouvais pas rêver de plus… sauf une chose. Mais je savais que les vœux n'effaçaient pas le passé. Ils ne pouvaient pas revenir sur les événements. À la place, je prononçai un merci pour ce qui m'avait été donné et soufflai la bougie.

Mase découpa une grosse part, prit une fourchette et leva les yeux sur moi.

— Viens t'asseoir avec moi, m'invita-t-il en désignant du menton la méridienne blanche qui surplombait le Golfe.

Il s'assit et écarta les bras pour que je m'y installe confortablement. J'étais à moitié sur lui quand ses bras se refermèrent sur moi.

— Cette part de gâteau est beaucoup trop grosse, constatai-je en zieutant le garnissage de couleur rouge.

— On va partager, ouvre ton bec.

J'obtempérai et Mase glissa une cuillerée dans ma bouche. La mousseline du glaçage et la garniture à la framboise étaient un délice.

— Hmmm, m'extasiai-je.

— J'adore te regarder manger. Et te nourrir, précisa Mase.

Il approcha un nouveau morceau de ma bouche mais je secouai la tête :

— Celui-là il est pour toi.

— Le spectacle de ta langue qui lèche tes babines accompagné de tes petits grognements est encore plus divin que de manger du gâteau, dit-il en essuyant le glaçage de mes lèvres.

J'ouvris la bouche en essayant de ne pas éclater de rire tandis qu'il me donnait une nouvelle cuillerée.

— Et hop, la petite langue, fit-il en me contemplant d'un air fasciné.

Je terminai de mâcher et j'avalai enfin en secouant la tête.

— J'ai besoin d'une pause entre les bouchées, protestai-je en riant.

— J'adore tes bottes, dit-il au lieu de me contredire. J'ai envie de te voir avec, toute nue.

Mon achat était donc bien avisé.

— Allez, mange encore un peu. C'est tellement sexy, supplia-t-il en frottant son nez contre mon cou.

Je me tournai vers lui en rigolant :

— En quoi c'est sexy ?

Mase eut un sourire en coin et me caressa le dos avant de me pincer les fesses.

— Pour plusieurs raisons.

— Prends une bouchée, toi aussi, ordonnai-je en lui prenant la fourchette des mains.

Il s'exécuta et je nettoyai le glaçage de ses lèvres d'un baiser.

— Je vois mieux l'intérêt d'en manger moi aussi, maintenant, observa-t-il après mon baiser.

Je me lovai contre son torse, le sourire aux lèvres, et contemplai la vue des vagues qui se brisaient sur la côte. Mes jambes s'emmêlèrent aux siennes, et il continua à me donner la becquée. Je le laissai faire.

Parce que j'aimais cet homme.

Mase

Elle avait fini par déclarer forfait pour le gâteau. Je devais reconnaître que le spectacle de Reese dégustant le gâteau que j'avais choisi pour son anniversaire était particulièrement satisfaisant.

Je me décalai pour qu'elle puisse s'installer entre mes jambes. Je l'attirai contre moi avant de lui offrir son premier cadeau.

— Joyeux anniversaire, claironnai-je en lui tendant le plus gros paquet.

Elle étouffa un hoquet de surprise et lança des regards éberlués entre moi et la boîte.

— Tu m'as fait un cadeau ? Je croyais que c'était toi, mon cadeau, mais ça…

Je l'embrassai sur la tempe en souriant.

— Non, c'est ta fête, et je suis ton seul convive, parce que je suis égoïste et que je te veux pour moi tout seul. C'est ton premier cadeau.

— Le premier ?

Sa réaction me surprit : elle se jeta sur le cadeau qu'elle déchira comme une gamine de cinq ans. La regarder ouvrir ses cadeaux était encore plus enthousiasmant que la dégustation du gâteau, et Dieu sait que cet épisode-là avait été particulièrement excitant.

Elle ouvrit le couvercle de la boîte dont elle sortit le sac à main bleu clair Michael Kors que Blaire m'avait aidé à choisir.

— Il y a un portefeuille assorti, précisai-je.

Elle le palpa avec révérence comme s'il était en or fin et non pas en cuir.

— Ça doit coûter une fortune.

Pas vraiment. Ça aurait pu être pire. Mais j'avais demandé à Blaire de faire pratique. Reese avait besoin d'un sac à main, pas d'un accessoire qu'elle aurait trop peur de porter sur elle.

— C'est un joli sac à main pour remplacer ton sac à dos, expliquai-je.

Elle sourit et le rangea dans la boîte avant de m'embrasser tendrement sur les lèvres.

— Merci. C'est le plus beau cadeau que j'aie jamais eu.

Ce n'était pas tout. Je lui tendis la suite.

— Encore ? Je croyais que tu plaisantais.

— J'étais tout ce qu'il y a de plus sérieux.

Une fois encore elle déchira le papier vigoureusement et je me surpris à regretter de ne pas la filmer pour pouvoir la regarder en boucle.

Le paquet contenait un ensemble de trois pyjamas en soie française. Elle souleva un des shorts, le contempla un instant puis le frotta contre son visage. Elle le reposa et sortit un caraco. Le rose pâle avec la bordure en dentelle.

— Ils sont si doux, murmura-t-elle avec émerveillement.

Un peu. C'étaient les meilleurs.

— J'aime bien te savoir dans mon T-shirt. Mais je sais aussi que tu aimes ton short et ton débardeur parce qu'ils sont doux. Alors je t'ai pris d'autres ensembles douillets pour dormir. Parce que avec moi tu n'auras pas besoin de t'envelopper dans mon T-shirt.

Elle déposa les vêtements dans l'emballage de luxe et poussa un soupir contenté.

— Je ne verrai plus jamais un pyjama de la même manière, tu me gâtes.

Sans souci. J'étais prêt à l'entretenir dans de la soie française aussi longtemps qu'elle le souhaitait. Elle m'embrassa en murmurant « merci » contre mes lèvres. Je lui tendis le troisième paquet cadeau, le plus petit. Il était davantage pour moi que pour elle.

— Dernier, annonçai-je.

Elle l'ouvrit précautionneusement, comme si elle avait peur d'en égarer le contenu.

À l'intérieur se trouvait une simple clé sertie dans du velours.

— C'est la clé de chez moi. Quand tu seras prête, tu pourras emménager.

Elle la souleva et la soupesa dans sa main pendant plusieurs minutes sans rien dire. Puis elle posa enfin les yeux sur moi.

— Un jour, quand tu sauras tout de moi, tu pourras me la redonner. Mais, pour le moment, tu ne sais pas tout. Je ne peux pas accepter.

Elle pensait que la noirceur de son passé allait bouleverser mes sentiments. Rien de ce qu'elle pouvait me dire n'allait changer quoi que ce soit. Je l'aimais.

Mais je n'userais pas de ces mots pour la convaincre. Elle prendrait la décision à son rythme. Je n'allais pas lui forcer la main. Je la voulais dans mon lit, chez moi. Je voulais que ce soit notre chez-nous. Quand elle serait prête. Quand elle aurait envie de moi.

Envie d'un pour toujours.

Reese

Il se comportait comme si mon refus de prendre la clé n'était pas grave. Pourtant j'avais le sentiment inverse. Ma poitrine était toute serrée depuis que je lui avais rendu ce cadeau. Mais il n'en avait plus parlé et n'avait pas l'air fâché.

Il m'avait prise par la main et nous avions marché sur la plage. Il avait réussi à me convaincre d'avaler encore un peu de gâteau, puis nous nous étions enlacés sur la méridienne en contemplant le clair de lune sur l'eau.

Seule ombre au tableau : il ne m'avait plus du tout embrassée. Il avait cessé de me dévorer de ses yeux ourlés pleins de désir. Comme s'il me maintenait à distance alors qu'il était tout contre moi. Alors qu'il se montrait encore dragueur et espiègle quelques minutes plus tôt.

Après l'affaire de la clé, tout avait changé. Mase avait changé.

De retour à l'appartement, il me suggéra d'utiliser la salle de bains en premier. Il irait après. Une fois dans l'intimité de l'appartement, il ne m'avait pas attirée contre lui, submergé d'une vague de désir. Il s'était montré poli et gentil, mais rien de plus.

J'enfilai un des pyjamas qu'il m'avait offerts, celui avec le passepoil argenté, que je trouvais le plus sexy. J'avais besoin de retrouver l'étincelle dans son regard et de m'assurer que je ne l'avais pas perdu en refusant la clé.

Pourquoi ce refus ? J'aurais pu l'accepter sans pour autant l'utiliser. Il ne me l'avait pas offerte en partant du principe que j'allais emménager dans la minute. Il avait pris le soin de le préciser. C'était sa manière à lui de me dire que je pouvais accepter cette offre une fois prête.

Il fallait que je lui parle. Je ne m'y étais pas bien prise. J'ouvris la porte de la salle de bains pour regagner la chambre.

— Non, Cordelia. Je n'y suis pas. Je ne suis pas en ville. Je rentrerai probablement dimanche. Peut-être avant. Je ne suis pas sûr.

Je restai figée, hésitante, derrière la porte. Qui était cette Cordelia ? Mon estomac se noua, et mon cœur se serra en l'entendant dire qu'il envisageait d'anticiper son retour. J'avais vraiment fait n'importe quoi.

— Ce n'est pas ma faute si tu l'as oubliée. Et non, tu ne peux pas entrer chez moi en mon absence. La porte est fermée à double tour… Cord, s'il te plaît. Arrête ton petit jeu. Ne fais pas ça.

Il était agacé. Et il l'appelait « Cord ».

— Je te l'ai dit : je rentre dimanche, conclut-il avant de ranger son téléphone dans sa poche en poussant un soupir.

Je pris plusieurs inspirations profondes. Cela ne voulait rien dire. Cordelia pouvait aussi bien être une collègue de travail ou quelqu'un de sa famille. Ou une amie.

— Qui était-ce ? m'enquis-je en poussant la porte en grand.

C'était plus fort que moi, je voulais savoir.

Mase me dévora lentement des yeux dans mon tout nouveau pyjama. Lorsqu'il arriva enfin à mon visage, ses yeux brillaient de cet éclat qui m'avait manqué.

— J'aime vraiment bien la soie, fit-il en s'approchant de moi.

Je faillis pleurer de soulagement.

Sa main se posa sur ma hanche puis glissa pour empoigner ma fesse.

— Tu n'aimes pas dormir en petite culotte, n'est-ce pas ?

— Non, acquiesçai-je en scrutant son regard sombre et brûlant.

— Ce cul enveloppé de soie me fait totalement craquer. J'ai envie d'embrasser ton grain de beauté. Et le voir dépasser de sous la dentelle. (Il me fit tourner sur moi-même.) Pose les mains sur le canapé et soulève ces jolies fesses pour moi. Je t'en prie, Reese.

Il avait murmuré mon nom si près de mon oreille que son souffle avait chatouillé ma peau. J'obtempérai, encouragée par son grognement ravi.

Sa main glissa le long de mes hanches et de mes cuisses tandis qu'il se mettait à genoux derrière moi. Ses lèvres tendres et sa barbe naissante caressèrent mes cuisses. Il couvrit chacune d'elles de baisers jusqu'à ce qu'il trouve ce fameux grain de beauté que je n'avais jamais vue, mais qu'il semblait tant apprécier.

Le grondement contenté qui sortit de sa gorge lorsqu'il l'embrassa me coupa les jambes. Je m'agrippai au canapé tandis que sa langue léchait le dessous de ma fesse.

— Oh mon Dieu, soufflai-je en me penchant pour mieux m'accrocher.

— Je sens ton odeur. J'ai envie de t'écarter les jambes et de t'embrasser là. C'est moi, Reese. Moi et toi, bébé.

Sa voix était tendue et je savais qu'il me laissait le choix. C'est pour cela que je lui faisais totalement confiance. Il prenait toujours le soin de ne pas aller trop loin et de ne pas m'imposer quoi que ce soit.

— O.K., fis-je, incapable d'articuler un mot.

Je m'attendais à ce qu'il m'écarte les jambes dans cette position, mais il se releva pour me soulever dans ses bras. Mon hoquet de surprise le fit sourire tandis qu'il me portait dans la chambre.

— La place de ma chérie est sur un lit, dit-il, à mi-voix en me déposant sur les draps défaits. Garde les yeux sur moi, tout du long, je ne veux pas que tu me quittes du regard, me recommanda-t-il, l'index et le majeur pointés sur ses propres yeux.

Je hochai la tête. Il caressa l'intérieur de mes mollets avec délicatesse. J'avais déjà du mal à respirer, et voilà qu'il se mettait à jouer avec mes jambes. Qu'allait-il se passer quand il allait positionner sa tête entre mes jambes ?

J'avais réussi à prendre mon pied au son de sa voix au téléphone quand elle m'avait décrit qu'il avait envie de ça. Mais la réalité de la chose était terrifiante. Je serrai la couverture, les yeux rivés sur la main de Mase qui écartait délicatement mes cuisses.

— Les yeux sur moi, Reese, me répéta-t-il de sa voix rauque.

Il était excité. Je le dévisageai et il me fit un clin d'œil.

— C'est mieux. Je veux que tu me fixes de tes jolis yeux bleus. Ne les ferme pas quand je t'embrasse. Tu continues à me regarder, d'accord ?

— Oui, haletai-je.

Il esquissa un sourire et baissa la tête, les yeux toujours rivés sur moi.

— Écarte encore pour moi, susurra-t-il en embrassant mon genou.

Oh mon Dieu.

Je fis mine de fermer les yeux et sentis aussitôt une petite morsure sur ma cuisse. Je rouvris aussitôt les yeux. Mase me sourit.

— Les yeux sur moi. Si tu les fermes encore, je te retourne et je te mords les fesses. En plus j'en ai vraiment envie alors ne me tente pas.

Il allait me mordre si je fermais les yeux ? Oh là là.

Mase déposa une ribambelle de baisers le long de ma cuisse. Ses paupières s'abaissèrent jusqu'à revêtir ce regard ourlé qui me donnait des frissons. Je faisais des petits bruits qui m'étaient parfaitement inconnus. Mais la vue de Mase, la tête entre mes jambes, soulevait une véritable éruption à travers tout mon corps.

Il poussa un grognement lorsque sa bouche arriva à destination et son regard scintilla d'un désir avide juste avant que je ne sente sa langue caresser l'endroit qui palpitait le plus.

Lorsqu'il referma ses lèvres autour de ce petit point et qu'il l'aspira dans sa bouche, je me cambrai, incapable de me retenir, et hurlai son nom.

— Regarde-moi, Reese. Donne-moi tes yeux, bébé.

— Je ne peux pas… ne t'arrête pas, suppliai-je.

Sa langue retourna sur mon clitoris en le caressant de mouvements circulaires.

— Je ne veux pas arrêter. Je ferai ça jusqu'à la fin de mes jours si tu me le demandes, mais j'ai besoin que tu gardes les yeux sur moi. Regarde-moi. Vois celui qui te donne ce plaisir. Reste ici avec moi.

Je rouvris les yeux. Il plongea aussitôt son regard dans le mien. J'adorais ses yeux.

— J'en rêve, de tes jolis yeux, murmura-t-il tout en me donnant du bout de la langue un plaisir insoupçonné.

À chaque coup de langue, je sentais la pression monter en moi. Le point de rupture était proche. Mes jambes tremblaient et mon champ de vision commençait à se brouiller. Le nom de Mase sortait de mes lèvres en cascade sans que je puisse m'arrêter.

— C'est ça, m'encouragea-t-il de son murmure sexy tandis que la chaleur de son souffle caressait la moiteur laissée par sa langue. Offre-moi ton plaisir. Prends ton pied tout contre ma bouche.

À ces mots, je lâchai prise.

Mase

J'avais la certitude que rien ne serait jamais aussi beau de toute ma vie.

Je relevai la tête pour déposer un baiser à l'intérieur de sa cuisse. Tandis qu'elle redescendait lentement des sommets de son extase, je me glissai à côté d'elle et la serrai dans mes bras. Pas un seul instant elle ne m'avait quitté des yeux. Les siens étaient pleins de désir, sans l'ombre d'une crainte, je les avais scrutés attentivement. Quand je lui avais demandé l'autorisation de lui faire un cunni, j'avais conscience de demander beaucoup. J'étais prêt à m'arrêter à la première alerte.

Mais elle était restée avec moi. Aucune ombre du passé n'était venue la hanter. Quand en criant mon nom elle s'était mise à trembler sous moi, je m'étais senti comme le roi du monde.

Ses paupières s'ouvrirent dans un battement léger. Je n'avais pas insisté pour qu'elle les garde ouvertes quand l'orgasme la faisait décoller. Elle s'était laissée submerger par sa jouissance. J'avais adoré sentir la vague de plaisir l'emporter pendant un moment.

Je la serrai fort contre moi et déposai un baiser sur ses paupières. Elle émit un petit son qui me fit penser à un chaton. Presque un ronronnement.

— Mais qu'est-ce que tu m'as fait, Reese Ellis ?

Elle inclina la tête pour me scruter.

— Je crois que c'est plutôt toi qui viens de me faire quelque chose, répliqua-t-elle avec un sourire timide et contenté.

J'enfouis mon visage dans ses cheveux en riant.

— Oh bon sang, si tu savais. Je suis tellement à fond sur toi.

Reese me caressa la tête et emmêla ses doigts à la ficelle en cuir qui servait à retenir mes cheveux en arrière. D'un geste, elle les libéra puis s'amusa avec mes boucles en souriant comme si elle détenait le secret du bonheur.

— J'adore tes cheveux, murmura-t-elle.

— La prochaine fois que j'embrasse ta jolie chatte, je veux que tu plonges tes mains dans mes cheveux, renchéris-je en fermant les yeux tandis qu'elle me massait la tête.

— J'aurais peur de perdre mes moyens et de les tirer.

— Ça serait tellement sexy si tu faisais ça.

Son petit rire me donna le sourire. Nous restâmes enlacés en silence pendant plusieurs minutes. Sa main caressait mes cheveux, me massait la tête. Jamais je ne m'étais senti aussi bien.

— Merci pour cette soirée. De toute ma vie, j'ai le souvenir d'une seule fête d'anniversaire avec un gâteau. Et je préférerais oublier cette journée-là. Mais tu m'as offert un anniversaire de conte de fées. Je me sens privilégiée.

Son aveu me fendait le cœur. Je détestais entendre à quel point cette femme merveilleuse avait été négligée et maltraitée. Elle méritait une vie de conte de fées, alors qu'elle avait vécu un enfer. J'allais passer le restant de nos jours à faire le nécessaire pour que ses fêtes d'anniversaire soient dignes d'une reine. Plus tard, elle aurait tellement de bons souvenirs que tous les mauvais auraient disparu. J'allais passer le restant de mon existence à effacer cette merde.

— C'était toi mon plus beau cadeau, murmura-t-elle en déposant un baiser sur ma joue.

Toute ma colère face à l'injustice dont elle avait souffert s'estompa. Elle était à l'abri dans mes bras. Elle était à moi.

Reese

La sonnerie du téléphone me tira de mon sommeil. Je me redressai en clignant des yeux dans la pièce baignée de lumière. La sonnerie s'arrêta et j'entendis l'eau qui coulait dans la douche. Mase avait laissé la porte grande ouverte. Une invitation à jeter un œil ? Parce que je mourais d'envie de le voir nu sous l'eau.

Le sourire aux lèvres, je repoussai la couverture pour me lever lorsque le téléphone se remit à sonner et vibrer sur le lit. J'aperçus alors le smartphone argenté de Mase qui s'était glissé sous son coussin. Je m'en emparai comme d'une excuse pour aller le retrouver dans la salle de bains pendant qu'il prenait sa douche. Non pas qu'il eût besoin d'une excuse. Connaissant Mase, il en avait autant envie que moi. Je réprimai un gloussement de rire, mais m'arrêtai soudain en pensant que l'insistance de la sonnerie du téléphone pouvait cacher une urgence.

Je posai les yeux sur l'écran. Un SMS était arrivé, de la part d'un certain Major. Je n'avais pas l'intention de le lire, mais mes yeux tombèrent sur les mots « sa petite culotte ».

Je glissai un doigt sur l'écran pour ouvrir le texto.

Cord est passée, persuadée d'avoir laissé sa petite culotte sous ton lit l'autre nuit. Elle voulait absolument la récupérer. Je l'ai laissée rentrer. Mais mec, elle a l'air en rogne contre toi. Tu la baises plus?

Je relus le texto en boucle. Je n'aurais pas dû. Je m'immisçais dans sa vie privée, mais c'était plus fort que moi. Cord. Cordelia. Il l'avait déjà eue au téléphone. Et donc… il la baisait?

« *Sa petite culotte*.»

« *L'autre nuit.* »

Oh Seigneur, j'allais vomir.

Je crevais d'envie de balancer son téléphone contre le mur en hurlant jusqu'à ce que le poids dans ma poitrine disparaisse. Comment pouvait-il faire ça? Le Mase que je connaissais était si bon avec moi. Gentil et attentionné. Il était patient, il prenait soin de moi.

Et il mentait.

Je lui avais fait confiance.

Mon corps devint gourd. À part mon cœur, qui tapait contre mes côtes.

La douche se tut et je sortis enfin de ma torpeur. Je posai un doigt sur le SMS et réfléchis un court instant avant de le balayer pour l'effacer. Puis je reposai le téléphone où il l'avait laissé. Sans même jeter un œil vers la salle de bains, je sortis de la chambre et me réfugiai à l'autre bout de l'appartement. Aculée dans un recoin, j'attendis.

Il allait me chercher. Je ne voulais pas qu'il m'approche. Je ne voulais pas penser aux endroits où il m'avait touchée. Quand il n'était pas ici, il la touchait elle. Elle couchait avec lui.

Tout prenait sens. Pourquoi il était patient avec moi, pourquoi il n'avait pas besoin de coucher avec moi. Il avait tout ce qu'il lui fallait au Texas. Je plaquai une main sur ma bouche pour m'empêcher de hurler de désespoir.

C'en était trop. Je ne pensais pas un jour éprouver ce sentiment. La fin soudaine et brutale de l'amour.

Avant ça, je n'avais jamais aimé, et maintenant que c'était fini, la douleur était insoutenable.

Je ne pourrais plus jamais aimer. Le bonheur qui allait avec était fugace. Ça n'en valait pas la peine.

Sa silhouette se dessina dans l'encadrement de la porte. Il avait enroulé une serviette à sa taille et ses cheveux gouttaient sur sa poitrine nue.

— Reese ? lança-t-il d'une voix inquiète.

Il s'inquiétait beaucoup pour moi. La fille brisée qui avait besoin d'aide. Je ne savais pas lire, pas écrire, pas coucher. Il allait me réparer. J'étais donc ça à ses yeux ? Un chantier ?

— Qu'est-ce qui se passe, bébé ? s'enquit-il en approchant.

Je ne voulais plus qu'il me touche. C'était fini.

— Non ! hurlai-je, les mains tendues en avant. Ne m'approche pas.

Il se figea et me scruta d'un regard que j'aurais encore récemment cru empreint de peur. Mais j'avais changé d'avis. Il ne connaissait pas la peur. Ni la douleur.

— Reese, qu'est-ce qui se passe ?

— Va-t'en, je veux que tu t'en ailles. Ne reviens pas. Je ne veux plus te voir.

Les mains levées, je tournai la tête vers la porte pour éviter son regard. Mon cœur était troublé : il avait cru déceler de la douleur dans son regard. Mais non. J'avais cru voir tant de choses dans ses yeux et je m'étais trompée.

— Bébé, que se passe-t-il? Ne fais pas ça. Ne me repousse pas. Laisse-moi t'approcher.

Il s'imaginait que c'était mon passé. Je le sentais bien dans sa voix. Il s'adressait à la fille brisée. Celle qu'il avait en pitié.

— Je veux que tu partes. Habille-toi et va-t'en!

J'avais hurlé, parce qu'il refusait de m'écouter. Je voulais qu'il débarrasse le plancher. Je n'allais pas pouvoir tenir comme ça pendant longtemps. Le tumulte dans ma poitrine me donnait envie de me mettre en boule.

— Je ne te laisserai pas, Reese. Tu dois me dire ce qui ne va pas. Je peux t'aider…

— Non! Je ne suis pas ton œuvre de bienfaisance. Je m'en sortais avant toi et je m'en sortirai très bien après. Il faut que tu partes! Si tu n'es pas dehors dans les cinq minutes, j'appelle la police.

Mase fit mine de m'approcher. Je me mis à hurler de toutes mes forces.

— Nom de Dieu, Reese, mais c'est quoi le problème? s'écria-t-il à son tour.

Je plantai mon regard dans le sien :

— Toi. C'est toi le problème. Tu ne me conviens pas. Je ne veux plus te voir. Je veux que tu me laisses tranquille. Tu m'as obligée à faire des choses que je n'avais pas envie de faire. Tu m'as touchée à des endroits où je n'aime pas être touchée. Je ne veux plus jamais te voir. Jamais. Va-t'en!

Ces mots me faisaient du mal. C'étaient des mensonges. Il s'en rendrait bien compte, mais j'étais au bord du désespoir. Il refusait de m'écouter et de s'en aller.

Quand il tourna les talons, je faillis m'effondrer. Il allait me quitter.

La prise de conscience que Mase allait disparaître pour ne jamais revenir eut raison de ce qui restait de moi. Je n'aurais jamais dû aimer. Je n'étais pas faite pour l'amour ni pour être aimée. Depuis le temps j'aurais dû le comprendre. J'aurais voulu que la sensation d'engourdissement me submerge, mais elle s'estompait. La perte était en train de me terrasser.

Si seulement je n'avais jamais connu la sensation de croire que j'existais aux yeux de quelqu'un.

Mase réapparut chargé de son sac. Il se dirigea vers la porte sans me regarder puis s'arrêta. Il ferma les yeux fort et poussa un soupir tremblant.

— Je suis désolé.

Puis il ouvrit la porte, resta un long moment immobile. J'attendis qu'il s'en aille et me laisse seule. Une fois encore.

— Quand tu te seras rendu compte de ce que tu as dit et de ce que tu as fait, appelle-moi. J'attendrai. Plus que tout au monde j'ai envie de te serrer contre moi pour t'aider à traverser ça, mais tu refuses que je t'approche. Alors je vais faire ce que tu demandes, parce que je ne peux pas faire tout le travail à ta place. Cette fois-ci, tu vas devoir le faire seule. Mais quand tu te seras rendu compte de ton erreur, appelle-moi, Reese. Je serai là. J'attendrai toute la vie s'il le faut.

Sur ces mots, Mase Manning sortit de mon appartement et de ma vie.

Mase

Lorsque la porte se referma derrière moi, je lâchai mon sac et me pliai en deux, les mains sur les genoux, pour remplir mes poumons d'air. Je me répétai que ce qu'elle avait à affronter était terrible. Mais la quitter… Bon sang, j'en étais incapable. Elle était restée dos au mur dans un état épouvantable, sans que je sache pourquoi.

Chaque inspiration était une torture. J'avais l'impression d'avoir la poitrine prise dans un étau. Mon cœur entier était dans cet appartement. Il me semblait inconcevable de partir sans. Mais si je voulais une place dans la vie de Reese, il fallait qu'elle me laisse entrer. Son passé la hantait. La contrôlait. Ce sale fils de chien qui lui avait fait subir ça. J'avais pensé être capable de la guider et de lui donner suffisamment d'amour pour surmonter les épreuves. Mais j'avais vu ses démons dans son regard.

Je ne servais qu'à faire semblant qu'ils n'y étaient pas. Je ne faisais rien pour aider Reese à les anéantir à jamais. Mon amour n'était pas suffisant. Seigneur, j'aurais tant voulu qu'il soit assez fort pour l'aider. Mais il fallait qu'elle trouve la force au plus profond d'elle-même.

Ce n'est qu'à ce prix qu'elle pourrait accepter mon amour. Mon adoration. Mon désir d'être avec elle et toutes les merdes de son passé. Je voulais tout ça.

Je me redressai en grimaçant de douleur.

Avant de regagner mon pick-up je me dirigeai vers l'appartement de Jimmy. Je ne pouvais pas partir sans m'assurer que quelqu'un prenait soin d'elle. Quand elle aurait besoin de mon aide, il fallait bien que quelqu'un me prévienne. Jamais elle ne le ferait de son propre chef.

Elle ne voulait peut-être plus me voir, mais je savais bien à quel point elle avait besoin de moi. Je frappai à la porte de Jimmy en essayant de prendre une profonde inspiration. En vain.

La porte s'ouvrit et son sourire se mua aussitôt en froncement de sourcils.

— Mase ?

Il attendait quelqu'un d'autre. Je ne voulais pas en savoir plus, étant donné qu'il portait un bas de pyjama de soie rouge et que sa poitrine nue était enduite d'huile.

— Elle veut que je m'en aille. Non, elle m'a donné l'ordre de partir. Mais je veux que tu m'appelles si elle a besoin de quoi que ce soit. Ne la laisse pas souffrir dans son coin. Elle est convaincue qu'elle ne veut pas de moi, mais je lâcherai tout séance tenante pour être à ses côtés.

Jimmy s'affaissa contre la porte, l'air dépité.

— Ben merde alors. Qu'est-ce qui se passe dans sa tête ? Elle est folle de toi.

C'était son passé. Les putains de démons de sa mémoire. Mais je ne pouvais pas lui en parler.

— Si elle a besoin de moi, tu m'appelles. Je viendrai.

Il hocha la tête.

J'agrippai la poignée de mon sac, luttant contre mes émotions. C'était fini. J'étais en train de partir.

— Veille sur elle. Assure-toi qu'elle est en sécurité et qu'elle s'enferme à double tour le soir. Ne la laisse pas faire ses allers et retours au boulot à pied. Prends soin d'elle pour moi, je t'en prie, le suppliai-je.

À cet instant, j'aurais supplié la terre entière. Ses yeux s'emplirent de larmes.

— Merde, cette nana, fit-il en secouant la tête.

— Il y a quelque chose dans son passé, sombre, qu'elle cache. Ça se lit dans ses yeux. Elle t'appellera. Elle t'aime.

Pourvu qu'il dise vrai.

— Quand je serai parti, elle aura besoin de quelqu'un. Sois là pour elle.

Il écrasa ses larmes et hocha la tête.

— D'accord.

— Merci.

Une fois à mon pick-up, je jetai mon sac sur la banquette arrière mais me figeai avant de grimper derrière le volant. Je ne pouvais pas partir sans le lui dire.

Je retournai à la porte à grands pas et frappai. Elle ne répondit pas, mais je patientai.

— Reese, je sais que tu m'entends, affirmai-je à travers la porte. (Je frappai une nouvelle fois, en vain.) Je m'en vais. Tu veux que je m'en aille, ainsi soit-il. Mais sache que je t'aime. Je t'aimerai pour le restant de mes jours. Si tu ne m'appelles pas, je serai quand même au Texas à t'aimer.

J'attendis, mais elle ne s'approcha pas de la porte.

Au bout de plusieurs minutes, je jetai l'éponge. Elle allait me laisser partir.

C'était plus fort que moi : je tambourinai sur la porte une ultime fois en hurlant de toutes mes forces.

— Je t'aime, Reese Ellis ! Je t'aime tellement, nom de Dieu !

J'entendis la porte des voisins s'ouvrir, mais je ne tournai pas la tête. J'attendis une dernière fois devant sa porte dans l'espoir qu'elle m'ouvre.

En vain.

Reese

Neuf semaines plus tard

Quand j'ouvris la porte Jimmy m'attendait de l'autre côté, un cappuccino dans chaque main. Autrefois, ce spectacle était réconfortant. À présent plus rien ne me réconfortait. Les cauchemars de mon passé m'affectaient avec une vengeance renouvelée. J'avais perdu le sommeil. Je tenais le coup au travail grâce à un cappuccino le matin et une tasse de café dans l'après-midi.

— Tu es prête, ma belle ?

Je hochai la tête et attrapai mon sac à dos.

— Ouais, fis-je en prenant la tasse qu'il me tendait.

— Je te déteste. Je veux ta peau. Ce n'est pas juste que tu sois bronzée comme ça, se lamenta Jimmy.

— Je travaille en extérieur en plein soleil. C'est normal, lui rappelai-je en levant les yeux au ciel.

Il se plaignait de mon bronzage au moins deux fois par semaine.

— Tu bronzes et tu mates des beaux gosses brandir des clubs de golf. Décidément je ne bosse pas au bon endroit, rouspéta-t-il.

Nous savions tous les deux que Darla ne voulait pas qu'il travaille sur le terrain de golf du Kerrington Club. Toutes les femmes craquaient sur Jimmy. Il était serveur, et des hordes de clientes flirtaient avec lui et l'abreuvaient de pourboires. Sur le terrain de golf, il aurait eu moins de succès. Quelques femmes jouaient au golf, mais elles restaient minoritaires. La plupart optaient pour le tennis. Au golf, les hommes étaient rois.

— On crève de chaud, les hommes sont en short et en polo. Ce n'est pas ce qu'il y a de plus sexy. Tu ne rates pas grand-chose.

Jimmy ouvrit sa portière en levant les yeux au ciel.

— Chérie, j'ai vu le joli petit cul de Rush Finlay dans cette tenue. Ça mérite amplement un baquet d'eau glacée dans la culotte.

— Jimmy ! m'écriai-je en riant malgré moi de ses expressions imagées.

Je me laissai tomber sur le siège passager, posai mon sac à dos sur le plancher, puis ma tasse dans le porte-gobelet pour attacher ma ceinture. Mes trajets étaient facilités par le fait que nous travaillions désormais au même endroit. Jimmy avait fait le nécessaire pour que nos emplois du temps concordent.

— Avec moi pas d'esbroufe, ma chérie, répliqua-t-il en se calant derrière le volant.

Parfois Jimmy se comportait de la sorte dans le seul but de me faire rire. Il y arrivait rarement, et depuis peu. Mais je devais lui reconnaître une chose : maintenant que Mase Manning était sorti de ma vie, Jimmy me suivait comme mon ombre.

Je ne pouvais aller nulle part sans le prévenir. Il paniquait dès qu'il ne savait pas où j'étais, et il restait toujours tard avec moi. Pendant un temps, il était même resté à me tenir la main le temps que je m'endorme. Il n'en parlait jamais, mais je savais qu'il tentait de se substituer à mes rendez-vous téléphoniques nocturnes. Ceux qui n'avaient plus lieu du tout.

J'avais arrêté de faire le ménage chez les Carter parce que je ne supportais pas de voir des gens qui me rappelaient Mase et parce qu'il risquait de leur rendre visite à tout moment. Je n'étais pas sûre de savoir comment y faire face. J'avais également prévenu Blaire Finlay que je ne pourrais pas travailler pour elle. Les Finlay aussi me faisaient penser à Mase.

Quand je m'étais retrouvée sans emploi, Jimmy m'avait proposé de m'occuper de la voiturette à boissons du terrain de golf. C'est alors que je lui avais parlé de ma dyslexie, et il m'avait aidée à remplir ma candidature. Quand il m'avait demandé si je souhaitais lui faire la lecture le soir, j'avais fondu en larmes avant de m'enfermer dans ma chambre. Il n'avait pas eu besoin de me demander pourquoi. Il était loin d'être bête.

— Thad vient encore souvent pendant tes services? s'enquit-il.

Je poussai un soupir en reculant contre l'appui-tête.

— Thad joue souvent au golf. Il ne vient pas seulement pendant que je travaille.

Jimmy eut un petit rire amusé.

— Raconte-toi des histoires si tu veux, ma poulette. Mais le blondinet ne joue jamais à moins d'être avec

Woods ou Grant. Je ne l'ai jamais vu s'entraîner tout seul. Jusqu'à ce que tu enfiles ton petit uniforme et commences à distribuer des bières.

Je ne voulais pas penser à Thad qui venait pour me voir. Je ne voulais pas qu'on vienne me voir. Pas dans cette optique.

Je t'aime, Reese Ellis !

Ce cri écorché, si fort que les voisins l'avaient entendu, avait pris ses quartiers dans ma poitrine. Tout le reste était parti. J'avais du mal à ressentir la moindre émotion. Ce n'est que la nuit venue, quand le passé venait me torturer, que je me mettais à pleurer et hurler.

Au cours des neuf dernières semaines, j'avais eu des moments de faiblesse. J'avais presque réussi à me convaincre que j'avais rêvé le fameux SMS. Et quand je n'y croyais plus, j'essayais de me convaincre que je pouvais supporter l'idée qu'il couche avec d'autres. Que l'avoir dans ma vie serait suffisant. Je lui pardonnerais d'avoir besoin de sexe au point d'aller voir ailleurs.

Puis, quand j'étais au plus bas, je m'en voulais d'être si fêlée. D'être incapable de lui offrir ce dont son corps avait besoin. Je l'avais poussé dans les bras d'une autre.

Pourtant il m'aimait. Il l'avait hurlé de toutes ses forces.

Après des semaines de silence, j'avais accepté le fait qu'il était passé à autre chose. Je l'avais repoussé, et il était parti. Pas de gaieté de cœur, mais il était parti. À présent, quelqu'un d'autre, probablement Cordelia, prenait soin de ses besoins. Elle l'aimait, lui donnait le sourire, était tout ce que j'avais été incapable de représenter pour lui.

Alors je vivotais. Chaque matin, je me levais et je survivais à ma journée. Chaque nuit, je survivais aux cauchemars. Et rebelote un jour après l'autre.

Seule.

Parce que je l'avais fait partir.

— La Terre à Reese. Tu étais partie où, ma puce ? Je t'ai posé une question.

Je chassai Mase de mes pensées. Il reviendrait m'occuper l'esprit plus tard.

— Désolée, tu m'as demandé quoi ?

— Je t'ai demandé si tu voulais passer ton code demain étant donné que tu ne travailles pas.

Le Dr Munroe m'aidait à plancher dessus depuis deux semaines. J'étais fin prête.

— Oui, ce serait bien.

Cette perspective ne me donnait aucun entrain. Autrefois, je m'étais pensée incapable de conduire une voiture. Et voilà que je touchais presque au but. Pourtant je ne ressentais aucune joie. Parce que la seule personne que je voulais à mes côtés, avec qui partager ça, n'était pas là.

Je l'avais repoussé. J'avais trop aimé. Avec un corps et un esprit brisés j'avais aimé complètement. Mais il lui fallait bien plus qu'un corps et un esprit brisés.

Des images de lui caressant une femme sans visage, lui faisant des choses, me réduisaient en miettes chaque fois que je m'aventurais à y songer. Je voulais me sentir entière. Je voulais lui suffire.

— Cache ta joie, fit Jimmy avec sarcasme. Je risquerais de devoir garer la voiture le temps que tu te calmes.

Je le gratifiai d'un sourire forcé.

— Ça ne marche pas avec moi, ta façade à la con, Reese, répliqua-t-il.

C'est ce que j'étais devenue : une façade à la con.

Mase

J'abattis la hache sur le rondin de bois dont j'avais besoin pour réparer la clôture. Mais je ne pouvais plus m'arrêter. Je levai la hache, l'abaissai et esquintai le morceau parfait que je venais de découper. Et puis je m'acharnai. Encore et encore.

Je ne sais pas trop à quel moment je commençai à crier, mais lorsque je relevai la tête, je découvris ma mère, les mains sur les hanches, qui me scrutait d'un air désapprobateur. J'avais dû y aller un peu fort.

Merde.

Elle avait attendu que je craque. J'avais fait attention à rester impassible tant qu'elle m'avait à l'œil. Se débarrasser de Maryann Colt quand elle était persuadée que vous aviez besoin de parler était quasi impossible.

Je lâchai ma hache et posai les yeux sur les débris de bois qui n'étaient désormais plus bons qu'à alimenter la cheminée. Je les avais pulvérisés. J'allais devoir dégoter un autre rondin pour réparer cette foutue clôture.

— Je suis à peu près sûre que ce rondin ne t'avait rien fait, observa ma mère, un sourcil relevé.

Je restai silencieux, me contentant de m'asseoir sur les talons pour ramasser les éclats de bois.

— J'en ai ma claque, Mase Colt Manning. Ça fait des semaines que tu es l'ombre de toi-même. Et voilà que tu te mets à hurler en défonçant un rondin de bois à la hache ? Il va falloir me parler. Tu me donnes des crises de panique. Je m'inquiète pour toi.

Pendant neuf semaines, j'avais réussi à vivre sans mon cœur. Ce n'était pas une vie. Ma vie appartenait à une femme qui ne voulait pas de moi. Ça s'appelait vivoter, une existence vide.

Je n'avais pas parlé de Reese à ma mère, mais Harlow l'avait fait. Ma mère m'avait interrogée sur Reese une semaine après que Reese m'avait repoussé. La simple mention de son prénom avait été si douloureuse que j'avais quitté la table d'un bond. Ma mère n'était jamais revenue sur le sujet.

Maintenant il fallait qu'elle sache. J'avais besoin de lui parler de Reese. Je voulais en parler à quelqu'un. Remplir le vide de mes souvenirs d'elle.

— Je l'aime, fis-je simplement.

Ma mère haussa les deux sourcils.

— Ça, j'avais déjà compris mon chou. Tu as un peu vendu la mèche quand tu as décanillé comme un damné le jour où je t'ai interrogé sur elle.

— C'est toute ma vie, maman. Reese. C'est la bonne, mais elle ne veut pas de moi.

À ces mots, une douleur fulgurante me transperça. Je grimaçai, incapable de le cacher à ma mère.

— Dans ce cas c'est une imbécile, observa-t-elle avec toute la conviction d'une mère qui aime son fils.

— Non. Elle est fantastique. Elle est magnifique. C'est un rayon de soleil… Elle… Sa vie, en grandissant…

Je m'interrompis pour ravaler la bile qui me montait à la gorge à la seule idée de ce qu'elle avait traversé. De ce que ma chérie avait souffert.

— C'était terrible, maman. Noir. Aussi noir et tordu qu'on puisse l'imaginer. Mais ce n'est pas une imbécile.

Le visage de ma mère se décomposa. Je voyais bien qu'elle retenait ses larmes.

— Oh, bébé. J'aurais dû me douter que quand mon garçon au grand cœur tomberait amoureux, ce serait de toute son âme. Tu n'as jamais fait les choses à moitié. Dès tes premiers pas, tu t'es mis à courir. Dès tes premiers mots, tu as chanté une chanson. Et à l'école, tu ne te contentais pas de défendre les laissés-pour-compte, tu t'es fait expulser après avoir flanqué une bonne correction à une petite brute. Tu n'as jamais rien fait à moitié, mon chéri. Tu entreprends tout avec une telle détermination que personne d'autre n'est à la hauteur.

Elle contourna les débris de bois pour s'agenouiller à côté de moi. Je sentis mes yeux s'embuer tandis qu'elle prenait mon visage entre ses mains pour me contempler d'un regard empreint d'amour et de douleur. Ma mère était comme ça ; elle souffrait pour moi.

— Tu es un homme bon. Le meilleur. J'aime ton beau-père, mais il n'a pas ton cœur. Tu es la meilleure chose que j'aie faite de ma vie. Je ne pourrai pas faire mieux que toi. Être ta mère est un cadeau qui m'apporte de la joie chaque jour de ma vie. Je mourrai en sachant que j'ai laissé sur terre un homme qui fait le bien autour de lui. (Elle se tut, et je sus qu'un « mais » allait suivre.) Mais, pour la première fois de ta vie, je te regarde te laisser détruire par une autre personne. Ton sourire et ton rire me manquent. Je veux les retrouver. Tu ne t'es jamais laissé démonter par le moindre obstacle. Pourquoi maintenant ? Si tu l'aimes, alors va la chercher. Aucune femme saine d'esprit ne peut refuser ce visage.

Je tendis la main pour essuyer les larmes qui coulaient sur les joues de ma mère.

— J'ai besoin de la laisser venir à moi. Si je veux un avenir avec elle, il faut que cela vienne d'elle. Je me suis toujours battu pour ce que je voulais et j'ai surmonté les épreuves, mais rien ni personne n'a jamais autant représenté pour moi. Je ne peux pas m'y prendre de la même manière avec elle, maman. Je l'aime. Je ne veux pas la forcer à faire quoi que ce soit. Pas même m'aimer. Elle doit faire ce chemin toute seule.

Ma mère laissa échapper un sanglot et m'attira dans ses bras. Je fermai les yeux en refoulant l'émotion qui me submergeait. La dernière fois que ma mère m'avait vu pleurer, j'avais trois ans et je venais de me casser le bras en chutant d'un trampoline. Même quand Harlow luttait dans le coma, j'avais pleuré seul.

Je ne me remettrais jamais de la perte de Reese. Si elle ne me revenait pas, j'allais être anéanti pour le restant de mes jours.

Reese

Une nouvelle semaine passa, à laquelle je réussis à survivre. Je me limitai à ça, survivre. J'avais l'impression de me perdre un peu plus chaque jour. Les horreurs de mon passé prenaient graduellement le contrôle. Les progrès que j'avais effectués au cours des deux dernières années qui avaient suivi mon départ s'étaient envolés. Je n'arrivais plus à maintenir à distance les souvenirs liés à mon beau-père.

Bientôt j'allais devoir consulter. Je ne dormais presque plus, si ce n'est de manière agitée. Je perdais du poids et il m'était désormais impossible de camoufler les poches sous mes yeux. J'avais besoin d'aide.

La seule chose qui me retenait était la perspective d'avoir à parler de Mase.

Je ne pouvais pas aborder le sujet, c'était trop douloureux.

— Reese Ellis ? s'enquit une voix de femme.

Je posai les bières que j'étais en train de charger dans la glacière de la voiturette et me retournai.

Une dame séduisante d'un certain âge aux cheveux noirs qui s'enroulaient en un carré sur ses épaules m'étudiait du regard. À l'évidence, elle n'était pas membre du country-club. Avec son jean et ses bottes usés, elle ne ressemblait en rien aux clientes du coin. Sans oublier le chapeau de cow-boy posé en arrière sur sa tête, qui trahissait clairement le fait qu'elle n'était pas à sa place.

— Oui ? répliquai-je.

Pendant un instant elle resta silencieuse et impassible, à m'observer. Elle ne me fusillait pas à proprement parler du regard, mais elle donnait l'impression qu'elle avait envie de me secouer.

Je jetai un œil alentour. Nous étions seules.

— J'imaginais bien que vous deviez être magnifique, car comme chaque fois que mon fils fait quelque chose, il voit les choses en grand, commenta-t-elle avec un petit sourire triste.

J'ignorais ce qu'elle racontait ou à qui elle pensait s'adresser et des remerciements ne me semblaient pas vraiment appropriés.

— Ces gros cernes et ce regard vide me montrent tout ce que j'ai besoin de savoir. Alors laissez-moi vous dire ce que vous avez besoin de savoir, poursuivit-elle en faisant quelques pas dans ma direction. J'ai vu mon fils se battre victorieusement pour tous ceux qu'il aimait. À l'âge de sept ans, il a découvert que son cousin se faisait brutaliser à l'école. Un jour j'ai dû aller le chercher en colle parce qu'il avait attaché un gamin à un poteau avec du gros scotch. J'étais horrifiée. Jusqu'à ce que je comprenne que le gamin en question était celui qui tabassait son cousin, l'insultait et le faisait tomber dans les couloirs. Ce jour-là, cette brute avait enfoncé la tête de son cousin dans la cuvette des toilettes, remplie d'urine, et tiré la chasse d'eau. Après l'épisode du gros scotch, plus personne n'a levé le petit doigt sur son cousin.

« Quand il a eu dix ans, la bibliothécaire de son école, qui lui apportait des cookies tous les jours et lui mettait toujours de côté les meilleurs livres, a été licenciée parce que la commission scolaire n'avait pas assez d'argent pour une bibliothécaire à plein temps. Mme Hawks avait plus de soixante-dix ans, mais elle adorait les élèves, tout particulièrement mon fiston. Alors mon chéri a rédigé une pétition et incité plusieurs entreprises de la ville à faire des promesses de fonds. Mme Hawks n'a pas perdu son emploi. Il a même recueilli tellement d'argent qu'elle a été augmentée.

« Quand il a eu dix-neuf ans, il a découvert que sa petite sœur avait eu le cœur brisé par un garçon qui se souciait uniquement de la célébrité de son père. Il m'a demandé l'autorisation de rendre visite à sa sœur, et j'ai accepté. Le gamin qui lui avait brisé le cœur a retrouvé son pick-up à l'extérieur de la ville tout au fond d'un plan d'eau.

Elle s'interrompit d'un petit gloussement de rire.

— Mase Colt Manning se bat pour ceux qu'il aime. Il est comme ça. Et je sais qu'il a essayé de se battre pour toi. Il voulait surmonter tes épreuves. Et du peu que j'ai découvert, je me suis rendu compte qu'il envoyait un chèque tous les mois au Dr Astor Munroe d'un montant que je préfère ne pas divulguer. Il reçoit des rapports hebdomadaires de ce professeur sur les avancées d'une certaine Reese Ellis. Il se bat pour toi. Ce qui veut dire qu'il t'aime. Le problème est que mon chéri fait toujours les choses en grand. Alors quand il a décidé de tomber amoureux, il n'a pas fait semblant.

Elle se tut et me montra du doigt. Je reconnus son fils dans le regard déterminé qu'elle posa sur moi. Comment avais-je fait pour ne pas m'en rendre compte immédiatement ?

— À présent il a besoin de quelqu'un qui se batte pour lui. Parce qu'il s'est égaré. Il est l'ombre de l'homme que j'ai élevé. Il traverse la vie sans aucune joie, parce qu'il m'explique qu'il l'a perdue avec son cœur. Avec toi. Alors si tu l'aimes ne serait-ce qu'une infime portion de ce qu'il t'aime, bats-toi pour lui. Il le mérite plus que n'importe qui. Il est grand temps que quelqu'un se batte pour lui.

Une goutte s'écrasa sur mon bras. Je portai la main à mon visage : il était baigné de larmes. Mon cœur était encore vivant, et il se tordait de douleur en entendant la mère de Mase m'expliquer à quel point il avait besoin de moi. Il souffrait à cause de moi.

Je me fichais de ce texto. De l'autre femme. Si Mase avait besoin de moi à ses côtés, je répondrais présente. Je me battrais contre cette Cordelia. Je me battrais de toutes mes forces.

— Où est-il ? demandai-je.

— À la maison. Il pense que je suis en train de rendre visite à ma sœur à San Antonio.

— Comment je fais pour le joindre ? Où est cette maison ?

Un sourire illumina son visage.

— Je peux t'y accompagner.

Je refermai le couvercle de la glacière.

— Je vais prévenir mon patron que je m'en vais. Après quoi je serai prête à partir.

— À propos, je m'appelle Maryann Colt, dit-elle en me tendant la main. Et c'est un plaisir de rencontrer la femme dont mon fils est amoureux. J'étais inquiète, mais je vois qu'il a fait le bon choix.

Son approbation m'emplit d'une chaleur que je n'avais pas ressentie en dix semaines, deux jours et cinq heures.

Mase

— O.K., je suis un gros con, j'avoue, parce que cette affaire est en train de me bouffer, commença Major en entrant dans la grange, une selle en équilibre sur son épaule.

Je continuai de bouchonner mon appaloosa, Kryptonite, en ignorant son bavardage. Il me restait encore à nettoyer la stalle de l'étalon et je n'avais pas le temps de gérer Major et ses histoires.

— Je saute Cordelia. Ça fait deux mois que ça dure. Elle est hyper douée pour sucer. Désolé, mais j'ai des besoins, et quand elle m'a dragué, je l'ai laissée me tailler une pipe. Après quoi je l'ai retournée sur le tréteau et je l'ai sautée. Un moment de faiblesse. J'avais envie de baiser et elle se pavanait avec son short en jean qui montre à moitié son cul et un haut qui cachait à peine ses nibards. Elle est bandante, mec. Je t'ai demandé si tu te la faisais encore, et tu n'as pas répondu. Alors je me suis dit que ça n'avait pas d'importance.

C'était donc pour ça que Cordelia m'avait foutu la paix. J'aurais dû dédommager Major.

— Ravi qu'elle te rende service, répliquai-je en caressant Kryptonite avant de le conduire dans la stalle que je venais de nettoyer.

— Donc tu t'en fous que je la saute ?

— Tu me rends un fier service. C'était impossible de lui faire entendre que c'était fini.

Major poussa un soupir de soulagement.

— Dieu merci. J'ai cru que tu étais de mauvais poil parce que je t'avais piqué ton plan cul.

Je ne répondis même pas à ce commentaire, c'était inutile.

— Le jour où elle est passée récupérer sa petite culotte, j'étais déjà à deux doigts de me la faire. Bon sang, avec sa minijupe, on aurait dit une actrice de porno. Je t'ai appelé, puis envoyé un texto, mais tu n'as pas répondu. Sur le moment, je n'ai rien fait. Mais le lendemain, quand elle s'est pointée à la grange, je l'ai sautée. Cette semaine-là, tu n'es même pas sorti de chez toi. Tu étais d'une humeur de dogue.

Le timing était parfait. Il avait commencé avec elle quand j'avais vraiment besoin qu'elle dégage. Je n'imagine même pas ce que j'aurais été capable de lui dire si elle avait continué son manège. Je ne voulais plus d'elle, mais ce n'était pas une raison pour lui faire du mal, elle ne le méritait pas.

— Tu étais passé où ce week-end-là, d'ailleurs ? Quand je t'ai envoyé le SMS ? Tu es revenu en rogne contre la terre entière. Et depuis tu déconnes. Tu étais à Rosemary Beach ? Tu as vu cette nana ?

Je n'avais pas envie de parler de ça avec lui.

Minute. Quel SMS ?

Le monde autour de moi se figea, et ma poitrine vide devint lourde comme du plomb. Pitié, mon Dieu, non, dites-moi que ce n'est pas ce que je pense.

— Major, fis-je d'une voix incertaine.

Voulais-je vraiment la réponse ? Étais-je prêt à vivre avec ?

— Ouais ?

— Quel SMS ? bafouillai-je avant de changer d'avis.

— Celui que je t'ai envoyé sur Cord et sa culotte sous ton lit pour savoir si tu la baisais toujours.

Non… non… non…

— Major, je n'ai jamais reçu ce texto. Tu l'as envoyé quand ?

— Je t'ai dit…

— Non. J'ai besoin de connaître le jour et la date de l'envoi de ce putain de SMS ! hurlai-je.

Les chevaux se mirent à hennir, et mon cœur battait à tout rompre, une lourdeur compressant mes poumons.

— Ohé merde, je vais vérifier, du calme, marmonna-t-il en sortant son téléphone pour faire défiler les messages.

— Euh… le 29 juin à 21 heures. J'ai appelé deux fois avant. Pas de réponse.

Je laissai tomber tout le matériel par terre et gagnai la porte. Je me mis à marcher et à m'éloigner le plus possible de Major jusqu'à ce que ma maison disparaisse à l'horizon.

Puis je levai la tête vers le ciel et poussai un rugissement de colère.

Elle avait lu ce SMS. C'est ça qui l'avait poussée dans ses retranchements, à me regarder comme si elle s'était brisée en mille morceaux. C'est un putain de texto qui me l'avait arrachée.

Reese

Maryann Colt avait parlé sur tout le trajet depuis l'aéroport. Elle avait dormi pendant tout le vol. Je n'avais pas été en état de faire quoi que ce soit, si ce n'est regarder par le hublot. Mes pensées s'agitaient autour de Mase et du garçon qu'elle avait décrit, qui correspondait exactement à l'homme dont j'étais tombée amoureuse. Un simple texto m'avait fait tout remettre en question. Après tout ce qu'il avait fait pour me montrer à quel point il m'aimait, et je ne lui avais pas laissé la possibilité de s'expliquer.

Je n'avais pas été son œuvre de bienfaisance. Il n'essayait pas de me réparer. Il se battait pour moi parce qu'il m'aimait.

Il n'était même pas au courant pour le SMS. Je l'avais supprimé avant de remettre son téléphone à sa place. Il ne se doutait pas de ce qui avait basculé ce matin-là. Et maintenant j'allais débarquer chez lui sans prévenir. Ce n'est pas parce que sa mère disait qu'il me voulait dans sa vie que je n'allais pas devoir me battre pour lui.

Il avait très bien pu continuer sa vie ailleurs. Peut-être Cordelia lui tenait-elle chaud la nuit. Je préférais ne pas y penser.

À la place, j'écoutais Maryann. Il valait mieux que je me concentre sur ses paroles que sur ce qui m'attendait. Quoi que ce soit au final, je me battrais. Mase l'avait fait pour moi. C'était à mon tour.

— Sa maison est un peu plus haut sur cette route. Il est peut-être au lit à l'heure qu'il est. Il est tard, et il a pris l'habitude de se coucher directement après le dîner. S'il ne répond pas à la porte, frappe à la fenêtre sur la façade gauche de la maison. Je vais te laisser terminer à pied. Je ne veux pas qu'il voie mon pick-up. À toi de jouer, maintenant. Va montrer à mon fils qu'il vaut la peine qu'on se batte pour lui.

J'ouvris la portière et descendis d'un saut.

Maryann montra la route de terre éclairée par la lune.

— Suis ce sentier. Il te mènera à sa porte.

Je fis quelques pas dans la direction indiquée avant de me retourner. Je la surpris à s'essuyer les yeux.

— Merci. Je sais que vous l'avez fait pour lui. Mais moi aussi vous m'avez sauvée.

Je n'attendis pas sa réponse. Je gravis la colline en direction du toit que je distinguais au loin. Les tuiles métalliques accrochaient les rayons de la lune. Je suivis cette lueur. Pour la première fois depuis des mois, mon cœur battait la chamade. J'allais le voir. J'allais voir Mase.

Si Cordelia était chez lui, j'allais rester calme et éviter de lui arracher les yeux. Mais plus je m'approchais de chez lui, plus je me rendais compte que je ne pourrais pas *ne pas* me jeter sur elle si elle le touchait. S'il l'avait touchée.

J'allais me rendre malade. Il ne fallait pas que je pense à ça.

Un pick-up noir semblable à celui de sa mère était garé devant la maison. C'était le seul véhicule. J'eus envie de pousser un soupir de soulagement : la bagarre avec Cordelia pouvait attendre. Pour le moment, j'allais faire le nécessaire pour qu'il me pardonne.

Arrivée en haut du perron, je me figeai. Sans Maryann pour m'encourager, j'étais pétrifiée. Mais j'étais arrivée jusqu'ici. Pour la première fois de ma vie j'avais pris l'avion et quitté le seul endroit dans lequel je me savais en sécurité. Pour faire face à un homme que j'avais expulsé de ma vie.

La dernière fois que j'avais entendu sa voix, il m'avait hurlé à travers la porte qu'il m'aimait.

Était-ce encore le cas ? Avais-je attendu trop longtemps ?

La porte s'ouvrit en coup de vent avant même que j'aie pu m'en approcher pour frapper, dévoilant Mase torse nu. Les ombres dissimulaient son visage, mais je reconnus son torse. Et son caleçon. Le moment était venu de dire quelque chose. Mon corps entier semblait s'être figé.

— Je suis venue me battre pour toi, bafouillai-je avant d'éclater en sanglots.

Mase

Reese était ici. Chez moi. Sur le perron. Et elle pleurait.

Je sortis dans l'obscurité, en me demandant s'il s'agissait d'un rêve et si j'avais enfin trouvé le sommeil.

— Reese ? murmurai-je sans oser la toucher de peur de me réveiller.

— Je suis désolée. Je… Te voir… J'allais être forte et te dire que je t'aime et que j'ai tout gâché mais que je t'aime et…

Au diable le rêve : je l'attirai tout contre moi.

Elle était ici. Elle était ici. Elle était ici.

Ses bras s'enroulèrent autour de mon corps qu'elle serra très fort. Comme dans mon souvenir. Son parfum de cannelle m'enveloppa enfin. Mon imagination m'avait fait défaut : plus d'une fois j'avais essayé d'invoquer son odeur, en vain. C'était bien elle à présent.

— Je t'aime. Je ne partirai pas. Je suis ici pour que tu me reprennes. Sans toi je suis vide, sanglota-t-elle tout contre moi.

Voulait-elle me persuader de la laisser demeurer ici ? Pensait-elle sérieusement qu'elle avait besoin de me supplier ?

— Reese, je…

Elle recula pour me scruter de ses grands yeux pleins d'angoisse.

— Non. Ne dis rien. Écoute-moi. J'ai eu tort. Tu vaux la peine qu'on se batte pour toi. J'étais… je suis déboussolée. J'ai beaucoup d'obstacles à surmonter, mais je ne te décevrai pas. Je t'aimerai plus qu'elle ne saura jamais t'aimer. Plus que quiconque. Je passerai le restant de mes jours à te prouver que j'en vaux la peine. Il ne se passera pas un jour sans que je te montre à quel point je t'aime. Je vais déménager ici. Je trouverai un logement et un emploi. Je te ferai à manger et je…

Je recouvris sa bouche de la mienne et mis un terme à ses adorables balbutiements. Son cri de surprise fut aussitôt suivi d'un gémissement et elle m'embrassa comme si sa vie en dépendait. Ses lèvres généreuses se fondirent aux miennes, laissant sa douceur irradier en moi. Je pris son visage entre mes mains pour la regarder dans le fond des yeux.

Les siens étaient encore brouillés par les larmes qui l'avaient assaillie quand elle m'avait vu. Ils étaient magnifiques. Ses magnifiques yeux bleu clair dont j'avais tant rêvé et qui me transporteraient toute ma vie.

— Je vaux la peine qu'on se batte pour moi ? m'enquis-je pour l'entendre me le répéter une fois encore de son même air déterminé.

— Oui ! affirma-t-elle avec véhémence.

— Et contre qui aurais-tu à te battre pour moi ?

Un éclair de douleur transperça son regard. Je voulais qu'il s'en aille. J'allais la rassurer et lui dire qu'il n'y avait personne d'autre, mais elle prit la parole en premier :

— N'importe qui… je me battrai contre n'importe qui.

Elle voulait parler de Cordelia. Cette connerie de SMS.

— Bébé. Je suis à toi depuis l'instant où tes lèvres ont touché les miennes. Non, oublie ça. Je suis à toi depuis l'instant où je suis tombé sur tes jolies petites fesses qui se trémoussaient en l'air pendant que tu chantais faux. Il n'y a jamais eu personne d'autre. Avant toi, oui, il y a eu des femmes. Et notamment une, qui était ma *sex-friend*. Rien de plus. Mais quand tu as débarqué dans ma vie, ça s'est terminé. Elle ne l'a pas bien pris, et elle a essayé de me faire changer d'avis. Mais je ne voyais que toi, mon cœur ne voyait que toi. Personne d'autre.

— Cordelia, dit-elle à mi-voix.

— Oui. Un jour en rentrant du travail je l'ai trouvée dans mon lit. Ce qui explique le SMS de Major. Je l'ai mise dehors et ai menacé d'appeler sa mère si elle ne sortait pas de chez moi. J'ai même lavé les draps pour me débarrasser de son odeur. Merde à la fin, après ça j'ai même acheté un nouveau matelas! Je ne voulais pas dormir dans un lit qui connaisse une autre femme que toi.

— Ce jour-là, elle a oublié sa petite culotte, conclut-elle les yeux brillant de larmes. C'est ça que le SMS voulait dire.

Je hochai la tête et calai une mèche de cheveux derrière mon oreille avant de poursuivre :

— Si j'avais su que c'était pour cela que tu me regardais comme un monstre, je serais resté et je me serais battu pour toi. Mais j'ai cru que c'était le passé et les démons qui te hantaient. J'ai cru que je t'avais poussée trop loin et que tu avais besoin de ton espace. (Je pris une profonde inspiration.) J'ai cru que tu m'appellerais.

J'ai attendu. J'attendais. J'étais prêt à attendre une éternité.

Ses lèvres tremblèrent de nouveau et je l'embrassai partout sur le visage. Je ne voulais pas qu'elle pleure. Elle était ici. Avec moi.

— Je ne te laisserai pas repartir. Tu restes avec moi. Je ne peux pas te laisser filer. Je vais devenir fou sinon, affirmai-je en l'embrassant sur ses joues et son nez, puis sur la bouche.

— Je ne veux pas partir.

Seigneur, j'étais fou d'elle.

— Entre, l'invitai-je en glissant ma main sur les siennes pour la guider chez moi. Viens t'allonger avec moi. J'ai envie de te serrer dans mes bras.

Reese s'immobilisa. Je me retournai pour la dévisager.

— Non. Ce soir c'est moi qui vais te prendre dans mes bras, protesta-t-elle de son air déterminé.

— Si c'est ce que tu souhaites.

Je retirai ses bottes et son jean. Elle me laissa la dévêtir sans hésitation. Je dégrafai son soutien-gorge sans regarder ni toucher et lui passai un de mes T-shirts.

Elle enfouit son visage dans le tissu et inspira un grand coup en serrant les bras autour d'elle. J'adorais quand elle se câlinait dans mes vêtements comme si c'était moi.

Puis elle grimpa sur mon nouveau lit king size, s'adossa à la tête de lit et tendit les bras vers moi.

L'émotion le disputait à l'amusement, et je réussis à contenir les larmes qui me brûlaient les yeux. Je me glissai vers elle et posai ma tête contre sa poitrine pour écouter son cœur.

Elle me caressa les cheveux et nous restâmes ainsi en silence. J'enroulai mes bras à sa taille, me délectant de son parfum. Les battements de son cœur s'accéléraient chaque fois que ma main glissait vers ses fesses avant de remonter.

— Chaque pas que j'ai fait dans ma vie m'a menée à toi, murmura-t-elle. Je suis arrivée ici aujourd'hui, et je ne regrette rien. Pour toutes les mauvaises choses qui me sont arrivées, j'ai été récompensée en retour par quelque chose de magnifique. Grâce à toi ça en valait la peine. Tu es un don du ciel. J'ai survécu au pire. Ma récompense est que Dieu t'ait placé sur mon chemin.

Je ne me souciai plus de retenir mes larmes.

Je sanglotai dans ses bras.

Reese

Aujourd'hui nous allions tous les deux retourner à Rosemary Beach pour faire mes cartons. Mase avait refusé que j'aille où que ce soit sans lui et, pendant deux jours, j'avais porté les vêtements que Harlow avait laissés chez lui deux ans plus tôt. Ils étaient trop courts et serrés, mais ils faisaient l'affaire.

Pour autant Mase ne voulait pas me laisser sortir de la maison habillée comme ça. Il avait peur que j'attire les regards. Le premier matin, Major m'avait aperçue dans un short et un débardeur de Harlow et avait proposé à Mase de m'échanger contre sa couille gauche. Mase lui avait mis son poing dans la figure. Un vrai fiasco.

Quand Maryann était venue à la maison, contrariée de voir que Mase avait cassé le nez de Major, il lui avait expliqué pourquoi, et elle s'était mise à rire avant de repartir aussitôt.

Ce matin-là, je me réveillai dans un lit vide, ce qui me surprit après les deux nuits que Mase avait passées à me serrer contre lui comme dans un étau. Je m'approchai de la salle de bains ; Mase était en train de chanter sous la douche. Contrairement à moi, il avait une voix merveilleuse, légèrement rauque, qui me donna la chair de poule. Je ne l'avais encore jamais entendu chanter. Avec un père comme Kiro, rien d'étonnant à ce que sa voix soit à la hauteur de son patrimoine génétique.

Les paroles, qui m'étaient inconnues, me happaient. J'ouvris la porte et pénétrai dans la vapeur de la salle de bains. La tête penchée en arrière sous le jet d'eau, occupé à chanter, Mase ne me vit pas entrer.

I'll take your demons if you'll let me in. Don't hold it back, baby, because all I want to give is more.

Il tourna la tête, s'interrompit aussitôt et planta son regard dans le mien.

Je n'avais même pas besoin d'y réfléchir. Cet homme m'aimait et je savais que jamais je n'aimerais personne comme lui. Il était prêt à accepter tout ce qui venait de moi, du moment qu'en définitive il pouvait me serrer contre lui.

Il agrippa l'ourlet de mon T-shirt, le souleva par-dessus ma tête et le laissa tomber par terre. Je retirai rapidement ma culotte avant d'ouvrir la porte de la douche. Mase se figea un instant pour contempler mon corps nu.

Je me glissai sous le jet d'eau brûlante en baissant les yeux sur les muscles noueux de ses cuisses. Plus haut, son sexe dur et saillant m'attendait. Enhardie par le sentiment de sécurité, j'attrapai le savon et commençai à me laver les mains. Mase ne bougeait pas. Seuls ses yeux suivaient le moindre de mes mouvements. Je m'approchai de lui et fis glisser mes mains sur son sexe tendu.

Un grognement sourd sortit de sa poitrine. Ses sourcils s'ourlèrent pour lui donner cette expression que j'aimais tant. Je fis coulisser mes mains en longues caresses humides tout en contemplant sa mâchoire qui s'entrouvrait tandis qu'il s'adossait contre le mur. Je glissai une main en coupe sur l'enveloppe tendue de ses testicules et entrepris de les savonner à leur tour.

— Reese, grogna-t-il en retenant ma main.

— Laisse-moi faire, le suppliai-je en pressant mes seins contre son torse.

— Ah… putain.

Je continuai à exercer une pression ferme. L'extrémité de son pénis vira au rouge. J'étais impatiente de le voir jouir. J'accélérai le rythme, et sa respiration s'emballa.

— Je vais… jouir. Merde, bébé, je vais jouir, souffla-t-il.

Il poussa un râle tandis que sa semence giclait sur mon ventre et mes mains.

— Ne bouge pas, haleta-t-il en posant les yeux sur ce spectacle. Oh nom de Dieu, ne bouge pas. Laisse-moi te regarder. Comme ça.

De nouveau enhardie, je posai un doigt sur la traînée de sperme qui avait atterri sur moi. Puis je levai les yeux sur lui. Son regard était brûlant, vibrant d'une lueur possessive.

— Frotte-le, dit-il d'une voix rauque.

J'obtempérai. Des deux mains je me massai le ventre jusqu'à ce que son sperme ait disparu.

Il s'empara à son tour du savon et se savonna les mains, puis les posa sur mes seins. Puis il entreprit de me laver. Ou de les laver. Minutieusement. Il pinça mes tétons et les serra délicatement avant de descendre sur mon ventre. Lorsqu'il arriva à l'endroit où j'avais fait pénétrer sa semence sur ma peau, il frotta la zone avec une délicatesse qui fit palpiter mon entre-jambe.

Lorsqu'il arriva entre mes cuisses, je dus plaquer mes paumes contre le mur pour me soutenir. Je sentis mes jambes flageoler et Mase me murmura à l'oreille que j'étais magnifique. Que j'étais à lui. Qu'il aimait chaque partie de mon corps.

Je pris appui sur ses épaules, sentant le plaisir monter en moi, consciente que l'orgasme qui m'attendait allait me mettre à genoux.

Mase glissa un bras autour de ma taille tandis qu'il appuyait une dernière fois sur mon clitoris. Il me serra fort contre lui tandis qu'une vague de plaisir me submergeait et que mes jambes se dérobaient sous moi.

Lorsque je revins sur terre, il m'avait rincée et me portait hors de la douche. Il me sécha une fois déposée au bord du lit.

Sa bouche dévora la mienne tandis que son corps nu et dur se collait au mien. Je me cambrai pour l'accueillir. À ce moment-là j'étais bien contente d'avoir de longues jambes : je les enroulai à sa taille et l'attirai contre moi.

— Oui, oh oui, c'est bon, souffla-t-il tout contre ma bouche.

Son torse s'écrasa enfin contre ma poitrine et mon entrejambe s'écarta pour accueillir les caresses de son érection.

Mase s'arracha à notre baiser pour enfouir sa tête dans mon cou. Il avait le souffle court et je me rendis compte qu'il avait les poings serrés autour de ma tête.

— Mase ? murmurai-je en caressant les muscles bandés de son dos.

— J'ai envie… je ne peux pas… bon sang, bébé, grogna-t-il en serrant les poings comme s'il luttait de toutes ses forces.

Son érection tressauta contre moi et je sus aussitôt : il voulait me pénétrer. Et j'étais tellement submergée par son étreinte que je n'avais ressenti aucune crainte.

La douleur de mon passé, la douleur qui jusqu'alors entachait le moindre de mes contacts, physique ou non, ne faisait plus partie de ma vie. Cet homme était tout mon monde. Il m'aimait. Il se montrait tendre et attentionné envers moi. Je voulais le sentir au plus proche de moi. Je voulais ne faire qu'un avec lui. Ce n'était pas sale, ce n'était pas mal. C'était beau et pur.

Je soulevai les hanches et positionnai les siennes pour que son érection soit juste à mon entrée. D'une seule poussée nous ne ferions plus qu'un. C'est à cela que servait le sexe, à créer un lien magique entre deux êtres qui s'aimaient tant qu'ils formaient un seul et unique corps, le temps d'une étreinte. Tout comme leurs cœurs qu'ils avaient déjà enlacés.

— Fais-moi l'amour, Mase. Montre-moi ce qu'est l'amour. Je t'en prie.

J'ajoutai ces derniers mots pour lui rappeler le jour où il m'avait demandé s'il pouvait me toucher, quand il m'avait dit « je t'en prie ». Aujourd'hui, j'en avais autant envie que lui ce jour-là.

— Tu es ma vie, murmura-t-il tout contre mon oreille en plongeant en moi.

Mes yeux s'emplirent de larmes et je resserrai mon étreinte. D'une douceur dont lui seul était capable, il se mit à bouger en moi tout en m'embrassant sur le visage et le cou, me répétant que j'étais belle. Que nous étions beaux.

Je n'aurais jamais pensé qu'on pouvait se sentir à ce point entier.

Je fis glisser mes jambes le long de son dos et de son postérieur parfaitement dessiné, savourant l'émerveillement que m'apportait l'amour de Mase.

— Je t'aime, haleta-t-il.

— Moi aussi je t'aime, répondis-je dans un petit cri.

— J'ai envie de jouir en toi. Mais uniquement si tu es prête, me rassura-t-il en m'embrassant dans le cou.

Je le voulais en moi. Mais je ne prenais pas la pilule. Pourtant j'en avais envie, une envie que je n'avais encore jamais ressentie.

— Bon sang, Reese, tu es si étroite. Je ne veux plus jamais me retirer, je te le jure, lâcha-t-il à bout de souffle.

Je soulevai les jambes pour qu'il s'enfonce en moi. Je le sentis caresser quelque chose au plus profond de moi qui m'emporta dans l'explosion la plus spectaculaire que j'aie jamais vécue.

Son corps fut parcouru d'un tremblement tandis qu'il hurlait mon nom, la tête rejetée en arrière, les yeux fermés. Une pellicule de sueur perlait à son front, dont une petite goutte se détacha pour tomber sur moi.

Lorsqu'il rouvrit enfin les yeux, il me dévisagea aussitôt.

— Je ne peux pas dire que je suis désolé, Reese, bon sang, des anges étaient en train de chanter et les fondations de la maison en ont tremblé.

Je souris, plongeai une main dans ses cheveux mouillés et attirai sa bouche contre la mienne.

— De quoi serais-tu désolé ?

— D'avoir joui en toi, murmura-t-il.

Il était encore en moi. J'étais tellement sur mon petit nuage que je ne m'en étais pas aperçue.

— Oh, fis-je.

— Quand tu as enroulé tes jambes autour de moi, j'ai essayé de me retenir jusqu'à ce que tu aies fini, mais tu es si étroite. Et si belle quand tu décolles, bon sang. Tu m'enveloppais comme un gant, bébé. Je me suis mis à jouir sans même m'en rendre compte.

Je n'allais pas gâcher ce moment parce que nous nous étions oubliés.

— Mase, c'était… c'était encore… plus que ce que j'avais imaginé.

Il se laissa rouler sur le dos, toujours enfoui en moi. J'aimais l'idée qu'il n'ait pas envie de me quitter. Je le voulais au plus près. Je me retrouvai à califourchon sur lui.

— Je t'aime. Tu es tout pour moi. Mais deux choses suivent de très près, commença-t-il d'une voix sérieuse. Tes longues jambes et ta chatte toute étroite vont avoir raison de moi si tu ne fais pas attention, ajouta-t-il avec un sourire taquin.

Je l'embrassais en riant. Cet homme était à moi.

Mase

J'avais écrit mon adresse au marqueur indélébile sur tous les cartons, qui attendaient en piles devant la porte d'entrée. Reese était occupée à nettoyer le frigidaire désormais vide. Jimmy venait de partir après des au revoirs éplorés.

Il avait fait ce que je lui avais demandé. Il avait été là pour elle. Il l'avait protégée. Je lui devais une fière chandelle. Je ne savais pas trop comment je pourrais lui rendre la pareille, mais je m'en acquitterais, d'une manière ou d'une autre.

La vue de Reese, penchée en avant, son short remontant sur ses cuisses en dévoilant son grain de beauté adoré, me sortit de mes pensées.

— Ton grain de beauté, bébé. Si tu ne veux pas finir avec ma bouche sur tes fesses, évite de te pencher en avant, lui conseillai-je tandis que je fermais la porte pour la rejoindre à grandes enjambées.

Elle se redressa en souriant.

— Désolée. Il fallait bien que je récure le bas du frigo.

— Ne t'excuse pas. J'ai décrété que j'allais embrasser ton grain de beauté. Penche-toi, ordonnai-je en arborant un large sourire malicieux.

Reese recula, les mains en avant, pour m'arrêter.

— Non. On ne va jamais partir d'ici si tu continues. On l'a fait sur le canapé, le lit, le bar, et la commode. Alors que ça fait trente-six heures qu'on est ici. On ne va jamais en voir la fin.

J'agrippai ses mains pour l'attirer contre moi tout en douceur.

— Bébé, elle est à qui cette chatte ? m'enquis-je en glissant une main sur le devant de son short.

— À toi, souffla-t-elle.

Le monstre possessif qui sommeillait en moi se mit à rugir.

— Parfaitement. Et j'ai envie de jouer avec elle. Et entendre ma chérie hurler mon nom.

Le regard de Reese se voila et sa respiration s'accéléra. J'avais réussi mon coup ; elle se laissait convaincre si facilement. Les premières fois, j'avais fait attention, en prenant le temps. M'assurant qu'elle restait bien avec moi et qu'elle comprenait que je la vénérais et ne lui ferais jamais de mal.

À présent c'était une précaution inutile. Il suffisait de lui dire des mots grivois, et elle fondait contre moi, prête à faire tout ce que je lui demandais. Cette femme me donnait l'impression d'être le roi du monde.

Un coup à la porte me coupa dans mon élan au moment où j'allais lui retirer son T-shirt pour embrasser ses seins. Je ravalai un juron, sachant qu'il s'agissait probablement de quelqu'un qui venait lui dire au revoir. Et Reese avait besoin de savoir qu'elle allait manquer aux gens. Que Jimmy n'était pas le seul à se préoccuper d'elle. Cette raison suffisait à m'empêcher de ronchonner.

— J'y vais. Miss Popularité a encore de la visite, la taquinai-je.

Son rire cristallin me suivit dans l'entrée.

J'ouvris la porte en grand. Je m'attendais à trouver une personne de ma connaissance, au lieu de quoi je tombai sur un homme élégant de grande taille vêtu d'un costume Armani sur mesure (je le savais parce que j'en avais un pour les événements exceptionnels). Ses cheveux noirs et son teint mat me firent penser qu'il devait être italien. La forme de ses yeux bruns avait quelque chose de familier.

— Est-ce qu'une certaine Reese Ellis réside ici ? demanda-t-il d'un accent beaucoup moins fort que je n'avais anticipé.

Il me faisait penser à une version hollywoodienne d'un patron de la pègre.

— En effet, répliquai-je.

Je n'appréciais pas trop que cet inconnu connaisse le nom et l'adresse de Reese.

— C'est moi, Reese Ellis, fit-elle en s'avançant derrière moi.

Merde. Je ne voulais pas qu'elle vienne à la porte. Quelque chose chez cet homme m'inquiétait.

— Je peux vous aider ? s'enquit-elle en le scrutant avec curiosité.

— Bébé, je m'en occupe, murmurai-je en la repoussant derrière moi avant de faire écran de mon corps.

L'homme eut un petit sourire en coin comme si la scène l'amusait.

— Je suis content de voir que quelqu'un s'occupe de protéger Reese. Cependant, j'ai attendu vingt-trois années pour pouvoir la rencontrer, annonça-t-il en me tendant la main. Je m'appelle Benedetto DeCarlo, je suis le père de Reese.

Remerciements

Je tiens tout d'abord à remercier l'équipe d'Atria. La brillante Jhanteigh Kupihea. Je ne pourrais pas rêver d'éditrice plus exceptionnelle. Son optimiste et son travail font de mes livres les meilleurs possibles. Merci, Jhanteigh, d'être géniale. Merci à Ariele Fredman, non seulement pour ses idées brillantes mais aussi pour son écoute. Merci à Judith Curr pour nous donner une chance, à mes livres et à moi. Et merci à toutes les personnes chez Atria qui ont contribué à la production de ce livre. Je vous aime tous.

Merci à mon agent, Jane Dystel. Elle est toujours là pour m'aider dans toutes les situations. Je suis reconnaissante de l'avoir à mes côtés dans ce nouveau monde, en constante évolution, de l'édition. Merci à Lauren Abramo qui gère mes droits étrangers. Je ne pourrais pas même entrevoir de partir à la conquête du monde sans elle.

Merci à mes amies qui m'écoutent et me comprennent comme personne : Colleen Hoover et Jamie McGuire. Vous êtes avec moi depuis le début. Savoir que je peux vous appeler à n'importe quel moment quand j'ai besoin de conseils ou d'une oreille n'a pas de prix.

Merci à mes lectrices bêta, Natasha Tomic et Autumn Hull. Vous êtes fantastiques et savez parfaitement souligner ce qui manque. Merci de réussir à tenir le rythme de mon agenda surchargé. Être les lectrices bêta de quelqu'un qui est constamment en train d'écrire un livre n'est pas une tâche facile.

Merci à l'Abbi's Army, menée par Danielle Lagasse et Natasha Tomic. Ces deux dames dirigent un groupe de lecture qui soutient tout ce que j'entreprends. Elles transforment chaque nouvelle sortie de livre en véritable succès, et quand j'ai besoin d'un petit remontant, je peux toujours rendre visite au groupe qui me redonnera le sourire. Il me rappelle jour après jour pourquoi j'écris des livres. J'adore tous ces visages.

Enfin, en dernier, merci à ma famille. Sans son soutien, je ne serais pas ici. Mon mari, Keith, s'assure que j'ai ma dose de café et s'occupe des enfants quand je m'enferme pour respecter mes délais. Mes trois enfants sont tellement compréhensifs, mais quand je ressors de mon tunnel d'écriture, ils exigent et obtiennent toute mon attention. Mes parents, qui me soutiennent depuis le début. Y compris lorsque j'ai décidé d'écrire des histoires plus torrides. Mes amis, qui ne me détestent pas quand je ne les vois pas pendant des semaines pour me plonger dans l'écriture. Ils constituent le meilleur groupe de soutien au monde et je les aime profondément.

Mes lecteurs et lectrices. Je ne pensais pas en avoir tant. Merci de découvrir mes livres, de les apprécier et de les recommander autour de vous. Sans vous je ne serais pas ici. C'est aussi simple que cela.

COMPOSITION DATAMATICS
CET OUVRAGE A ÉTÉ ACHEVÉ D'IMPRIMER
PAR GRAFICA VENETA
EN JANVIER 2017

PAPIER À BASE DE
FIBRES CERTIFIÉES

JC Lattès s'engage pour l'environnement en réduisant l'empreinte carbone de ses livres. Celle de cet exemplaire est de :
330 g éq. CO_2
Rendez-vous sur www.jclattes-durable.fr

N° d'édition : 01
Dépôt légal : janvier 2017
Imprimé en Italie